When Snowflakes Dance and Hearts Melt

WHEN
Snowflakes
DANCE AND
Hearts MELT

24 GESCHICHTEN
ZUM VERLIEBEN

everlove
by **PIPER**

Mehr über unsere Autorinnen, Autoren und Bücher:
www.everlove-verlag.de

Wenn dir dieser Roman gefallen hat, schreib uns unter Nennung des Titels
»When Snowflakes Dance and Hearts Melt« an *empfehlungen@piper.de,*
und wir empfehlen dir gerne vergleichbare Bücher.

Mit Geschichten von:
Jennifer Adams • Mareike Allnoch • Anika Beer
Sophia Como • Ayla Dade • Anna Dietrich
Andreas Dutter • Kathinka Engel • Anna Rosina Fischer
Christian Handel • Nicole Knoblauch
Laura Labas • Kim Leopold • Kira Licht
Liane Mars • D. C. Odesza • Justine Pust
Stefanie Santer • Nina Schilling • Carina Schnell
Andreas Suchanek • Nena Tramountani
Leni Wambach • Ana Woods

ISBN 978-3-492-06510-8
© everlove, ein Imprint der Piper Verlag GmbH, München 2023
Satz: Nadine Clemens, München
Gesetzt aus der Filosofia
Druck und Bindung: CPI Books GmbH, Leck
Printed in the EU

INHALT

1

CARINA SCHNELL

When We Meet Again

Ein Wiedersehen in St. Andrews

CARINA SCHNELL ist gelernte Übersetzerin, spricht mehrere Sprachen und hat in verschiedenen Ländern gelebt. Ihr Herz hat sie allerdings an Kanada verloren. Nach dem Abitur lebte und arbeitete sie einige Zeit in Toronto und hat Familie in einem gewissen kleinen Küstenstädtchen namens St. Andrews-by-the-sea. Die unendliche Weite des Landes, die raue Schönheit der Natur und die Freundlichkeit der Einwohner inspirieren sie bei jedem Besuch aufs Neue. Da ist es nicht verwunderlich, dass sie mit einem Kanadier verheiratet ist. Aktuell lebt sie mit ihm und ihrer Katze in Deutschland in einem Häuschen am Waldrand und träumt von einer Blockhütte in der kanadischen Wildnis.

Marly

Als Marly am frühen Morgen erwachte und im Bett nach Jack tastete, war er nicht da. Nicht nur war seine Seite leer, sondern auch kalt. Er war anscheinend nie schlafen gegangen. Das war in letzter Zeit öfter passiert.

Normalerweise war Jack hervorragend darin, seine vielen Jobs zu jonglieren. Er arbeitete auf Ministers Island als Tourguide und Verwalter des auf der Insel ansässigen Anwesens und leitete außerdem Kurse für Jugendliche mit schwieriger Vergangenheit. Aktuell stand nicht nur die Jahresplanung der Jugendkurse an, sondern Jack half auch noch seinen guten Freunden Debbie und Ed dabei, ihren Coffeeshop auszubauen.

Wäre das alles, wäre Marly nicht weiter beunruhigt gewesen. Sie hätte Jack unterstützt, so gut sie konnte, und geduldig gewartet, bis die stressige Zeit vorbei war. Doch da war auch noch die psychische Belastung durch seine Arbeit mit den Kids, die Jack mehr und mehr zu schaffen machte, auch wenn er das nie zugeben würde. In den letzten Wochen hatte er besonders viel Zeit mit einem siebzehnjährigen Ex-Drogendealer verbracht, der gerade aus dem Jugendknast entlassen worden war. Tag und Nacht war Jack für ihn erreichbar. Er half ihm bei der Suche nach einem Job und einer Wohnung, musste ganz oft auch seinen Alltag organisieren. Neben den vielen anderen Verpflichtungen blieb Jack dadurch kaum mehr Zeit für Pausen. Selbst banale Dinge wie Essen oder Schlafen kamen zu kurz.

Sosehr Jack seine Arbeit auch liebte, dies war eine Entwicklung, die Marly Sorge bereitete. In letzter Zeit hatte sie ihn zu oft erschöpft erlebt. Jack war schon immer so aufopferungsvoll gewesen, dass er sich und seine Bedürfnisse hintanstellte. Eigentlich bewunderte Marly seine Selbstlosigkeit, doch als sie nun allein im Bett lag und an die dunkle Decke starrte, wurde ihr bewusst, dass Jack diesmal jemanden brauchte, der ihn vor sich selbst rettete.

Es war einfach zu viel. Besonders jetzt, kurz vor den Feiertagen. Sonst freute Jack sich immer besonders auf Weihnachten. Jedes Jahr veranstaltete er eine Feier für seine Freunde, fieberte schon Wochen vorher darauf hin, doch dieses Jahr hatte er Marly gegenüber nichts dergleichen erwähnt – und Christmas Eve war bereits in zwei Tagen!

Gähnend strich sich Marly ein paar vorwitzige schwarze Locken aus dem Gesicht, bevor sie die Beine aus dem Bett schwang. Sie schlüpfte in ihren Morgenmantel und tapste barfuß aus dem Schlafzimmer.

Seit fast einem Jahr wohnten sie gemeinsam in einer Zweizimmerwohnung im Herzen von St. Andrews, doch Marly hatte schon seit Längerem das Gefühl, dass Jack die Abgeschiedenheit der Hütte im Wald fehlte, in der er früher gelebt hatte. Zwar übernachteten sie regelmäßig dort, aber es war nun einmal nicht dasselbe. Jack brauchte die Stille der Natur, konnte daraus neue Kraft schöpfen. In turbulenten Zeiten wie diesen musste ihm der Ausgleich besonders fehlen.

Draußen war es noch dunkel, als Marly durch den Flur schlich. Sie schaltete kein Licht ein, da die Weihnachtsbeleuchtung am Haus gegenüber durchs Fenster hereinstrahlte und ihre beachtliche Sneaker-Sammlung erhellte, die an der Wand aufgereiht stand. Schnee funkelte auf allen Hausdächern des kanadischen Küstenstädtchens. Wenn Marly sich auf die Zehenspitzen stellte, sah sie von hier aus den Pier, der sich auf die teils gefrorene Passamaquoddy-Bucht hinauszog. Zu dieser Jahreszeit lagen keine Boote im Hafen vor Anker, und es verirrten sich nur noch wenige Touristen her. Marly verstand nicht, warum. Denn im Winter verwandelte sich St. Andrews by-the-Sea in einen Ort, der einem Märchen entsprungen zu sein schien, mitsamt festlicher Beleuchtung und Weihnachtsschmuck an jeder Straßenlaterne. Das malerische Städtchen war ihrer Meinung nach zu jeder Jahreszeit einen Besuch wert, nicht nur im Sommer, wenn die meisten Touristen anreisten.

In der Küche brannte Licht. Als Marly eintrat, hob Jacks Golden Retriever Reggie den Kopf. Er hatte sich unter dem Esstisch zusammengerollt, direkt zu Jacks Füßen.

Beim Anblick der beiden schwoll Marlys Herz beinahe schmerzhaft an. Jack saß gebeugt auf einem der beiden Stühle. Er hatte die Arme auf der Tischplatte verschränkt und den Kopf darauf gebettet. Sein zerzaustes blondes Haar war ihm in die Stirn gefallen, und er murmelte vor sich hin, als fände er selbst im Schlaf keine Ruhe. Überall um ihn herum breiteten sich Mappen, Dokumente und lose Notizzettel aus.

Marly bückte sich, um Reggie hinter dem rechten Ohr zu kraulen. Der Hund wedelte so heftig mit dem Schwanz, dass er damit gegen das Tischbein klopfte, und sie fürchtete, das Geräusch könnte Jack aufwecken. »Ist ja gut, mein Süßer. Du hast auf dein Herrchen aufgepasst, was? Das hast du fein gemacht.«

Auf keinen Fall wollte sie Jack stören, wenn er endlich einmal ein wenig Schlaf bekam. Auf leisen Sohlen schlich Marly ins Wohnzimmer. Vom Sofa nahm sie die grobmaschige Decke, die ihre Oma für sie gestrickt und ihr bei ihrem letzten Besuch in Toronto geschenkt hatte. Als sie zurück in die Küche kam, gähnte Reggie und legte seinen Kopf auf Jacks Füße, als wollte er ihn wärmen.

Zärtlich strich Marly Jack das Haar aus dem Gesicht. Selbst nach eineinhalb Jahren Beziehung kribbelte ihr gesamter Körper immer noch jedes Mal, wenn sie ihn berührte. Doch nun wurde das Hochgefühl von Sorge überschattet. Seufzend legte sie ihm die Decke um die Schultern. »Schlaft gut, ihr beiden.«

Als sie sich zum Gehen wenden wollte, fiel Marlys Blick auf die Fotos, die mit Magneten am Kühlschrank befestigt waren. Fotos von ihr und Jack mit ihren besten Freunden. Mit lachenden Gesichtern um ein Lagerfeuer am Strand versammelt, beim Billardspielen im ortsansässigen Pub, auf dem Segelboot von Jacks bestem Freund Will, in ihren schicksten Outfits auf der Hochzeit von Will und Liv, und Arm in Arm vor dem Empire State Building in New York, wo sie Rachel und Blake im Sommer besucht hatten.

Die Erinnerungen zauberten Marly ein Lächeln aufs Gesicht, und in dem Moment kam ihr eine Idee. Jack hatte es verdient, Weihnachten so zu feiern, wie er es am liebsten tat. Mit einem geschmückten Baum, funkelnden Lichtern, selbst gemachten Leckereien und all seinen Lieblingsmenschen. Und wenn er sich selbst nicht darum kümmern konnte, dann würde Marly das eben für ihn übernehmen.

Sie löschte das Licht in der Küche, eilte zurück ins Schlafzimmer und nahm ihr Handy vom Nachttisch. Dann erstellte sie eine neue WhatsApp-Gruppe mit dem Namen *Operation Rettet Weihnachten*, lud Jacks beste Freunde ein und begann zu tippen.

Als Jack seinen Pick-up-Truck an schneebedeckten Bäumen vorbei über den Waldweg lenkte, war er tief in Gedanken versunken. Er hatte es verkackt. Es war Christmas Eve, und er hatte vollkommen vergessen, ein Geschenk für Marly zu kaufen. Sie erwartete ihn in seiner Blockhütte und hatte sicher etwas für ihn besorgt. Er konnte es nicht ertragen, sie zu enttäuschen.

Reggie, der auf dem Beifahrersitz saß, stieß ihn mit der Schnauze an, als spürte er, was in Jack vorging. »Ich weiß, Buddy. In letzter Zeit war ich ein grottiger Freund. Und ein miserables Herrchen. Ich mache es wieder gut, versprochen.«

Schneeflocken rieselten von den Baumwipfeln auf die Windschutzscheibe. Hier gab es keine Straßenlaternen. Nur die Scheinwerfer des Trucks erhellten Jacks Weg. Doch plötzlich konnte er in der Ferne ein merkwürdiges Funkeln ausmachen. Er kniff die Augen zusammen. »Was ist das denn? Licht mitten im Wald?« Verwirrt schaltete Jack die Scheinwerfer aus. Ja, da waren tatsächlich Lichter zwischen den Baumstämmen, die die Schneewehen ringsum zum Glitzern brachten.

»Was zum …?« Als er schließlich um die letzte Kurve bog, riss er verdutzt die Augen auf. Auf der Lichtung vor seiner Hütte stand eine riesige Tanne, geschmückt mit Dutzenden Lichterketten, roten Kugeln und anderen Ornamenten. Auch das Dach der Hütte wurde von Lichterketten erleuchtet, und Papiersterne zierten die Fenster.

Alle seine Freunde hatten sich vor dem Weihnachtsbaum versammelt. Will und Liv, Blake und Rachel, Fiona und Ellie, Debbie und Ed. Und natürlich Marly. Als Jack aus dem Truck stieg, begrüßten sie ihn mit einem lautstarken »Frohe Weihnachten, Jack«.

Im selben Moment spürte er, wie das Gewicht, das er seit Wochen mit sich herumschleppte, von seinen Schultern fiel. Der Stress, die Verantwortung, das schlechte Gewissen – das alles zählte plötzlich nicht mehr. Auf einmal konnte er wieder frei atmen. Die eisige Luft brannte ihm in der Kehle, doch seit Langem hatte sich nichts so gut angefühlt.

Tränen schossen ihm in die Augen. Für einen kurzen Moment sah er nur noch Regenbögen, dann stand Marly vor ihm. »Überraschung gelungen?«, fragte sie strahlend.

»Aber so was von!« Jack blinzelte die Tränen fort und drückte sie an sich, um ihr einen Kuss auf den Scheitel zu geben. »Das ist einfach ... Ich weiß nicht, was ich sagen soll.«

»Sag einfach nichts und genieß es.« Marly nahm seine Hand und zog ihn mit sich zu den anderen. Freudig bellend raste Reggie so schnell vor ihnen her, dass Schnee aufstob. Gegen die beißende Kälte hatten sich alle in dicke Mäntel, Mützen und Schals gekleidet. Nur Blake trug einen Ugly Christmas Sweater mit Rentieren. Jack zog ihn und seine Freundin Rachel in eine feste Umarmung. »So schön, dass ihr für die Feiertage aus New York hergeflogen seid. Wann seid ihr angekommen?«

»Vorgestern.« Rachel trug ein paillettenbesetztes Rentiergeweih, das im Licht der Baumbeleuchtung funkelte.

»Verbringt ihr heute Abend nicht Zeit mit deiner Familie, Blake? Ich dachte, dieses Jahr feiert ihr zum ersten Mal seit Jahren wieder alle zusammen?«

Blake winkte grinsend ab. »Ja, mein Dad ist aus Vancouver gekommen. Aber für die Familie ist morgen noch genug Zeit. Der heutige Abend gehört wie üblich ganz dir, Bro.«

»Hier, probier den Eggnog!« Fiona, Jacks älteste Freundin, schob sich dazwischen und reichte ihm eine dampfende Tasse.

»Ist selbst gemacht. Du weißt, was das heißt.« Sie zwinkerte ihm zu und legte einen Arm um ihre Frau Ellie, die ebenfalls eine Tasse in der Hand hielt. Ellie schüttelte jedoch heftig den Kopf und warf Jack einen warnenden Blick zu.

Jack lachte. »Es bedeutet, dass mein Kater drei Tage andauern wird.« Trotzdem nahm er einen Schluck und musste sofort husten. Fiona sah daraufhin sehr zufrieden mit sich aus.

Nachdem Jack auch die anderen begrüßt hatte, hakte sich Marly bei ihm unter und führte ihn zum Lagerfeuer neben der Hütte. Die anderen folgten ihnen und gruppierten sich um das Feuer herum. Will und Liv verteilten Marshmallows, um sie über den Flammen zu rösten. Wills Wangen waren von der Kälte gerötet, und seine braunen Locken lugten unter einer Dockermütze hervor.

»Ihr habt euch selbst übertroffen, Mann«, presste Jack gerührt hervor.

»Ach.« Will winkte ab. »Wir dachten, wenn du dieses Jahr den Kopf nicht frei hast, bringen wir Weihnachten eben zu dir. Als kleines Dankeschön für all die Jahre, in denen du uns eine Party geschmissen hast.«

Fiona stieß Marly mit der Schulter an. »Um genau zu sein, hast du das alles Marly zu verdanken. Wir waren bloß die helfenden Weihnachtselfen.«

»Sehr fleißige Elfen«, entgegnete Marly. »Liv hat mit ihrer Granny Kekse gebacken, Will hat Holz gehackt und sich um das Feuer gekümmert, Ed hat den Baum organisiert, Rachel, Debbie und ich haben dekoriert, Fiona und Ellie haben für die Getränke gesorgt, und Blake … na ja, Blake hatte schon die Hälfte der Plätzchen vernichtet, bevor es losging.«

Alle brachen in schallendes Gelächter aus.

»Hey«, empörte sich Blake. »Das kannst du mir echt nicht vorwerfen. Sie waren einfach zu lecker.«

Rachel beugte sich dicht zu ihm und flüsterte ihm semiunauffällig zu: »Diskretion ist das A und O. Ich hab gleich am Anfang welche für später in meiner Handtasche verschwinden lassen.«

Blake seufzte verzückt. »Weißt du eigentlich, wie sehr ich dich liebe?« Er zog sie an sich, und alle wandten sich stöhnend ab, als sich die beiden innig küssten.

Wills Frau Liv reichte Jack ein fertiges S'More – geröstetes Marshmallow und Schokolade, eingebettet in zwei Plätzchen. »Eine neue Kreation«, erklärte sie geheimnisvoll.

Jack biss hinein und seufzte genüsslich. »Schmeckt nach Weihnachten.« Er gab Marly einen klebrigen Marshmallow-Kuss und wandte sich dann seinen versammelten Freunden zu. Der warme Schein tanzte über ihre lächelnden Gesichter mit den roten Wangen und Nasen. Jacks Herz schwoll an. Womit hatte er nur so tolle Freunde verdient? »Danke, Leute. Wirklich. Das ist das beste Weihnachtsgeschenk aller Zeiten. Genau, was ich gebraucht habe.«

Alle stießen mit Eggnog und Glühwein an. Dann drehte Fiona die Weihnachtsmusik auf, die bis dahin im Hintergrund gelaufen war. Bald grölte die ganze Gruppe *All I Want for Christmas is You* mit. Als Blake und Fiona schließlich eine Schneeballschlacht begannen, zog Marly Jack am Arm hinter sich her in seine Blockhütte.

Wärme umfing sie, ein starker Kontrast zu der klirrend kalten Nachtluft. Im Kamin brannte ein Feuer, darüber hingen fein säuberlich aufgereihte Weihnachtssocken vom Kaminsims, die mit Geschenken gefüllt waren. Das gemütliche Knistern der Flammen untermalte das Lachen ihrer Freunde, das gedämpft zu ihnen hereindrang.

Jack zog Jacke und Schal aus und drehte sich zu Marly um. »Heute Abend wird als beste Weihnachtsparty in die Geschichte eingehen. Du hast meine alljährlichen Feiern bei Weitem übertroffen.«

»Es ging bloß darum, dir ein paar unbeschwerte Stunden zu schenken.« Marly warf ihm einen zärtlichen Blick zu. »Die hattet du bitter nötig.«

»Das ist dir gelungen.« Jack zog sie an sich und gab ihr einen langen Kuss. »Ich bin so entspannt wie seit Wochen nicht mehr. Danke.«

»Das ist aber noch nicht alles. Ich hätte da noch eine andere … Art Geschenk für dich.«

»Eine *Art* Geschenk?« Jack sah sie fragend an. »Das hier ist doch schon mehr als genug.«

Sie zog die Brauen zusammen und wedelte mit einem Finger vor seinem Gesicht herum. »Du verwöhnst mich das ganze Jahr über, jetzt bin verdammt noch mal ich dran.«

»Okay.« Jack grinste. »Was ist das also für ein mysteriöses Geschenk, von dem du sprichst?«

»Ich finde, wir sollten die Hütte vergrößern.« Marly schmiegte sich an ihn und blickte gespannt zu ihm auf. »Sobald du wieder mehr Zeit hast, gehen wir Projekt Eigenheim an.«

Jack musterte sie überrascht. »Meinst du das ernst? Du willst hier auf der Insel leben? So weit ab von allem?«

»Ein typisches Lumberjack-Dasein eben.« Marly lächelte. »Solange du bei mir bist, habe ich alles, was ich brauche.«

Jack glaubte, sein Herz würde jeden Moment vor Freude bersten. Er nahm ihr Gesicht in beide Hände und gab ihr einen Kuss, in den er all seine Dankbarkeit und Liebe legte. »Frohe Weihnachten, Marly«, raunte er dann dicht an ihren Lippen.

»Frohe Weihnachten, Lumberjack«, antwortete sie.

S'MORE-WEIHNACHTSPLÄTZCHEN

ZUTATEN FÜR 12 PLÄTZCHEN:

- ★ 200 g Vollmilch-Schoko-lade zum Backen
- ★ 60 g Vollkornkekse plus ein paar mehr zum Ver-zieren
- ★ 170 g weiche Butter plus ein bisschen zum Einfetten
- ★ 100 g Zucker
- ★ 140 g brauner Zucker
- ★ 250 g Mehl

- ★ 1 Ei
- ★ ¼ TL Salz
- ★ 1 TL Backpulver
- ★ ½ TL Natron
- ★ 1 ½ TL Vanillezucker
- ★ Mini-Marshmallows zum Verzieren
- ★ Schokoladenstücke zum Verzieren

ZUBEREITUNG:

1. Den Backofen auf 180 °C vorheizen und zwei Muffinbleche einfetten.
2. Die Schokolade so klein wie möglich hacken und die Voll-kornkekse zerbröseln, ein wenig für später zur Seite legen.
3. Zucker, Butter und braunen Zucker in eine Schüssel geben und verrühren.
4. Im nächsten Schritt Ei, Mehl, Salz, Backpulver, Vanille-zucker und Natron ebenfalls hinzugeben und unterrühren.
5. Die zerkleinerte Schokolade und die zerbröselten Voll-kornkekse hinzugeben und gut verrühren.

6. Einen gehäuften Esslöffel Teig in je eine der Vertiefungen der eingefetteten Muffinbleche geben, dann die Plätzchen 10–12 Min. backen.
7. Die fertigen Plätzchen nach Belieben mit Keksstücken, Mini-Marshmallows und Schokoladenstücken verzieren.
8. Für die besondere Note noch einmal unter Aufsicht im Backofen mit der Grillfunktion anrösten.
9. Die Plätzchen abkühlen und dann schmecken lassen.

2

ANA WOODS

Finding Cookies

Weil ich dir Weihnachtsplätzchen backe

ANA WOODS hat bereits in jungen Jahren ihr Talent für das Schreiben entdeckt und mit ihren fantasievollen Kurzgeschichten ihre Klassenkameraden verzaubert. Sie lässt ihre Geschichten gerne in den USA spielen, da sie selbst amerikanische Wurzeln hat. Was beim Schreiben nie fehlen darf: eine große Tasse Kaffee und die leisen Klänge ihrer Lieblings-Disneylieder. Gemeinsam mit ihrem Freund lebt sie am grünen Stadtrand von Berlin, wo sie von Inspiration für ihre Geschichten umgeben ist. Als begeisterte Vollzeitautorin teilt sie auf Instagram unter @ana.woods.autorin regelmäßig Einblicke in ihren Schreiballtag.

Wie jeden Morgen weckte Kim mich, indem sie sich an mich herankuschelte und meinen Hals mit Küssen bedeckte. Mit geschlossenen Augen zog ich sie an mich und strich ihr sacht über Schulter und Rücken. »Guten Morgen, *mi amor.*«

»Morgen«, nuschelte sie und küsste mich weiter. Davon würde ich nie genug kriegen.

Ich öffnete die Augen und schaute sie an. Ihre blonden Haare waren zerzaust, und sie sah verschlafen aus, trotzdem war sie für mich die schönste Frau, die ich je gesehen hatte. Und daran würde sich auch nie etwas ändern.

»Wie spät ist es?«, fragte sie weiterhin schlaftrunken.

Mein Blick fiel auf den kleinen Wecker auf dem Nachttisch. »Halb zehn.«

»Was?« Sofort war Kim hellwach und setzte sich kerzengerade auf. »Holly und Scott wollten um neun Uhr anfangen!« Sie sprang aus dem Bett, blieb dabei in der Decke hängen, die sich um ihre Beine gewickelt hatte, und fiel beinahe hin. Gerade im letzten Moment konnte sie sich an der Wand abstützen, um das Gleichgewicht nicht zu verlieren.

Es hatte sich nichts verändert, seit wir uns kennengelernt hatten. Sie war noch immer genauso tollpatschig wie damals, aber das war nur eine von vielen Eigenschaften, die ich so an ihr liebte.

»Alles okay?« Hoffentlich hörte sie die Belustigung in meiner Stimme nicht.

»Jaja, alles gut. Bleibst du im Bett? Ich weiß, du wolltest helfen, aber das musst du *wirklich* nicht. Wir wissen ja beide, wie *gut* deine Fähigkeiten in der Küche sind.« Sie biss sich auf die Unterlippe, um nicht in Gelächter auszubrechen.

Schnaubend warf ich die Decke von mir. »Nein, ich bin dabei. Versprochen ist versprochen!«

Am liebsten hätte ich mich wirklich noch einmal umgedreht, weil Scott und ich erst spät in der Nacht zurückgekommen waren. Im *Cockeyed Sheep* war die Hölle los gewesen, und irgendwann hatten wir die Zeit völlig aus den Augen verloren. Eines musste man den Texanern lassen: Sie wussten, wie man feierte!

Kim hatte mich dazu überredet, ein paar Tage Urlaub in Bibury zu machen, bevor es für uns weiter nach Aspen zum Skifahren ging. Nun, viel Überredungskünste brauchte es nicht. Ein Blick aus ihren wunderschönen blauen Augen genügte, und ich würde ihr jeden Wunsch erfüllen.

Eigentlich hätten ihre beste Freundin Holly und deren Freund Scott uns nach Aspen begleiten sollen, aber da die Wildtierauffangstation, die die beiden ins Leben gerufen hatten, allmählich größer wurde, wollten sie lieber bleiben, um ein Auge auf alles zu haben. Es war bewundernswert, was sie seit dem letzten Jahr erreicht hatten.

Statt Urlaub zu machen, wollten sie ihren Angestellten etwas Gutes tun und ihnen selbst gemachte Kekse schenken. Kim fand das eine großartige Idee, weshalb sie uns zum Helfen eingeteilt hatte. An einem Samstag … um neun Uhr morgens …

Wichtiger als mein Schlaf war es allerdings, Kim zu beweisen, dass ich durchaus in der Lage war, ein paar Weihnachtsplätzchen zu backen. Sie zog mich gern damit auf, dass ich nie selbst in der Küche stand. Früher hatte *mi madre* immer für die Familie gekocht, und seit ich in Dads Firma arbeitete, aß ich oft auswärts oder ließ mir etwas kommen. *Versnobt* nannte Kim das gern. Ich wusste, dass sie es scherzhaft meinte, doch es nagte trotzdem an meinem Ego.

Was sie nicht wusste, war, dass meine Mutter mir per Videochat einige Rezepte beigebracht hatte. Ich wollte Kim unbedingt mit den besten Keksen überraschen, die sie jemals gegessen hatte.

Ich stand auf und streckte mich ausgiebig. Dabei fiel mein Blick aus dem kleinen Fenster. Eine hauchdünne Schneeschicht hatte sich über die weitläufige Ranch gelegt. Die Sonne ließ ihn glitzern und funkeln, sodass ich lächeln musste.

Bevor wir das Zimmer verließen, warfen Kim und ich uns zügig die Weihnachtspullis über, die sie uns besorgt hatte. Sie hatte auf einem passenden Set bestanden, damit jeder wusste, dass wir zusammengehörten. Dass ich das Hinterteil des Rentiers sein musste, passte mir zwar nicht unbedingt in den Kram, aber solange Kim glücklich war, war auch ich es.

Holly und Scott hatten das Haus weihnachtlich geschmückt: Am Treppengeländer war neben einer Tannengirlande auch eine Lichterkette befestigt, deren bunte Lichter grell um die Wette blinkten. Über der Küchentür hing ein Mistelzweig, den Kim bis jetzt noch nicht bemerkt hatte. Ich griff nach ihrem Handgelenk und drehte sie zu mir um.

Sie schaute irritiert, doch ich zog sie an mich und gab ihr einen Kuss. Als ich mich von ihr löste, deutete ich über uns. »Wolltest du mich meines Kusses berauben?«

»Könnt ihr euch euer Geschnulze vielleicht für später aufheben? Wir müssen ein paar Hundert Kekse backen!«, sagte Holly belustigt und kippte etwas Milch in den Messbecher vor sich. Als sie unsere Pullis sah, rümpfte sie die Nase, sparte sich aber einen weiteren Kommentar.

»Das nennt sich Romantik. Solltest du mal versuchen.«

»Triefender Kitsch trifft es eher.« Sie streckte mir die Zunge heraus.

Scott schüttelte lachend den Kopf. »Gib dir keine Mühe, Aidan. Holly und Romantik sind zwei Dinge, die sich nicht kombinieren lassen. Ich hab's versucht.«

Kim seufzte und stellte sich neben ihre Freundin. »Und ich dachte, irgendwann entdeckst auch du deine romantische Ader.«

»Tut mir leid, Blossom. Dafür habt ihr beide genug für mindestens zehn.«

Ich rollte mir die Ärmel hoch und trat ebenfalls an den Küchentisch, auf dem zahlreiche Zutaten bereitstanden. Schnell scannte ich die Sachen, um sicherzugehen, dass wir alles für die köstlichen Schoko-Erdnussbutter-Kekse hatten, die ich zubereiten wollte.

»Schatz, du könntest ja den Mixer bedienen, wenn du möchtest«, sagte Kim mit zuckersüßer Stimme, während sie ein Ei am Rand der Rührschüssel aufschlug.

Ich verschränkte die Arme vor der Brust und hob eine Braue. »Du denkst wirklich, ich kriege das nicht hin, oder?«

Ihre Wangen röteten sich ein wenig, dann zuckte sie mit den Schultern. »Ich weiß ja, dass du nicht gern in der Küche stehst …«

»Ach, papperlapapp, das Rich Kid wird es doch wohl hinkriegen, ein paar Kekse zu backen!«, unterbrach Holly sie. Sie hatte mir diesen Spitznamen aufgedrückt, als wir uns vor eineinhalb Jahren kennengelernt hatten, und seitdem musste ich damit leben. Dann schaute sie mich aber verunsichert an. »Oder? Du kriegst das doch hin?«

»Natürlich! Wieso glaubt ihr, ich wäre so unfähig?« Ich

schnappte mir eine große, leere Schüssel und widmete mich dann den Zutaten auf dem Tisch. Ich spürte die skeptischen Blicke der anderen auf mir ruhen, aber davon ließ ich mich nicht beirren. »So, wie viele Mitarbeiter habt ihr aktuell?«

»Es sind so ungefähr fünfundzwanzig, die hier herumwuseln«, entgegnete Scott.

»Okay, dann lasst uns losbacken, wenn wir heute noch fertig werden wollen!«, entschied ich. Ich konnte es kaum erwarten, ihnen zu zeigen, was alles in mir steckte. Scott drehte sich um und stellte das Radio etwas lauter, aus dem Weihnachtslieder ertönten.

Gemeinsam standen wir an dem kleinen Tisch, lachten und mischten Zutaten zusammen. Der Küchenboden sah nach wenigen Minuten aus, als wäre eine Packung Mehl explodiert, und auch die Streusel für die Butterplätzchen, an denen Holly und Kim arbeiteten, verteilten sich auf dem kompletten Tisch.

Lachend stachen sie den Teig aus und schoben die nächste Ladung in den Ofen. Es dauerte nicht lange, ehe der himmlische Duft frisch gebackener Plätzchen in der Luft lag.

Ich liebte Weihnachten. Es war die einzige Zeit im Jahr, in der ich mir zwei bis drei Wochen Urlaub nahm und die Akkus wieder auflud. Gemeinsames Essen, Lachen und sich an den schönen Dingen des Lebens erfreuen. Manchmal nervte es mich selbst, dass ich so ein Workaholic war und mir lediglich diese kurze Auszeit gönnte. Kim hatte es aber geschafft, mich dazu zu bringen, öfter mal ein Wochenende Pause zu machen. Damit ich nicht mit dreißig schon komplett ausgebrannt sei, sagte sie.

Kim und Holly waren gerade dabei, die Plätzchen auf der Anrichte zu dekorieren, und Scott holte die nächste Ladung aus dem Ofen. Flott griff ich die Dosen mit braunem und weißem Zucker und kippte beides in den Messbecher vor mir. Danach schüttete ich die Mischung in die Schüssel, zusammen mit Erdnussbutter und weicher Butter, und vermengte es zu einer cremigen Masse.

»Das sieht gut aus, was wird das?«, fragte Kim und beugte sich über meine Schulter, um einen Blick in die Schüssel zu erhaschen.

»Die köstlichsten Kekse, die du je gegessen haben wirst!« Sie streckte die Hand aus und wollte sich etwas Teig aus der Schüssel klauen, aber ich schob sie zur Seite. »Hier wird nicht genascht. Erst, wenn sie fertig sind.«

Danach probierte sie es bei der zweiten Schüssel, aber wieder hatte sie keine Chance. Schmollend schob sie die Unterlippe vor. Normalerweise war das ein Gesichtsausdruck, dem ich keinen Wunsch abschlagen konnte, aber heute zog er ausnahmsweise nicht.

Seufzend ging Kim zurück zu ihren eigenen Plätzchen und ließ mich mit meinem Teig allein. Ich formte eine Kugel nach der anderen, bis auch der Rest der cremigen Masse aufgebraucht war. Schon jetzt rochen die Kekse fantastisch. Ich konnte es kaum erwarten, sie zu kosten, sobald sie aus dem Ofen waren.

»Wahnsinn, sind das viele«, sagte Holly und nickte anerkennend. Sie hatte recht. Aus dem Teig hatte ich etwa einhundert Kekse machen können.

»Wenn die so schmecken, wie die aussehen, musst du uns unbedingt das Rezept dalassen«, fügte Scott nickend hinzu.

Ein von Stolz erfülltes Lächeln legte sich auf meine Lippen. »Dann wollen wir die Teile mal backen!« Ich balancierte die ersten beiden der vier Bleche zum Ofen und schob sie hinein. Nun würde es nur noch wenige Minuten dauern, ehe wir wussten, wie sie schmeckten. Aber ich hatte das Rezept genauestens befolgt. Es war schlicht unmöglich, dass sie *nicht* schmeckten.

Mein Blick glitt zur Uhr über der Tür. Die Zeit war schnell

verflogen, mittlerweile war es früher Nachmittag, und schon zahlreiche Kekse türmten sich auf Tisch und Anrichte. Es war eine nette Geste, dass Holly und Scott sich für die Mitarbeiter so viel Mühe gaben, wo sie auch einfach welche im Supermarkt hätten kaufen können. Aber hier auf dem Land war es wohl üblich, dass man hin und wieder etwas Gutes für seine Mitmenschen tat.

»Hier, probier mal.« Kim schob mir eines ihrer frisch dekorierten Butterplätzchen in den Mund.

Die Schokolade war noch heiß und flüssig, sodass mir die Hälfte von den Lippen tropfte. »Lecker«, schmatzte ich und wischte mir mit dem Handrücken über den Mund.

Kim lächelte. »Du hast da noch was.« Sie stellte sich auf Zehenspitzen und leckte mir den Rest Schokolade von den Lippen.

»Ekelhaft seid ihr«, nuschelte Holly kopfschüttelnd.

Die Eieruhr surrte, weshalb ich eher widerwillig von Kim wegtrat, um den Ofen zu öffnen. Heißer Dampf pustete mir entgegen. Es roch … anders, als ich es mir vorgestellt hatte. Aber zumindest auf den ersten Blick sahen die Kekse so aus wie auf den Bildern aus dem Rezept.

Ich stellte die Bleche auf die Anrichte und wartete, bis sie zumindest oberflächlich abgekühlt waren. Dann nahm ich einen in die Hand und drückte ihn. Fluffig waren sie schon mal. Als ich ihn in zwei Hälften brach, stieg mir der Duft heißer Erdnussbutter in die Nase. Augenblicklich lief mir das Wasser im Mund zusammen.

»Das riecht ja lecker.« Holly drängelte sich an Kim und Scott vorbei und stellte sich neben mich.

»Nur zu, nehmt euch einen«, sagte ich stolz. Jeder griff sich einen der Schoko-Erdnussbutter-Kekse und hielt ihn fest.

»Okay, bei drei«, entschied Holly und zählte. »Eins. Zwei. Drei!«

Zeitgleich bissen wir von unseren Keksen ab. Lediglich Scott schob sich einen gleich ganz in den Mund. Während er kaute, verzog er angewidert das Gesicht. Und auch mir wurde ganz anders. Ich griff nach den Küchentüchern, riss mir ein Stück ab und spuckte den Keks hinein. Die anderen taten es mir gleich.

»Schatz, was hast du da bitte reingetan?«, fragte Kim mit angewiderter Stimme und wischte sich mit dem Papiertuch mehrfach über die Zunge.

»Sorry, Mann«, sagte Scott, nachdem er sich den Mund ausgewaschen hatte. »Kim hatte wohl recht damit, was dich und die Küche betrifft.«

»Ich habe das Rezept genau befolgt«, entgegnete ich entrüstet. Ich drehte mich um und ging zurück zum Tisch. Dann nahm ich die einzelnen Dosen in die Hand. »Hiervon je vierhundert Gramm, davon ...«

»Warte«, unterbrach Holly mich. »Du hast vierhundert Gramm Salz in die Kekse gekippt? Warum?«

Verwirrt schaute ich zwischen den Dosen und ihr hin und her. »Das sind brauner Zucker und weißer Zucker.«

Sie schlug sich die Hand vor den Mund und prustete.

Kim kam auf mich zu und schlang die Arme um meine Hüfte. »Das sind brauner Zucker und Salz.« Dann drehte sie die Dose in meiner Hand so, dass das Etikett nach vorn zeigte. Und da stand es schwarz auf weiß. Salz. Nicht Zucker.

»*Mierda!*«, fluchte ich. Wie hatte das passieren können?

»Ist doch nicht schlimm. Du hast es wenigstens versucht«, sagte Kim und schmiegte den Kopf an meine Schulter.

Ich presste die Lippen aufeinander und atmete tief durch. Dann schaute ich zu Holly und Scott. »Sorry, jetzt habe ich so viele eurer Zutaten verschwendet.«

»Ach, ist nicht schlimm. Wir holen einfach mehr«, sagte Scott und winkte ab. Holly nickte zustimmend.

»Natürlich werde ich zum Supermarkt fahren. Sagt mir einfach, was ich mitbringen soll.«

»Das wird nicht nötig sein.« Langsam löste sich Kim von mir und schaute mich breit grinsend an.

Verwirrt zog ich die Brauen zusammen. »Wie meinst du das?«

»Nun ja ...«, sagte sie lang gezogen. »Sagen wir mal, ich habe damit gerechnet, dass die eine oder andere Ladung versaut wird.«

»Was hast du gemacht, *mi amor?*«

Ein Blick zu Scott und Holly verriet, dass auch sie keine Ahnung hatten, was vor sich ging.

»Moment«, war alles, was Kim sagte, ehe sie sich umdrehte und verschwand. Wenige Minuten später kam sie zurück in die Küche, zahlreiche Keksdosen mit bunten Weihnachtsmotiven auf dem Arm balancierend.

Schnell nahm ich ihr einen Stapel ab und stellte ihn auf den Tisch. Als ich den ersten Deckel öffnete, lachte ich. Dutzende Weihnachtsplätzchen befanden sich in den Dosen.

»Wann hast du die denn alle gemacht?«, fragte Holly ungläubig.

»Gestern Abend, als du schon ins Bett gegangen bist und Aidan und Scott noch in der Kneipe waren. Ich wollte vorbereitet sein«, sagte sie und zwinkerte.

Mein Lachen wurde lauter, und nun stimmten auch die anderen mit ein. Es war so typisch für Kim. Durch und durch organisiert und immer für den Fall der Fälle gewappnet.

Ich legte meinen Arm um ihre Schulter und zog sie an mich. Dann gab ich ihr einen Kuss auf den Scheitel. »Ich weiß nicht, wie ich es finden soll, dass du von Anfang an davon ausgegangen bist, dass ich es vermassle.« Ich schüttelte den Kopf. »Aber du hast das Weihnachtsfest gerettet, und dafür liebe ich dich.«

»Und ich liebe dich. Dafür, dass du es versucht hast, gleich um einiges mehr.«

In den nächsten Stunden dekorierten wir vier zusammen die übrigen Plätzchen, lachten, tranken und sangen die Lieder aus dem Radio mit. Und trotz meines blöden Fehlers hatten wir eine wunderschöne Zeit.

Denn das war es, worum es an Weihnachten wirklich ging: die Zeit mit seinen Liebsten zu genießen und dankbar für die kostbaren gemeinsamen Augenblicke zu sein, die das Leben uns schenkte.

SCHOKO-ERDNUSSBUTTER-KEKSE
(NICHT NACH AIDAN-ART)

ZUTATEN FÜR CA. 50 KEKSE:
* 360 g Weizenmehl
* 100 g Backkakao
* Je 200 g weißen und braunen Zucker
* 2 große Eier
* 10 g Vanilleextrakt
* 1 TL Natron
* 250 g weiche Butter
* 150 g Erdnussbutter

FÜR DIE FÜLLUNG BENÖTIGST DU AUSSERDEM:
* 400 g Erdnussbutter
* 200 g Puderzucker

ZUBEREITUNG:
Du möchtest diese köstlichen Cookies backen? Das Rezept ist ganz einfach! Befolge diese Schritte, und du erhältst diese fabelhaften Schoko-Erdnussbutter-Kekse! Heize zunächst deinen Backofen auf 180 °C Umluft vor und stelle dir zwei Rührschüsseln bereit.

Mische in der ersten Schüssel Mehl, Natron und Backkakao. In der zweiten Schüssel 150 g Erdnussbutter, Butter und Zucker zu einer cremigen Masse vermengen, dann Eier und Vanilleextrakt dazugeben. Sobald du damit fertig bist, wird die Mehlmischung vorsichtig untergerührt.

Für die Füllung musst du nun die Erdnussbutter und den Puderzucker zusammen cremig rühren. Anschließend formst du die Masse zu ca. 2–3 cm großen Kugeln.

Diese werden mit je einem EL des Schokoladenteigs umschlossen. Drücke die Kugeln nun etwas platt und lege sie auf das Backpapier auf deinem Backblech.

Anschließend im vorgeheizten Backofen 7–9 Min. backen. Die Cookies sind fertiggebacken, wenn sie etwas fest sind und kleine Risse aufweisen.

Nun bleibt nur noch eines zu sagen: Lass es dir schmecken!

3

LAURA LABAS

Was ist Liebe?

LAURA LABAS wurde 1991 in der Kaiserstadt Aachen geboren. Schon früh verlor sie sich im geschriebenen Wort und entwickelte eigene Geschichten, die sie mit ihren Freunden teilte. Mit vierzehn Jahren beendete sie ihren ersten Roman. Spätestens da wusste sie genau, was sie für den Rest ihres Lebens machen wollte: neue Welten kreieren. Heute schreibt sie nach ihrem Master of Arts in Englisch und Deutscher Literaturwissenschaft immer noch mit der größten Begeisterung und Liebe und vertieft sich in Fantasy, Drama und Romance. Ihr neuer Roman »Bronwick Hall« vereint die Trendthemen Dark Academia und Hexen-Fantasy. Wenn Du mehr über die Hintergründe ihrer Bücher erfahren und immer auf dem neuesten Stand sein willst, folge Laura Labas auf Instagram (@laura_labas_) oder schaue auf ihrer Website vorbei (https://www.laura-labas.com).

Was ist Liebe?

Vielleicht war ich bereits eine Stalkerin.

Hatte ich die Grenze von der normalen und süßen Schwärmerei zum full-on Stalken vielleicht schon unbewusst überschritten?

Mein bester Freund Matt würde mir das sicher sagen können, doch ich fürchtete mich vor der Antwort.

Ich saß wie an jedem zweiten Tag im hintersten Booth des Star Diner. Dem einzigen Diner in meiner Nähe, in dem der Kaffee nicht säuerlich war und die Donuts nicht in sich zusammenfielen. Beides waren Pluspunkte, doch nicht der eigentliche Grund meines regelmäßigen Besuchs. Nein. Dieser war einen Meter neunzig groß, hatte definierte Muskeln und so strahlend blaue Augen, dass ein Blick in diese meinen Kreislauf fast zum Kollabieren brachte.

Whyatt Nemson.

»Kann ich dir noch was bringen?«, fragte er, als er plötzlich vor mir auftauchte. Blinzelnd sah ich zu ihm auf. Allein seine Stimme besaß die Macht, mich wie Butter in der Pfanne schmelzen zu lassen.

»Einen Kaffee«, krächzte ich. »Bitte.«

Wie immer lächelte er so breit, dass er zwei Reihen weißer

Zähne offenbarte und sich Grübchen in seine Wangen gruben. »Kommt sofort.«

Verträumt sah ich ihm hinterher. Ich fühlte mich jedes Mal mehr von seiner Lebenslust angezogen.

Er besuchte wie ich die Chicago State und arbeitete nebenbei im Star Diner. Leider hatten wir keine gemeinsamen Kurse. Während ich mich auf artsy Fächer konzentrierte, hing er am wissenschaftlichen Zweig des College-Baums. Das Diner war der einzige Ort, an dem sich unsere Wege kreuzten. Mit vollkommener Absicht meinerseits.

Und hier kam die Stalker-Sache ins Spiel. Würde man im Wörterbuch *Stalker* nachschlagen, würde man Folgendes finden: *Ein Beispiel ist Juria Watanabe, die ihre Augen nicht von Whyatt Nemson lassen kann.*

Klar, ich hätte auch zu einem anderen Diner gehen können, doch dann würde ich vier Stunden von Whyatts Leben verpassen. Es war ja nicht so, als würde ich ihm nach Hause folgen oder so. Ich blieb einfach brav hier sitzen, bestellte im Stundentakt meinen schwarzen Kaffee, und das war's. Vollkommen harmlos, oder?

Das Diner war gut besucht. Je mehr sich Weihnachten näherte, desto größer wurde der Drang, es sich mit einem heißen Getränk in den geschmückten Räumlichkeiten gemütlich zu machen. Ganz genauso ging es mir auch. Ich liebte die kitschigen Weihnachtssongs, die 24/7 aus den Boxen dröhnten, die bunt blinkenden Lichterketten in den Schaufenstern und die alte Weihnachtsmann-Figur auf dem gelben Tresen, der ein Auge fehlte. Dass die Kellnerinnen und Kellner seit ein paar Tagen allesamt Elfenohren trugen, war bloß ein Pluspunkt.

Zu Hause hatte ich nichts davon. Weder einen Baum noch Familie oder viele Freunde, mit denen ich meine Vorfreude teilen konnte. Seit mein Dad vor zwei Jahren an einer kurzen, schweren Krankheit gestorben war, gab es fast nur noch mich. Oft war das traurig, doch ich hatte mich daran gewöhnt. Nur zu Weihnachten spürte ich die Einsamkeit stärker als sonst.

»Du starrst ihn wieder an, als wäre er ein Stück Fleisch«, merkte Matt an, der sich mir gegenüber ins Booth setzte. Die Kaffeekanne stellte er vor sich ab, ehe er die Arme verschränkte. So wie Whyatt trug er eine dunkelgrüne Schürze und ein Namensschild, das ihn als Mitarbeiter des Diners auswies.

»Stimmt ja gar nicht«, murmelte ich und senkte den Blick auf den Block vor mir. Sinnloses Gekritzel, das definitiv keine Ähnlichkeit mit einem Essay in Kunstgeschichte hatte.

»Stimmt ja wohl.« Matt grinste breit. Im Gegensatz zu Whyatt sah ich ihn andauernd. Im Diner und in fast jedem Collegekurs, den ich belegt hatte. Wir hatten uns direkt zu Beginn des Studiums angefreundet. Tatsächlich war ich anfangs ziemlich in ihn verschossen gewesen, doch er hatte eine Freundin gehabt. Mittlerweile war er zwar wieder Single, aber ich war längst über ihn hinweg. Nicht aber über Whyatt.

Wo Whyatt sportlich, charmant und abenteuerlustig war, war Matt gemütlich, spitzzüngig und … witzig. Ich glaubte nicht, dass es etwas gab, das ihn aus der Ruhe brachte, was ihn mir als Freund unentbehrlich machte. Aber in einer Liebesbeziehung musste es aufregend sein. Ein ständiges Auf und Ab der Gefühle. Zumindest war es das, was einem ständig in Buch und Film vorgegaukelt wurde. Und genau das würde ich mit Whyatt bekommen.

»Ich überlege, ihn endlich zu fragen«, murmelte ich.

»Ob er gerne Ananas auf Pizza isst?«

»Matt!«

»Oder ob zuerst das Huhn oder erst das Ei da war?«

»Matt!«, zischte ich so laut, dass sich sogar Whyatt an der Theke zu uns umsah. Eilig senkte ich den Kopf.

»Du nimmst die Sache viel zu ernst, Juria.« Er lächelte schief. Ein Lächeln, dessen Anblick mir fast vertrauter war als mein eigenes Spiegelbild. »Geh einfach zu ihm hin, zeig ihm deine süßen Wangengrübchen, und frag, ob er mit dir ins Kino möchte.«

»So einfach ist das nicht …«

Er umfasste meine Hand mit seiner.

»Die Welt wird schon nicht untergehen, wenn er Nein sagt.«

Wie sollte ich Matt klarmachen, dass das Diner für mich zu einem sicheren Hafen geworden war? Wenn Whyatt mir eine Abfuhr erteilte, würde ich hier nicht mehr mein Gesicht zeigen können.

Seufzend entzog ich ihm meine Hand und lehnte mich zurück. Ich wollte Abenteuer, und ich wollte Aufregung. Beides müsste ich mir holen. Bei Whyatt.

»Heute vor seinem Schichtende«, verkündete ich leise, damit Whyatt mich nicht im Vorbeigehen hören konnte. »Dann tu ich's.«

»Sorry, Julia, falls ich dir falsche Hoffnungen gemacht habe oder so.« Whyatt massierte unangenehm berührt sein Ohrläppchen. Ich hätte im Boden versinken können. »Das war nicht meine Absicht.«

»Juria«, murmelte ich. »Mein Name ist Juria.«

»Sorry«, wiederholte er noch mal.

Wir standen vor dem Diner in der Kälte, und im Gegensatz zu mir hatte er keine Jacke an. Er rieb sich übertrieben die Arme und klapperte mit den Zähnen.

»Ich will dich nicht länger aufhalten. Danke für's … Anhören«, würgte ich hervor. Hitze in meinen Wangen. Ich deutete mit den Händen Richtung Tür. »Schönen Feierabend noch.«

Anders als erwartet, zischte er nicht sofort ab.

»Hör mal, es ist wahrscheinlich nicht meine Sache und so, aber … Matt ist krass in dich verschossen. Denk mal drüber nach.« Er tippte mir leicht gegen die Schulter. »Bis dann.«

Ich stand wie angewurzelt da, während er längst wieder reingegangen war. Mein Verstand konnte nicht begreifen, was gerade geschehen war.

Während sich kleine weiße Wölkchen beim Ausatmen bildeten, wurden mir zwei Dinge klar.

Erstens, ich hatte gerade einen Korb bekommen.

Zweitens, Matt war in mich verschossen.

»Was zur Hölle …?«

Ich blickte in den weißen, wolkenverhangenen Himmel in der Hoffnung, eine Antwort auf all meine Fragen würde dort geschrieben stehen. Vergeblich.

Stattdessen öffnete sich die Glastür mit der goldenen Schrift ein weiteres Mal, und Matt kam mit Schal und dicker Schneejacke raus. Seine Stirn war gerunzelt, ein paar Strähnen seines blonden Haars fielen ihm in die Stirn. Sofort hatte er mich mit einem unergründlichen Blick anvisiert.

»Kein Happy End?«, fragte er und traf wenig überraschend sofort ins Schwarze.

Ich schüttelte den Kopf, wo es noch immer ratterte und pfiff. Seinen Blick hielt ich fest, als er sich näherte. Noch während ich meinen Mund öffnete, wusste ich, dass das eine ganz schlechte Idee war. Trotzdem konnte ich mir weder auf die Zunge beißen noch meine Lippen zusammenpressen.

»Bist du in mich verknallt?«

Matt hielt inne. Seine Augen waren weit geöffnet, wie bei einem verschreckten Reh, das sich im Scheinwerferlicht nicht mehr bewegen konnte.

»Bist du's?«, wiederholte ich, als er nicht sofort antwortete. Mein Herz klopfte bis zum Hals.

»Juria«, sagte er, um Ruhe bemüht, während ich aus mir unerfindlichen Gründen einer Panikattacke nahe war. Mein bester Freund hatte Gefühle für mich? Wie? Wann? Warum? »Kommst du mit mir?«

Ich bemerkte durchaus, dass er mir nicht antwortete, doch seine Ablenkung war mir plötzlich willkommen. Als wäre ich noch nicht bereit für das, was käme.

»Wohin?«

Er presste kurz die Lippen zusammen, wie er es immer tat, wenn er unentschlossen war.

»Zu meiner Familie.«

»Warum?«

»Meine Eltern haben gekocht, und wir feiern die Vorweihnachtszeit. Ich dachte, du hast vielleicht nichts vor. Das ist alles.«

Ich kaufte ihm die Begründung nicht ab, trotzdem sagte ich zu und folgte ihm zu seiner alten Klapperkiste, deren Heizung immerhin funktionierte. Nachdem er den Motor gestartet und wir uns angeschnallt hatten, seufzte ich auf.

»Er hat mir einen Korb gegeben«, grummelte ich, doch die erwartete Verzweiflung blieb aus.

»Mistkerl«, antwortete Matt, und wir lächelten beide.

Ich war noch nie zuvor bei Matt zu Hause gewesen. Das hatte sich bisher nicht ergeben, und, ehrlich gesagt, war ich auch vor der Vorstellung zurückgeschreckt, einen Abend mit seiner Familie zu verbringen. Aus unseren Gesprächen wusste ich, dass er der Älteste von fünf Geschwistern war, und alle wohnten noch im Haus mit den Eltern und den Großeltern.

Die Aufregung, Lautstärke und das Chaos jagten mir gewaltige Angst ein, weil ich sie nicht gewohnt war. Es hatte nur meinen Dad und mich gegeben.

Sobald wir von Matts Mom begrüßt wurden, hatte ich das Gefühl, ein Teil der Familie zu sein. Es gab keine merkwürdigen Gesprächspausen, kein strenges Mustern und Schauen, ob man auf irgendeine Weise unzulänglich war. Es war, als würde ich sie schon immer kennen.

Gerade Matts jüngere Schwestern stahlen mein Herz. Sie besuchten allesamt noch die Middle- oder die Highschool und waren auf der einen Seite so unterschiedlich und auf der anderen so gleich.

Wendy wollte mit mir im Gartenteich das Eis brechen, Marianne konnte es kaum abwarten, mir ihre Pokémon-Kollektion zu zeigen, während Stace glücklich damit war, an meiner Seite zu kleben, egal, was ich tat. Thomas, der jüngste unter den Geschwistern, beäugte mich hingegen vom Sofa aus.

»Er redet bloß nicht gern«, flüsterte mir Stace ins Ohr. »Bücher sind seine Leidenschaft.«

»Das kann ich verstehen«, sagte ich in seine Richtung und lächelte. Ich bildete mir ein, er würde zurücklächeln.

Das Geschrei und Gedränge waren groß, als zu Tisch gerufen wurde. Und was für ein Tisch das war! An ihm konnten alle zehn Personen problemlos Platz finden, ohne sich mit den Ellbogen gegenseitig zu stoßen.

Nachdem ich geholfen hatte, die Speisen von der Küche ins Esszimmer zu tragen, in dem ein gemütliches Feuer im Kamin prasselte, setzte ich mich zwischen Matt und Stace an den gedeckten Tisch.

Hatte ich angenommen, dass zumindest beim Essen Stille herrschte, so wurde die Erwartung mit einem Mal zerschlagen. Jemand schaltete zudem kitschige Weihnachtsmusik an, weil es offenbar noch nicht laut genug war. Es klingelte und klirrte, und alle redeten und lachten durcheinander. Ich fing Matts Lächeln auf, und mir wurde warm ums Herz. Ganz vielleicht hatte er meine Einsamkeit gespürt und versucht, sie mit einem Besuch hier aufzufangen.

Später am Abend stand ich mit einer Decke um meine Schultern und einer Tasse heißer Schokolade auf der Terrasse. Eine Schneeflocke fiel auf meinen Handrücken, wo sie sofort zerschmolz.

»Es schneit«, sagte ich, als Matt zu mir kam.

Er stellte sich neben mich. »Der perfekte Zeitpunkt.«

»Dann bekommen wir vielleicht doch eine weiße Weihnacht«, wisperte ich hoffnungsfroh.

»Hier. Für dich.« Er hielt eine Blechdose mit buntem Weihnachtsmotiv in den Händen. »Tauschen?«

Ich gab ihm die Tasse und nahm die Dose an, um sie einen Moment zu betrachten. Wieder spürte ich ein Kribbeln in meiner Bauchgegend, was Matt nicht hätte hervorrufen sollen. Doch viel mehr als Whyatts Abfuhr waren mir seine Worte bezüglich Matt im Gedächtnis geblieben.

Langsam öffnete ich den Deckel und wurde von einem Berg köstlich duftender Vanillekipferl überrascht.

»Danke.«

»Ich habe sie selbst gebacken«, erklärte er ernst. Ich erinnerte mich an unsere erste Begegnung auf dem College-Campus und wie fasziniert ich von dem sanften Braun seiner Augen gewesen war. »Sie schmecken sicher furchtbar, aber ...«

»Das glaube ich nicht«, beeilte ich mich zu sagen, erntete jedoch ein Kopfschütteln.

»Das ist okay. Wäre okay. Weil es nicht um die Plätzchen geht.«

»Worum dann?«

Eine Schneeflocke verfing sich in seinen Wimpern. Er löste eine Hand von der Tasse und strich über meine Wange.

»Es stimmt. Ich bin seit Ewigkeiten in dich verliebt, Juria.«
Sein Lächeln war eine Mischung aus Freude und Schmerz. »So
wie du habe ich mich bloß nicht getraut, es laut auszuspre-
chen. Ist es zu spät?«

Ich lächelte.

VANILLEKIPFERL

ZUTATEN:

- ★ 250 g Mehl
- ★ 100 g gemahlene Mandeln
- ★ 80 g Zucker
- ★ 210 g vegane Butter
- ★ 50 g Puderzucker
- ★ 2 Pck. Vanillezucker
- ★ 1 Prise Salz

ZUBEREITUNG:

1. Erst Mehl, gem. Mandeln, 1 Packung Vanillezucker, Zucker und Salz miteinander in einer ausreichend großen Schüssel vermischen.
2. Die vegane Butter frisch aus dem Kühlschrank in kleine Stücke schneiden und in die Schüssel geben.
3. Alles am besten mit den Händen zu einem Mürbeteig verkneten.
4. Anschließend den Teig in Folie wickeln und 30–60 Min. im Kühlschrank ruhen lassen.
5. Danach den Teig zu 3–4 Rollen mit Ø 4 cm formen und in 2 cm dicke Scheiben schneiden. Aus den Scheiben werden die Kipferl mit den Händen geformt.
6. Auf dem mit Backpapier ausgelegten Backblech platzieren und dann im vorgeheizten Backofen (Umluft 175 °C) ca. 10–15 Min. goldbraun backen.
7. Die Kipferl nach kurzem Abkühlen in einem Puderzucker-Vanillezucker-Gemisch wenden.

4

JENNIFER ADAMS

Barbara

JENNIFER ADAMS arbeitete als Übersetzerin und Sprachlehrerin und lebt heute als Autorin im Rheinland. Die Liebe zu Regency-Romanen begleitet sie seit Jahren. In ihren Romanen setzt sie auf deutsche Schauplätze und blendet bei Liebesszenen nicht aus. Zuletzt erschien von ihr »Anna – Mitternachtsküsse für eine Lady«. Auf Instagram sucht sie unter @jenniferadams.mitliebe vor allem den Austausch mit ihren Leser:innen.

Schloss Freyberg

IM SÜDSCHWARZWALD 1831

In der Nacht hatte es leicht geschneit. Das sah hübsch aus, bedeutete aber zusätzliche Arbeit. Barbara kreuzte die Enden ihres dicken, wollenen Umschlagtuchs über der Brust und knotete sie hinter ihrem Rücken zusammen. Dann griff sie nach dem Reisstrohbesen, um die Schlosstreppen von dem weißen Puder zu befreien.

Sie begann mit der Treppe am Seiteneingang, die ins Untergeschoss führte und schon früh am Morgen von Dienstboten und Handwerkern benutzt wurde. Die breiten, geschwungenen Stufen am Hauptportal von Schloss Freyberg würde die Herrschaft so bald nicht betreten.

Der trockene Schnee ließ sich leicht von den Stufen fegen. Ende November hatte es schon einmal ein paar frostige Tage mit Schneefall gegeben, aber jetzt, Anfang Dezember, war es wieder milder geworden. Der harte Winter würde, wenn man dem Xaver glaubte, erst nach Weihnachten kommen.

»Guten Morgen!«

Barbara zuckte zusammen und sah auf. Am Kopf der Treppe stand ein großer, bärtiger Mann, den sie auf dem verschneiten Weg nicht kommen gehört hatte. Ihr Herz setzte einen Schlag aus und pochte dann umso schneller.

Der Fremde lächelte. »Ich wollt dich nicht erschrecken«, sagte er. »Ich bin der Michael Becker, und der Meister Burgert schickt mich.«

»Ah, der Steinmetz!«

Natürlich, darauf hätte sie gleich kommen können! Schließlich trug der Mann eine graue Handwerkerkluft, einen schwarzen Hut mit breiter Krempe und ein Bündel, in dem er wohl sein Werkzeug mitbrachte.

»Der bin ich.«

»Du kommst früh«, stellte Barbara fest, fegte den letzten Schnee auf der untersten Stufe beiseite und gab den Weg frei. »Geh nur rein, die Frau Brandstätter wird dir alles zeigen. Sie ist die Hauswirtschafterin.«

Michael Becker zog den Hut und nickte ihr zu. Als er an ihr vorbei ins Haus ging, blitzte ein kleiner silberner Ring in seinem Ohrläppchen auf. Bestimmt war er ein Geselle auf Wanderschaft und kam von weit her, seine Sprache war so anders, als sie es hier im Tal gewohnt war.

Barbara atmete tief durch und machte sich auf den Weg zur Vordertreppe. Zum Glück war das Fegen eine einfache Arbeit, und sie konnte dabei über den jungen Steinmetz nachdenken. Michael. Wie der Erzengel. Obwohl sie sich den immer blond vorgestellt hatte, und natürlich ohne Bart.

Endlich gab es das *Znüni,* die Morgenmahlzeit, doch zu Barbaras Bedauern blieb der Fremde dem Tisch der Dienstboten fern. Stattdessen richtete die Köchin Brot und Speck auf einem Holzbrett an und stellte einen Krug Wasser dazu.

»Barbara, wenn du fertig gegessen hast, bring das dem Steinmetz in den Schuppen«, ordnete sie an. »Guck, dass er alles hat, was er braucht.«

Barbara nickte gehorsam, doch am liebsten hätte sie gejubelt. Was für eine Abwechslung der neue Anbau im Verlauf der letzten Monate schon nach Schloss Freyberg gebracht hatte! Und welch interessante Menschen ein und aus gegangen waren: allerlei Bauhandwerker und sogar ein Architekt in vornehmem Rock und glänzenden Stiefeln.

Im Herbst hatte man den Schuppen abgedichtet, Fenster eingebaut und einen Ofen hineingestellt, sodass die Handwerker den Raum im Winter nutzen konnten. An einer Außenwand lagerten die Steine, die Meister Burgert und seine Gesellen bereits für die Fensterumfassungen bearbeitet hatten.

Den Weg zum Schuppen hatte der Xaver nicht vom Schnee befreit, sodass sich Michael Beckers Fußspuren deutlich abzeichneten. Nur zum Spaß stellte Barbara ihren eigenen Fuß in eine der Vertiefungen. Was für ein Unterschied! Und was für große Schritte der Steinmetz machte! Sie hätte springen müssen, um in seinen Spuren zu gehen, doch mit dem Krug und dem Vesperbrett in der Hand ließ sie das besser sein.

Als sie den Schuppen betrat, sah er ihr grinsend entgegen. Barbara spürte die Hitze in ihr Gesicht steigen. Er hatte sie sicher durch das Fenster beobachtet! Doch anders als der Xaver, der sie immer aufzog, sagte er nichts, sondern dankte nur, als sie ihm die Mahlzeit reichte.

Er hatte schon mit seiner Arbeit begonnen. Auf dem stabilen Tisch lag ein zugeschnittener Stein mit deutlichen Kerben auf der Oberseite, daneben reihten sich Werkzeuge. Auf einem Blatt Papier erkannte Barbara das Wappen derer von Freyberg mit allerlei Verzierungen drumherum.

»Du haust das Wappen in den Stein?«, fragte sie. »Ist das für einen Fenstersturz?«

»Ja.« Michael Becker stellte sein Essen an eine Ecke des Tischs. »Die Steine sind für den Bau so weit bearbeitet, ich bin nur für die letzten Ornamente hier.«

»Und dann?«

»Dann wird im Frühling weitergebaut. Aber da bin ich schon auf dem Heimweg.«

»Kommst du von weit her?«, wagte es Barbara zu fragen.

»Wie man's nimmt. Aus Hambach in der Pfalz.«

»Und dorthin geht's zurück? Ist deine Walz beendet?«

»Du bist aber neugierig!«

»Entschuldige.« Barbara senkte den Blick und drehte sich zum Gehen.

»Nein, bleib. Ich hab's nicht bös gemeint. Aber ich weiß noch nicht sicher, ob ich zurückgeh oder mich vielleicht in Freiburg niederlass. Da hat's mir gut gefallen.«

Von Freiburg hatte Barbara schon viel Schönes gehört.

»Sobald mein Meisterstück fertig ist«, fuhr Michael fort, »kann ich das Niederlassungsrecht als Meister bekommen und ins Bürgerbuch eingetragen werden.«

Und heiraten – schoss es Barbara durch den Kopf. Wieder wurde ihr heiß, und sicher war ihr Gesicht ganz rot. Gut, dass sie dem Steinmetz den Rücken zukehrte.

»Darf ich dich auch was fragen?« Der fremde Tonfall seiner Stimme klang gefällig.

»Ja.« Barbara sah sich nicht um.

»Verrat mir deinen Namen.«

»Barbara.« Hastig öffnete sie die Tür und eilte zurück ins Schloss.

Zu Mittag kam Michael Becker herüber und aß mit am Tisch der Dienstboten. Barbara beobachtete irritiert, wie Gerti ihn die ganze Zeit anstarrte, während Xaver und Peter ihn nach seiner Wanderschaft ausfragten. In Landau war er gewesen, in einem Dorf bei Karlsruhe, in Baden an der Oos …

»Dort hat die gräfliche Familie ihr Sommerpalais«, warf Frau Pfefferle ein.

Dann war er weiter gen Süden nach Freiburg gezogen und hatte schließlich bei Meister Burgert Arbeit gefunden, die ihn nun auf Schloss Freyberg brachte.

»Ich mach natürlich alle Arbeiten, aber hauptsächlich die Steinbildhauerei«, sagte er nicht ohne Stolz.

Kaum hatte er fertig gegessen, ging er zurück in seinen Arbeitsschuppen.

»Sieht er nicht gut aus?«, fragte Gerti mit schwärmerischem Blick.

Frau Pfefferle schüttelte den Kopf. »Er müsste sich mal rasieren, damit man das sieht.«

»Vielleicht ist er einer von jenen Freiheitsdenkern, von denen man jetzt hört?«, spekulierte Xaver. »Ich glaub, die rasieren sich nicht.«

»Oder ihm ist's so im Winter wärmer.« Peter strich sich übers Kinn. »Ich hab auch schon überlegt ...«

»Untersteh dich!« Frau Pfefferle schüttelte den Kopf. »Und jetzt los, an die Arbeit, bevor ihr einen Anpfiff kassiert.«

Leider gab es so viel zu tun, dass Barbara keine Ausrede fand, um noch einmal zum Schuppen zu gehen, ehe es dämmerte und Michael Schloss Freyberg verließ.

Es wurde tatsächlich wärmer. Am folgenden Morgen war der wenige Schnee getaut, und eigentlich hatte Barbara keinen Grund, mit dem Besen die Seitentreppe zu fegen. Doch so würde sie die Ankunft des Steinmetzes nicht verpassen.

Und da war er auch schon. Pfeifend und mit ein paar kahlen Zweigen in der Hand kam er auf sie zu, statt direkt zum Schuppen zu gehen.

»Guten Morgen.« Er lächelte, dass ihr schon wieder heiß wurde, und streckte ihr die Zweige entgegen. »Alles Gute zum Namenstag!«

Verlegen nahm sie die Gabe an.

»Du weißt, was du damit machen musst?«, fragte er.

Barbara nickte. Wenn sie die Zweige ins Wasser stellte, würden sie zu Weihnachten blühen.

»'S ist Kirsche«, erklärte Michael.

»Daheim hat meine Mutter immer Kirschzweige geschnitten. Aber seit ich hier im Dienst bin … Danke!«

»Arbeitest du schon lang auf dem Schloss?«

»Zwei Jahre.«

»Und wie ist es?«

»Gut. Leichter als daheim auf dem Hof.«

»Und es stört dich nicht, dass du immer nur machen musst, was man dir befiehlt?«

Barbara sah ihn befremdet an. »Musst du das nicht auch? Deinem Meister gehorchen?«

»Nicht wirklich – notfalls zieh ich eben weiter. Und im nächsten Jahr werd ich ohnehin mein eigener Herr. Aber nur, wenn ich jetzt an die Arbeit geh!« Er nickte ihr kurz zu und marschierte zum Schuppen.

Barbara eilte hinauf in ihre Kammer, um die Zweige in ein Glas mit Wasser zu stellen. Am Anfang war es schwer gewesen, ganz allein hier zu schlafen. Ihre kleinen Schwestern, mit denen sie zuvor das Bett geteilt hatte, fehlten ihr, doch nun war sie froh, die Kammer für sich zu haben und die Zweige nicht erklären zu müssen.

Auch heute wurde Barbara wieder mit dem *Znüni* in den Schuppen geschickt. Sie stellte das Brett mit Brot und Leberwurst und den Krug ab und wandte sich dem Stein zu, dessen Oberfläche sich deutlich verändert hatte.

»Du bist schon ziemlich weit«, sagte sie.

»Es geht. Dieser Sandstein ist nicht schwer zu bearbeiten, und schau, die hübsche rote Farbe.«

Barbara nickte.

»Hast du schon mal das Freiburger Münster gesehen? Die

herrlichen Statuen und Schnitzwerke dort? Die Portalhalle ist einmalig!«

Barbara schüttelte den Kopf.

»Ich arbeite gern mit diesem Stein. Marmor ist natürlich glatter, und die meisten Leut sehen lieber das, was sie ›perfekt‹ nennen, aber Sandstein ist einfach und ehrlich.« Er legte den Kopf schief und betrachtete Barbara genau.

»Fehlt noch was? Ich soll nämlich gucken, dass du alles hast, was du brauchst«, sagte sie schnell.

»Nein, ich denk, ich habe alles, was ich brauch.« Michael lächelte.

Hastig zog sich Barbara zurück. Dieser Fremde brachte sie ganz schön durcheinander.

Die Zeit vor den Weihnachtstagen verging wie im Flug. Die Gräfin hatte ständig neue Anweisungen, denn zum Fest würde auch ihre älteste Tochter mit ihrem Gatten und dem neugeborenen Sohn auf Schloss Freyberg weilen. Aber die Arbeit ging leicht von der Hand, wenn weihnachtliche Weisen durchs Haus klangen. Das Fräulein Josephine trällerte ständig *O Tannenbaum* und *In dulci jubilo*. Und sobald zur Harfe von Fräulein Amélie *Fröhlich soll mein Herze springen* erklang, musste Barbara sofort an Michael denken. Jedes Mal, wenn sie ihn sah, hüpfte das Herz in ihrer Brust.

Morgens vergaß er nie, sie zu begrüßen, bevor er an die Arbeit ging. Später brachte sie ihm das *Znüni*, und sie unterhielten sich ein Weilchen. Beim Mittagessen sprach er meist mit Xaver und Peter, bei Anbruch der Dunkelheit marschierte er zurück ins Dorf. Wenn es möglich war, winkte Barbara ihm. Gerti gab es auf, dem Steinmetz schöne Augen zu machen, er war ganz offensichtlich nicht interessiert.

Heute trug Barbara Brot und Bibeleskäs in den Schuppen. Michael stellte das Brett dankend zur Seite.

»Erzähl mir mehr von deiner Familie«, forderte er sie auf. »Was ist dir eine besonders liebe Erinnerung?«

Barbara musste nicht nachdenken. »Wenn ich bei meinem Vater am Kachelofen saß, und er schnitzte. Für einen Uhrmacher. Schnitzen ist ein guter Nebenverdienst im Winter. Als Kind durft ich manchmal sein Messer benutzen. Aber später hab ich dann nur noch die Flickwäsch gekriegt, das hat mir nicht so gefallen.«

Michael lachte. »Und was machen deine Barbarazweige?«

»Sie haben dicke Knospen. Sie werden gewiss am Heiligen Abend blühen.«

Das Herz war ihr schwer, wenn sie daran dachte, wie bald das war. Nur noch drei Tage! Xaver und Peter hatten bereits den Tannenbaum geschlagen, der zum Fest geschmückt in der großen Halle aufgestellt werden würde. Und gestern hatte Michael beim Mittagstisch verkündet, dass seine Arbeit auf dem Schloss zu Weihnachten beendet sein würde. Auch das Meisterstück sei so weit fortgeschritten, dass er es im neuen Jahr zur Begutachtung vorstellen konnte.

»Du siehst traurig aus.« Seine Stimme war sanft. »Freust du dich nicht aufs Christfest?«

»Doch, doch, natürlich, es ist nur …« Barbara schluckte.

Er sah sie fragend an.

»Ach, nichts.« Schnell wandte sie sich zum Gehen.

»Wart«, rief er. »Ich muss dir noch was zeigen.« Er deutete zur Wand. Dort verbarg ein Tuch einen ungefähr eineinhalb Ellen großen Gegenstand. »Mein Meisterstück.«

Neugierig trat Barbara näher. Michael zog das Tuch weg, und hervor kam eine kunstvolle Statue, wie sie noch keine gesehen hatte. Sie war aus demselben roten Sandstein gefertigt wie die Fensterumfassungen, doch hier zeigte der Stein einen völlig anderen Charakter. Die dargestellte Frau wirkte fast lebendig, als wollte sie von ihrem kleinen Sockel treten, und ihr wunderschönes Gesicht hatte etwas Liebevolles und Anrührendes.

»Wie schön sie ist«, flüsterte Barbara andächtig.

Michael stutzte, dann lachte er leise. »Du guckst nicht oft in einen Spiegel, gell?«

Natürlich nicht. Nur die Herrschaften besaßen so etwas Luxuriöses, und sie hatte keine Zeit, um sich eitel darin zu betrachten.

Michael jedoch zog einen kleinen, runden Spiegel aus seiner Jackentasche und reichte ihn ihr. Und jetzt sah sie es: Das Gesicht der Statue war das Ihre!

»Ich muss immerzu an dich denken«, sagte Michael. »Seit ich dich zum ersten Mal im Schnee gesehen hab.«

Barbara hob den Blick. Konnte es wirklich sein …?

»Und deshalb will ich zurückkommen, sobald ich meinen Meisterbrief habe. Um dich zu holen. Wenn du magst.« Sein Gesicht war sehr ernst.

Tränen traten in Barbaras Augen. »Ja!«, hauchte sie.

Michael lachte laut auf und fasste sie um die Taille und küsste sie, und sie schlang ihre Arme um ihn und drückte ihn an sich und erwiderte seine Küsse und …

»Was soll denn das?«, polterte eine tiefe Stimme an der Tür. »Da komm ich extra her, um deine Arbeit und dein Meisterstück anzuschauen …«

Michael strahlte. »Meister Burgert! Wie gut, dass Ihr da seid! Ihr könnt gleich Zeuge bei der Verlobung sein! Dies ist meine Barbara.«

Der Steinmetz warf einen Blick auf die Statue und einen zweiten auf Barbara, die Michael immer noch im Arm hielt.

»Ich versteh. Das passt. Weihnachten – das Fest der Liebe. Und du könntest einen Schlechteren wählen, Mädchen.«

Barbara lächelte selig. Ihr war, als ob alle Knospen ihrer Kirschzweige auf einmal erblühten.

WINTERSPAZIERGANG

Hinauf, hinauf durch den schweigenden Wald
die Tannen am Wegrand fast schwarz
Sie ragen empor in das himmlische Blau
und würzig duftet ihr Harz

Ich trete hinaus aus dem Dunkel des Tanns
ins gleißende, strahlende Licht
Ich schließ kurz die Augen und atme tief ein
Ein Sonnenstrahl wärmt mein Gesicht

Der frostklare Himmel von tiefstem Azur
trägt Wolken wie Schleierspitzen
Das Schneekleid der Wiese zeigt allüberall
Kristalle, die funkeln und blitzen

Dort unter der Linde steht unsere Bank
verschneit und im Frost uns entrückt
darüber der einst grüne Zweig still und kahl
mit eisigen Zapfen geschmückt

Mein Atem formt Wolken, die spurlos vergehn
Ich lausche, das Herz wird mir heiter
Gleich bist du bei mir und du nimmst meine Hand
gemeinsam gehen wir weiter

Leis' knirschen die Schritte, es bleiben zurück
zwei Spuren im Schnee und ein Wispern von Glück

5

ANDREAS DUTTER

Bratsüßapfelpunsch & Weihnachtselfen

ANDREAS DUTTER lebt in Österreich und hat Kultur und Sozialanthropologie an der Universität Wien studiert. In den Sozialen Medien unterhält er seine Follower:innen mit Schreib- und Büchercontent: auf Instagram unter @andreasdutter und auf TikTok unter AndreasDutterAutor. Neben Büchern liebt er Serien, Animes und Mangas, wobei er in Gedanken eigentlich immer bei seiner nächsten Romance-Idee ist. Bei Piper erschien von ihm »Midnight Thief – Das Versprechen der Heilerin«, eine fesselnde Romantasy zweier Underdogs.

Woran ich erkannte, dass ich den besten Chef der Welt hatte? Arthur Tannenbaum-Süßapfel – ja, nein, das war wirklich sein Nachname – ließ mich im ausgebauten Dachboden seiner Buchhandlung »Süßapfel & Tannenbaum Bücher« leben. Gratis. Für ihn und mit ihm zu arbeiten, war wie Nachhausekommen. Dafür bekam ich zwar nicht viel Gehalt, aber trotzdem, seine Frau und er hatten mir das Leben mit ihrer Herzensgüte gerettet. Und das hätte ich, der verstoßene Junge von damals, nie erwartet.

Gerade jetzt, in diesem Augenblick, schwang ich aber meine Beine auf die gepolsterte Holzbank vor dem runden Dachfenster meiner kleinen Wohnung und blickte über die Dächer Wiens. Ihre schneebedeckten, im Mondschein glitzernden Häupter erfüllten mir einen meiner drei Weihnachtswünsche: Schnee an Weihnachten.

Lichterketten waren von Hauswand zu Hauswand gespannt, manche von ihnen beeindruckten mit ihren Formen, andere wiederum blinkten im Takt der im Schnee knarrenden Schritte der Menschen unter ihnen, und einige drängten sich mit ihren bunten Lichtern in den Vordergrund. Welche es auch war, sie alle halfen, den Weihnachtszauber zu verstärken. In der

Ferne erkannte ich irgendwo den Stephansdom, dessen spitzes Dach wie mit Puderzucker bestäubt wirkte.

Kurz verlor ich mich in diesem Anblick. Wollte mehr davon. Lehnte mich vor und ... Bumm. Das Rundfenster stoppte meine Stirn, und ich verharrte in dieser Position. Das kalte Glas kühlte meine aufgeheizte Haut ab. Ja, ich bildete mir sogar ein, einen Zischlaut zu hören. Lange hielt dieses angenehme Gefühl nicht. Die Oberfläche wärmte sich auf, und ich stieg von der Bank und sah mich in meinem Zimmer um.

Es hieß doch, an Weihnachten erinnerten wir uns wieder daran, wofür wir dankbar waren. Tja, davon konnte ich ein Lied schreien (ja, schreien, es singen zu nennen, was ich da von mir gab, wäre eine Beleidigung). In meinen flauschigen Weihnachtssocken tanzte ich über den Teppich mit den Ornamenten hin zum Plattenspieler. Dort spielte ich ein Weihnachtsklavierkonzert ab. Ich schwang meine Hüften weiter durch den Raum. Begleitet vom Sternenlicht, das auf das verschneite Wien traf. Das, kombiniert mit den Dutzenden Kerzen, die ein perfektes Kerzenflackern imitierten, half mir, nur das eine zu spüren: Dankbarkeit.

Arthur hatte mir nicht nur ein Zimmer gegeben, er hatte mir eine Heimat geschenkt.

Mit fließenden Bewegungen hüpfte ich an den Kerzen vorbei, um zu checken, dass das Wachs an den antiken goldenen Kerzenhaltern in die Auffangschale tropfte und sie sicher auf meinen Gedichtbänden standen. Laut und völlig übertrieben sog ich den Cranberrygeruch des Duftöls im Porzellanlebkuchenhaus auf. Danach hielt ich vor der Standuhr. Bald war es Mitternacht. Bald war es Weihnachten. Bald war er da ... Er ... Mit den warmen Zimtaugen.

Mein Magen zog sich zusammen, wenn ich an ihn dachte. Mein Herzschlag beschleunigte sich. Nicht nur, weil ich mich freute. Es schwang Angst, nein, Panik mit. Panik, da jedes

Auftauchen von ihm auch bedeutete, dass ich danach tagelang heulen würde.

Lalalalala! Daran wollte ich nicht denken. Nicht jetzt. Nicht die Vorfreude trüben. Das Ziffernblatt vor mir verschwand, machte Dunkelheit Platz. Denn ich hatte meine Augen geschlossen und stellte ihn mir vor. Das Grübchen in seiner Wange. Sein fester Griff, sobald er mich in den Arm nahm. Was seine Lippen auf meiner Halsbeuge mit mir machten. Gleich danach erschien wieder das Zifferblatt vor mir. Nach diesen Gedanken fühlte ich nicht nur Freude, sondern auch etwas anderes, ziemlich Heißes weiter unten, weshalb ich meine weiße, enge Unterwäsche mit den Weihnachtsmützen darauf justieren musste. Dieser Typ machte mich fertig. Und das auf jede erdenkliche Weise …

Ich nahm mir die Vanillekipferl-Tasse und nippte an dem noch heißen Bratsüßapfelpunsch. Ja, eine Erfindung meines Chefs Tannenbaum-Süßapfel, und die Kundschaft im Buchladen unten liebte diese Eigenkreation. Vor dem Tannenbaum – also dem richtigen, nicht meinem Chef – hielt ich und blickte ganz tief in die transparente Weihnachtskugel, die einer Schneekugel glich. Der Schnee bewegte sich nicht, lag am Boden, der Weihnachtself leblos, und der Schlitten mit dem Weihnachtsmann dahinter leuchtete nicht.

Mein Seufzen ging in den Klaviertönen unter, und ich machte einen Schritt zurück, um den Baum zu begutachten. Arthur, seine Frau Maria und ich hatten das wieder hervorragend hinbekommen. Die goldenen und roten Kugeln schimmerten in warmen Farben dank der Lichterkette.

Zufrieden nickte ich unseren Vergangenheit-Ichs zu, stellte die Tasse ab und beschloss, die letzten Minuten vor Mitternacht nach unten zu gehen.

Das Stiegenhaus im Dunkeln war früher mein Endgegner gewesen, mittlerweile nahm ich jede einzelne der knarrenden

Holzstufen der vier Stockwerke mit Leichtigkeit. Ja, vier. Dafür war das uralte Haus aber recht schmal, und jedes davon hatte vielleicht ein Zimmer. Bevor ich das Erdgeschoss erreichte, lugte ich in das Zimmer im Stock mit den populären Sachbüchern, hielt mich danach an der Zierkugel des Geländers fest und ließ mich zur letzten Treppe gleiten.

Ich huschte durch den Vorhang in den Verkaufsraum im Erdgeschoss, und die unzähligen, unordentlich verteilten Bücher empfingen mich. Wie ich dieses Bücherchaos liebte. Maria hatte sich wieder selbst übertroffen und ihre Weihnachtsdeko auf ein neues Level angehoben. Dank ihrer Tochter Elli gab es sogar einen Weihnachtszug, der über uns durch den Laden fuhr. Die Schienen waren dabei an der Wand oder der Decke mit den Holzbalken befestigt worden.

Ich eilte zur Tür und hielt davor. Dahinter rieselte der Schnee zu Boden, als läutete er sein Ankommen ein. Das Glas reflektierte mich schwach. Mein Grinsen erlosch, als ich meine verwuschelten braunen Haare erkannte, die leichten Augenringe, die Sorgenfalten in meinem Gesicht. Sofort musste ich wieder an die Jahre denken, bevor Arthur und seine Frau mich gerettet hatten. Die Zeit, bevor ich nach Österreich gekommen war. Als ich auf der Straße gelebt und mit Weihnachten nichts Schönes verbunden hatte. Als Weihnachten Schmerz bedeutete. Der physische Schmerz von kalten Wintern und eisigen Schneestürmen, die sich auf meiner Haut wie Messerschnitte anfühlten. Wie blaues, alles einfrierendes Feuer. Transparente, nicht greifbare Zerstörungswut. Noch schlimmer: was das mit meinem Kopf gemacht hatte. Wenn ich Kinder mit ihren Eltern sah, die sie liebten. So, wie sie waren. Familien, die sie nicht als Schande beschimpften und rausschmissen.

Schande. Dieses Wort glich einem Hammerschlag.

Ich zog meine bunt gestreifte Stoffjacke fester um mich, da

ich plötzlich den eisigen Blick meines Vaters auf meiner Seele spürte. Er starrte mich genau jetzt, in diesem Moment, aus der Fensterscheibe der Eingangstür an. Giftige hellgrüne Augen, die auch ich von ihm bekommen hatte.

Um mich abzulenken, ging ich nach draußen. Mein Spiegelbild war verschwunden und mit ihm meine bösen Gedanken. So der Plan. Leider klappte das nicht. Sie kamen zurück:

»Wenn das deine Oma erfährt!«

»Was sollen wir den Leuten sagen? Dass unser Sohn auf andere Män—? Ich kann es nicht mal aussprechen.«

»Du bist wider—«

Stopp!

Kopfschüttelnd wandte ich mich der Buchhandlung zu. Das bräunliche Gebäude mit dem Stuck an der Fassade. Die Lichterketten und das blinkende Schild mit »Tannenbaum & Süß-apfel Bücher« heiterten mich auf.

Sanft berührten mich Schneeflocken wie feine Schmetterlingsflügel. Gleich danach zuckte ein Erinnerungsblitz durch meinen Körper.

Der erste Schnee, nachdem meine Eltern mich rausgeworfen hatten. Die Kälte, die mich durchzog.

Aus der offenen Tür drang der Klang der Standuhr im Erdgeschoss. Mitternacht!

Es war Weihnachten. Noch wichtiger: Er war da.

Völlig außer Puste erreichte ich mein Dachbodenzimmer. Der Türrahmen fühlte sich rau unter meiner Hand an. Die Weihnachtskugel vor dem zweiten Rundfenster mit dem farbenfrohen Mosaikglas erstrahlte.

Ich machte einen Schritt vorwärts und fror fest. Es passierte. Wieder. Ich bildete es mir nicht ein. Für einen Moment huschte mein Blick zu meinem Handy. Sollte ich …? Nein, ich würde das nicht filmen. Diese Nacht gehörte nur mir. Nur uns.

Der Schnee in der Kugel stürmte umher. Der Schlitten glimmte rötlich auf. Das Mosaikfenster leuchtete in allen Farben. Bis es heller wurde. Noch heller. Ich zwang mich, dieses Mal die Augen offen zu lassen. Es klappte nicht. Irgendwann brannten meine Augen, sodass ich sie nicht nur schließen musste, sondern auch meinen Arm als Sichtschutz hochhob.

Von jetzt auf gleich tobte ein Sturm in meinem Zimmer, der mich beinah umschmiss. Ich rutschte in meinen Weihnachtssocken, trotz Gumminoppen, zurück. Der Türrahmen drückte sich in meinen Rücken.

Der Wind legte sich. Zögerlich nahm ich den Arm runter.

»Na? Ist das nicht ein heftig genialer Auftritt?« Seine Stimme war dieselbe. Frech, als hätte er all die Geschenke auf dem Schlitten in der Kugel geklaut.

Mein zweiter Weihnachtswunsch hatte sich erfüllt.

»Jasper.« Sein Name stahl sich erstickt wispernd über meine Lippen.

»Rusty.« Oh, verdammt. Wie er meinen Namen aussprach, so leicht, fluffig und freudig, gar nicht, als wäre ich diese Schande, zu der ich gemacht worden war.

»Oh, fuck, Jas.« Endlich tauten meine Glieder wieder auf, ich blinzelte, löste damit all die Dämme, spürte die erste Träne auf meiner Wange, schmeckte Salz in meinem Mundwinkel und lief auf ihn zu.

Güte blitzte durch seine Augen, und seine Augenbrauen, die sich hoben, legten einen gerührten Ausdruck über seine Stirn. Er öffnete seine Arme und nahm mich in Empfang. Diese Umarmung war alles. Alles, was ich mir wünschte. Alles, was ich brauchte. Fuck, ich brauchte nur das. Alles in mir verlangte nur danach. Es war die qualvollste Freude, die ich jemals empfunden habe.

»Psst. Ich bin da. Ich bin da.« Einmal strich er mir mit seinen Händen über den Hinterkopf, ehe er mich von sich drückte.

»Ich seh schrecklich aus.«

»Du siehst scharf aus. Du bist ein wandelndes, hottes Weihnachtswunder.« Jaspers Zimtaugen lösten einen wohligen Schauer in mir aus, der sich zu einem Flammensturm wandelte, als er mit beiden Händen mein Gesicht umfasste. Mit seinen Daumen tupfte er meine Tränen weg, küsste die Schatten unter meinen Augen, die Zornesfalte zwischen meinen Brauen und meine Lider. Alles, was ich an mir nicht mochte. Na ja, meine Lider mochte ich schon, aber die Augen meines Vaters dahinter nicht, nur konnte er die schlecht küssen. Es sei denn, ich hätte einen Augen-Fetisch oder so.

Okay. Stopp!

Einen klaren Gedanken fassen? Fehlanzeige. Wie funktionierte das noch gleich?

»Kannst du dieses Mal bleiben?« Ich stellte sie jedes Mal. Diese beschissene Frage, die den Moment zerstörte. Aber sie platzte einfach so aus mir heraus.

Dieses Mal schaffte Jasper es, seine freudige Miene zu wahren. Er hatte sie erwartet. Er kannte mich. Er kannte mich zu gut. Seit meinem achtzehnten Geburtstag besuchte er mich. Seitdem ich diese Kugel auf einmal zwischen dem wenigen Hab und Gut, das ich mitgenommen hatte, gefunden hatte. Wir sprachen in diesen wenigen Stunden so viel, so tiefgründig, so ohne Umschweife direkt, dass es all die unbedeutenden Gespräche über das Jahr verteilt aufwog.

»Rusty.« Diesen Spitznamen hatte er mir gegeben, als er mich – mit rotem Staub von Backsteinen bedeckt auf einem rostigen Bettgestell liegend – an unserem ersten Weihnachten aufgesucht hatte.

»Ich weiß, sorry.«

Langsam beugte er sich vor. Sein blonder, wuscheliger Mittelscheitel löste sich, und eine Strähne berührte meine Stirn. Gleich danach fühlte ich seine sanften, kalten Lippen auf meinen. Sanft wie weiche Schneeflocken, als wollte er mich nicht verletzen. Das verflog, als ich ihn an mich zog, mich an ihn presste. Ausgehungert, lechzend nach unserer Nähe, verschmolzen unsere Küsse. Gierige Geräusche, wenn wir uns kurz trennten, um zu atmen. Nur um im selben Moment wieder übereinanderherzufallen.

Betrunken von Jaspers Anwesenheit, seinem Hiersein, seinen Küssen und Berührungen, verschwamm alles vor mir. Wie unter Stroboskoplicht verflogen die Momente. Wir entledigten uns gegenseitig unserer Klamotten.

Licht aus. Licht an. Jasper war zwischen meinen Beinen, und ich klammerte mich an den seitlichen Fransen des Teppichs fest.

Licht aus. Licht an. Jasper lag auf dem Bauch vor mir, und ich küsste seinen Rücken hinab, bis zu seinem Hintern. Hinterließ eine Spur aus Flammen auf seiner kalten Haut, wie er es so schön beschrieb.

Licht aus. Licht an. Jaspers Haare zwischen meinen Fingern, an denen ich seinen Kopf zu mir hochzog und unbeholfen seine Lippen suchte, während ich mich zwang, noch nicht in ihm zu kommen.

Licht aus. Licht an. Jasper rutschte dank seiner verschwitzten Hände am Boden weg, schob dabei die Kondompackung beiseite und landete mit allen vieren in einer anderen Position. Wir lachten.

Licht aus. Licht an. Jasper über mir, in mir.

Licht aus. Licht an. Das Stroboskoplicht war vorbei und wir eingekuschelt in eine Weihnachtsgeschenkdecke vor dem Kamin im zweiten Stock mit den Sachbüchern. Jasper liebte sie. Liebte es, die Welt und den Alltag der Menschen kennenzulernen.

»Was hast du, au!« Jasper stellte den heißen Punsch, den ich vorab vorbereitet und nun nur aufgewärmt hatte, ab und trank einen Schluck Wasser. »Heiß!« Letztes Weihnachten hatte er sich auch an dem veganen Braten mit der Bratensoße verbrannt.

»Das hat Punsch so an sich.«

Jasper ließ die Zunge kurz ins Wasserglas hängen. »Also. Was hast du dieses Jahr über so erlebt?« Vorsichtig pustete Jasper den Dampf vom Punsch.

»Ähm.« *Auf dich gewartet.* »Viel gelesen. Ich habe ein paar Cafés ausprobiert. Mich an einem Café-Tester-TikTok-Account versucht – guck nicht so, ist nichts geworden. Im Sommer bin ich alleine mit dem Zug nach Venedig gefahren, das war echt toll.« *Schade, dass du nicht dabei gewesen bist.* »Da gab es so Röllchen mit Pistaziencreme, boah, so lecker!«

»Das klingt himmlisch. Erzähl mir mehr.« Jasper rutschte etwas tiefer und lehnte sich gegen meine Schulter. Er liebte es, von diesen Belanglosigkeiten zu erfahren. Manchmal tat er mir leid. Ich wünschte ihm ein normales Leben. Wir hatten oft versucht, herauszufinden, ob er unter einem Bann oder Fluch stand. Nichts. Es schien, als wäre das einfach seine Bestimmung, das ganze Jahr in dieser Kugel gefangen zu sein. Und die Kugel zu zerstören, wollten wir nicht riskieren, falls er dann einfach weg wäre. Jasper verriet mir deshalb auch nie, wie sein Jahr in dieser Kugel aussah, wo er war und was er tat. Er meinte nur, er dürfte es mir nicht verraten, da er nicht riskieren wolle, mit dem Verrat eines magischen Geheimnisses eine Strafe zu kassieren, die uns den Kontakt kostete. Das war okay für mich. Hauptsache, Jas kam jedes Jahr an Weihnachten.

Die liebevoll eingerichtete Buchhandlung ließ uns kurz vergessen, dass diese Zeit endlich war. Wir verloren uns in Gesprächen und einem Bildband voller leicht bekleideter Kerle, den wir nebenbei durchblätterten.

Später legten wir uns nach oben in mein Bett neben dem Rundfenster. Jaspers Herz pochte leise unter meinem Ohr. Gab es einen schöneren Ort als Jaspers Brust? Mit meinem Finger malte ich unsichtbare Kreise auf sein Schlüsselbein und sah zu ihm hoch. »Es ist unfair.«

»Ich weiß.« Normal lenkte Jasper ab, heiterte mich auf, doch ein ›Ich weiß‹ hatte ich nicht erwartet. »Ich wünschte, ich könnte jeden Tag mit dir verbringen.«

»Ich…«

»Aber das kann ich nicht, und ich…« Jasper setzte sich auf und lehnte seinen Kopf gegen die Dachschräge. Ich rutschte von seiner Brust auf seine Mitte.

Okay, es gab einen besseren Platz als seine Brust.

Sein Blick wurde ernst. Eine Seltenheit. Also richtig, sonnenfinsternisselten. »Ich kann nicht von dir verlangen, dein ganzes Leben zu verschwenden, auf mich zu warten. Jahrein, jahraus. Für diese paar Stunden.«

Sofort saß ich senkrecht im Bett. »Sag das nicht. Ich…« Viel zu fest schlug ich mir mit meinem Zeigefinger auf die Brust. »Will das. Du verlangst nichts! Nimm mir bitte keine Entscheidung ab, die ich für mich treffe, Jas.«

Nachdem ich das ausgesprochen hatte, verdrehte ich die Augen, und Jasper schmunzelte. Ich kicherte zuerst, dann er. Wir lachten beide los. »Sorry, ich weiß, das war etwas zu viel Drama.« Wir hatten uns vor einem Jahr zu Weihnachten klischeehafte Liebesromanstellen vorgelesen, und diese hier hätte eine davon sein können.

Jasper benutzte seine Finger als Kamm und strich meine Haare zurück. »Ich will nicht, dass du etwas verpasst. Du musst so viel alleine erleben, was…«

»Für mich bist du immer da.« Ich schüttelte entschlossen den Kopf. »Ich kann super mit mir alleine sein und bin dabei nicht einsam. Ich habe Arthur und Maria. Ich reise gerne alleine, selbst wenn du da wärst, würde ich das mal tun. Aber du …« Ebenso energisch wie vorhin bei mir tippte ich auf Jas' Brust, die sich furchtbar schnell hob und senkte, während er mir mit seinem glasigen Blick an den Lippen hing. »Du würdest fehlen. Lieber habe ich diese eine Nacht mit dir als ein Leben in einer unglücklichen Beziehung. Außerdem habe ich einiges durchgemacht, du kennst meine Geschichte. Ich kann für mich einstehen und mein Leben in die Hand nehmen. Wenn es mir jemals an etwas fehlen sollte, dann würde ich es dir sagen. Dann würde ich das …« Ich breitete meine Arme um uns aus. »Beenden. Aber ich will das nicht.«

Jas wischte sich über seine Augen. Na ja, er rieb sie eher und zog genervt laut die Nase hoch, als störte es ihn, Schwäche zu zeigen. »Okay. Versprich mir nur eines: Wenn du jemals jemanden kennenlernst, in den du dich verlieben könntest, dann verschließ dich nicht davor, ja? Lebe nicht für mich, sondern …«

»Jas.« Ich legte meinen Finger auf seine Lippen. »Keine Angst. Ich bin schon groß.« Ein belustigtes Schnauben entkam mir. »Ich lebe für mich. Heute mehr denn je. Aber ich liebe dich, und ich will dich in meinem Leben, ja?«

Jas nickte energisch, als spräche er sich Mut zu, als er mir antwortete. »Okay, danke. Ich wäre nur gern mehr. Mehr da. Mehr präsent. Mehr Halt.«

»Du bist das schon alles. Du bist mehr als Mehr.«

Wir prusteten wieder beide los.

»Okay, Schluss mit dem romantischen Gefasel. Lass uns die letzten Stunden genießen, okay?«

Ich stimmte Jas zu.

Danach guckten wir einen Zusammenschnitt aus den besten Weihnachtsfilmszenen, den ich vorab gemacht hatte, und hörten die Playlist meiner Lieblingssongs, die ich für ihn das ganze Jahr über zusammengestellt hatte. Dabei wischten wir uns durch meinen Fotoordner mit Erlebnissen und Videos, die ich an ihn gerichtet hatte, damit er über alles Bescheid wusste. Jas nahm sich auch etwas unserer kostbaren Zeit, um mir ein paar kurze Briefe zu schreiben, die ich jeden Monat am Vierundzwanzigsten öffnen durfte. Ein ganzjähriger Adventskalender.

Und sosehr wir uns auch bemühten, jede Minute zu nutzen, irgendwann war die Zeit gekommen, in der Jasper mich wieder verlassen musste. Die ersten Sonnenstrahlen krochen durch die Fenster, und wir hatten uns vor dem Weihnachtsbaum platziert.

»Ich werde dich vermissen.«

»Ich dich auch«, flüsterte ich und hielt seine Hand fest.

Wir sahen uns einfach nur an. Ich wollte jedes Detail von Jas aufsaugen. Mir kam es vor, als entdeckte ich immer wieder etwas Neues. »Scheiße, bist du wunderschön«, platzte es aus mir heraus.

Jas unterdrückte ein Lächeln und kratzte sich am Hinterkopf. »Sag das nicht.« Er nahm die Tasse mit dem Punsch und exte sie. »Du natürlich auch.«

»Ich weiß.«

Jas lächelte knapp, dann erlosch es. »Ich muss jetzt.«

»Ich sehe es.« Das Blau seiner Adern schimmerte immer mehr durch seine Haut, und ich erkannte ganz allmählich den Weihnachtsbaum durch ihn hindurch. Als würde jemand den Regler bei Photoshop langsam auf transparent schieben.

Panik überkam mich, und ich preschte vor, um ihn zu umarmen. »Ich liebe dich, Jas.«

»Ich dich auch, Rusty. Vergiss mich bitte nicht.« Jas drückte mich weg und küsste meine Lippen.

»Niemals.« Ich bettete meinen Kopf in meine Hände und unterdrückte ein Aufschluchzen. »Andere leben ihr ganzes Leben lang eine Lüge, weil sie vor dem Angst haben, was mir widerfahren ist. Verstoßen zu werden. Verluste zu erleiden. Lieber habe ich dich nur diese eine Nacht, als eine Lüge zu leben, in der es keinen Jas gibt, ja?«

Als ich aufsah, war Jasper verschwunden.

Mein dritter Weihnachtswunsch hatte sich nicht erfüllt. Die Trauer über seine fehlende Präsenz begann, ein unwohles, ziehendes Gefühl in meinem Magen zu hinterlassen. Trotzdem nahm ich noch seinen Duft wahr, dass er wirklich da gewesen war, und lächelte dankbar in mich hinein. Die Vorfreude auf das bevorstehende Jahr und das Wiedersehen mit Jas konnte mir niemand nehmen.

VEGAN CHRISTMAS
VEGANER HACKBRATEN IN BLÄTTERTEIG
MIT VEGANER BRATENSOSSE

ZUTATEN:

* 2 x veganer Blätterteig
* 200 g Champignons
* 100 g essfertige, vor-gekochte Esskastanien (Maroni)
* 20 g Sesam
* 2 EL Sojasoße
* 500 g essfertige, vor-gekochte Linsen
* 1 Knoblauchzehe
* 1 EL Tomatenmark
* 1 EL pflanzliches Öl für den Blätterteig später und zum Braten
* 2 Karotten

* 1 Zwiebel
* 20 g Haferflocken
* 150 g Cranberrys
* ½ TL Zimt
* 1 EL natürlicher Ahorn-sirup
* 100 ml Wasser
* Salz, Pfeffer, gemahlener Kreuzkümmel, Paprika-pulver nach Geschmack
* (Wenn ihr wollt, könnt ihr auch noch ein paar Blätter Thymian, Rosmarin oder ein wenig von einer Kräu-termischung hinzugeben)

ZUBEREITUNG:

Ofen auf 200 °C vorheizen. Zuerst Karotten, Zwiebel und Knoblauch klein schneiden und anbraten. Wenn das etwas weicher ist, Champignons und die Esskastanien klein schnei-den und mit den Linsen (ohne Linsenwasser aus der Dose) ebenfalls dazugeben. Weiter anbraten und nach ein, zwei Mi-nuten Sesam, Haferflocken, Sojasoße und Tomatenmark rein. Fügt die Gewürze und, falls ihr möchtet, die Kräuter hinzu. Währenddessen könnt ihr auch Cranberrys mit Zimt, Ahornsirup und Wasser auf- und weich kochen. Wenn alles weich gekocht und abgeschmeckt ist, rollt den ersten Blätterteig aus und packt alles, was ihr angebraten habt, als Masse in die Mitte des Teiges und formt es zu einem länglichen Haufen. Auf den Haufen gebt ihr die weich gekochten Cranberrys und drückt sie fest. Packt den zweiten Teig aus und legt ihn darüber, drückt ihn um den veganen Linsenhackbraten, schneidet den Rand ein wenig ab, sodass um den Linsenhaufen nur noch ein paar Zentimeter Teig überstehen, und drückt den mit einer Gabel einmal rundherum fest. Schneidet den Teig oben mit einem Messer vorsichtig dreimal ein, damit der Inhalt im Ofen etwas abdampfen kann. Streicht ein wenig pflanzliches Öl mit einem Pinsel darüber und ab in den Ofen. Dort lasst es zwanzig Minuten, bis der Teig goldbraun ist, oder nehmt es vorher raus, falls das schneller gehen sollte, der Inhalt ist ja bereits fertig gebraten und durchgekocht. Lasst es etwas abkühlen und schneidet es vorsichtig mit einem scharfen Messer.

ZUTATEN FÜR VEGANE BRATENSOSSE:

- ★ 25 g getrocknete Steinpilze
- ★ 20 g getrocknete Tomaten
- ★ 1 Karotte
- ★ 1 Zwiebel
- ★ 1 Knoblauchzehe
- ★ 150 g Champignons
- ★ ½ EL Gemüsebrühe
- ★ ½ EL Maisstärke, falls zu flüssig
- ★ 1 Zweig Rosmarin
- ★ 1 Zweig Thymian
- ★ 2 Lorbeerblätter
- ★ 20 g Lauch
- ★ 300 ml Wasser
- ★ Einen Schuss Rotwein (muss aber nicht sein)
- ★ 1 EL Ahornsirup
- ★ Muskatnuss, Salz, Pfeffer, Paprikapulver nach Geschmack

ZUBEREITUNG:

Getrocknete Steinpilze kurz in Wasser aufweichen lassen. Karotte klein schneiden und mit den getrockneten Tomaten und den getrockneten Steinpilzen in 300 ml Wasser (mit der Gemüsebrühe) kochen lassen (nach Bedarf auch mehr Wasser hinzufügen), bis alles durch ist. Inzwischen Champignons, Zwiebel, Lauch schneiden und anbraten. Etwas Rotwein und Ahornsirup hinzufügen und warten, bis der Wein verdampft ist. Erst dann wieder umrühren. Rosmarin, Thymian und Lorbeer hinzufügen. Die Karotten-Steinpilz-Tomaten im Wasser pürieren und in die Pfanne dazugeben, aber erst, wenn dort alles gut angebraten ist. Etwas Wasser hinzufügen, falls es zu dick ist, oder, falls es zu flüssig ist, etwas Maisstärke mit Wasser anrühren und dazugeben. Muskatnuss, Salz, Pfeffer, Paprikapulver nach Geschmack hinzufügen und alles umrühren sowie ziehen lassen. Rosmarin, Lorbeer und Thymian wieder aus der Soße nehmen.

Das Gericht kann zum Beispiel mit vorgekochtem Rotkohl (für das Eisen, haha) und Kartoffeln serviert werden.

6

STEFANIE SANTER

The very last
Christmas ...

STEFANIE SANTER, wurde 1994 geboren und studierte Germanistik, Romanistik und Publizistik an der Universität Wien. Mit ihrem Freund und dem gemeinsamen Hund lebt sie auf einem Segelboot im Mittelmeer. Wenn sie nicht gerade schreibt, erkundet sie Küsten, Buchten und Cafés; immer auf der Suche nach der nächsten Inspiration für besondere Geschichten. Ihren Alltag als Autorin teilt sie auf Instagram unter @stefanie.santer.

»Hey! Hör mir zu! Du hast ihn nicht umgebracht! Kia? Kia!«
Der Arzt, der sich mit *Nick* vorgestellt hatte, kniet vor dem
Stuhl, auf dem ich wie ein Häufchen Elend sitze und hyper-
ventiliere. Obwohl er lächelnd zu mir aufsieht. Vielleicht
auch, *weil* er lächelnd zu mir aufsieht und seine Augen im
matten Licht der Halogenlampen wie mitternachtsblaue
Christbaumkugeln schimmern. Er fährt sich mit der Hand
durch die dunkelblonden Haare, die sich eigenwillig locken,
und dann streicht er mit denselben Fingern langsam über
meinen Oberschenkel, drückt beruhigend mein Knie. Ich
kann die Wärme seiner Hand durch den Stoff der Jeans spüren, die vom Lauf durch den Schneeregen wie eine gefrorene
Eisschicht an mir klebt und mich zusätzlich zittern lässt.

»Habe ich nicht?«, murmele ich heiser, und Nick schüttelt
den Kopf. »Nein. Ich zeig's dir.« Er rückt die Taschentuchbox
auf dem freien Platz neben mir ein Stück näher, steht auf und
legt sich wieder sein Stethoskop an.

Jetzt, wo die Tränen meine Sicht nicht mehr völlig verschwimmen lassen, merke ich erst, dass wir die Einzigen in
der Tierklinik sind. Die Tür des Untersuchungsraums steht
offen. Der Empfang ist leer. Die anderen Gänge dunkel. Feier-

tagsschicht. Da kommen wohl nur diejenigen, die ausgerechnet am 24. Dezember das heilige Opossum ihrer Nachbarin töten. Schuldbewusst blinzle ich zum Untersuchungstisch, auf dem Mr Marvelino noch immer ziemlich reglos daliegt.

Es wäre vielleicht weniger dramatisch, wenn das Nagetier nicht auch noch nach dem verstorbenen Ehemann von Mrs Marvelino benannt worden wäre. Aber als Nick das Stethoskop von seinen Ohren nimmt und es mir anlegt, wummert es plötzlich in meinem Kopf. *Parapapapam.* Es könnte *mein* Puls sein, der immer wilder rast. Nur komischerweise nicht wegen des auferstandenen Nagetiers. Sondern vielmehr, weil ich direkt neben Nick stehe und mir gerade bewusst wird, dass ich irgendwann zwischen dem dritten und sechsten vollgeweinten Taschentuch beschlossen habe, Nick zu mögen. Mit Herzflattern, Verlegenheit und diesem eigenartigen inneren Ausnahmezustand, bei dem man von einer Sekunde auf die nächste keine Ahnung mehr hat, wie man sich verhalten soll.

»Opossums können sich bis zu sechs Stunden totstellen«, erklärt Nick. »Eigentlich machen sie das nur, wenn sie sich extrem bedroht fühlen. Hast du eine Ahnung, was die Reaktion ausgelöst haben könnte?«

»Nein«, murmle ich. »Er hat sich einfach aus seiner Mini-Hängematte im Käfig fallen lassen und seitdem nicht mehr gerührt.« Doch dann denke ich daran, wie *Last Christmas* den halben Nachmittag in Dauerschleife in meinem Wohnzimmer lief und ich eventuell etwas … theatralisch mitgesungen habe, bis ich direkt vor Mr Marvelinos Glupschaugen in Tränen ausgebrochen bin. Weil heute Weihnachten ist. Der für mich wichtigste Feiertag. Nur dass ich letztes Jahr beschlossen habe, ihn nicht mehr zu feiern. Nie wieder. Weil meine Obsession mit diesem Fest lächerlich wurde.

Meine eigenen Eltern sind geschieden – voneinander, aber ebenso von allem, was auch nur annähernd mit Kitsch zu tun hat. Deshalb saß ich als Kind alle Jahre wieder an Weihnachten allein vor dem Fernseher und habe im Flimmerlicht des Bildschirms so getan, als wäre ich Teil dieser perfekten Filme, bei denen sich am Ende eine Horde Menschen glücklich vereint um den Esstisch versammelt, auf dem sich volle Keksteller türmen, während vor den Fenstern glitzernde Schneeflocken wie Sternschnuppen vom Himmel fallen.

Seit ich siebzehn war, habe ich mich dann immer bei der Familie von meinem Freund einquartiert. Im Gegensatz zu meiner war seine Familie wie aus dem Bilderbuch. Und sie feierten mit allem Drum und Dran – überdimensionalen Socken am Kamin, einem leicht angetrunkenen Onkel in rotem Santa-Polyesterkostüm, Handschuh-Händchen-haltenden Spaziergängen am zugefrorenen See und einer Million Geschenke. Ich habe es geliebt! Dieses kleine bisschen zu viel von allem. Und als meine Beziehung vor ein paar Monaten in die Brüche ging, habe ich nicht meinem Freund, sondern den ab jetzt verlorenen Weihnachtsfesten hinterhergetrauert. Dämlich. So richtig dämlich. Aber deshalb lasse ich das jetzt auch. Immerhin bin ich dreiundzwanzig. Erwachsen! Ich werde auch ohne Weihnachten klarkommen. Dachte ich zumindest …

»Kia?«

»Sorry! Ja, ich … Nein, keine Ahnung«, lüge ich und verschweige die Theorie, dass mein Gesang schuld an Mr Marvelinos Zustand sein könnte. »Meine Nachbarin hat mich gebeten, auf das Opossum aufzupassen, weil sie Weihnachten bei ihrer Tochter und den Enkeln verbringt. Ich wusste nicht, dass Nagetiere so … empfindlich sind.«

»Normalerweise würde ich auch nicht empfehlen, die als Haustier zu halten. Zumal sie nachtaktiv sind und sich nicht gerne streicheln lassen. Aber Menschen tun die komischsten Dinge.«

Ja, denke ich ertappt. *Menschen tun die komischsten Dinge.*

Zusagen, ein Opossum zu hüten, nur weil man sich last minute einsam gefühlt hat, zum Beispiel. Ich schüttle über mich selbst den Kopf, und dann sehe ich im Augenwinkel, wie Nick sein Handy aus der Hosentasche zieht, weil es vibriert hat. Ohne die eingegangene Nachricht zu lesen, wischt er sie weg, sodass der Sperrbildschirm zum Vorschein kommt. Eine glückliche Großfamilie in identischen Weihnachtspullovern lächelt mir auf dem Hintergrundbild entgegen, und ich schnappe lautlos nach Luft. Sie sehen wie Leute aus, die Lebkuchen und Lametta mögen! Wahrscheinlich fährt Nick nachher zu ihnen. Rechtzeitig zum Abendessen und, um gemeinsam an einem Tisch zu sitzen, während alles, was mich heute noch erwartet, meine leere Wohnung ist. Etwas wehmütig ziehe ich mir das Stethoskop vom Kopf, und ... »Autsch!«

»Oh, warte kurz!« Nick macht einen Schritt auf mich zu, um den linken Stöpsel vorsichtig von einer meiner Haarsträhnen zu befreien. Seine Finger streifen dabei mein Gesicht, und ein paar Sekunden sehen wir uns stumm in die Augen. Diesmal kommt es mir so vor, als könnte man auch ohne Stethoskop ein Herz wummern hören. Ich weiß nur nicht, wessen. Meines? Seines? Unsere? Niemand bewegt sich, bis Nick sich schließlich räuspert. Ich kann die Schluckbewegung an seinem Hals wahrnehmen und meine eigene spüren.

Da ist immer noch das dramatisch tot spielende Opossum. Da ist immer noch die Traurigkeit, weil ich Weihnachten dieses Jahr schon fast verpasst habe. Aber jetzt, in diesem Moment, ist da noch etwas anderes. Der Augenblick, in dem wir beide realisieren, wie nah wir uns sind und dass es vielleicht noch nicht nah genug ist ...

»Hab's!« Nicks warme Stimme lässt mich innerlich erschaudern. Ich sehe zu ihm hoch, merke, dass ich rot werde, senke den Blick und lächele. Meine Haare sind wieder frei. Er könnte Abstand zwischen uns bringen. Aber er tut es nicht.

»Ich würde vorschlagen, dass wir unseren Freund Mr Marv das Wochenende noch zur Überwachung in der Tierklinik behalten. Morgen früh sieht eine Kollegin gleich nach ihm. Dann kannst du jetzt nach Hause fahren und Weihnachten feiern.« Nick muss etwas in meinem Gesicht gelesen haben, denn er rudert sofort zurück. »Also, falls du feierst. Ist ja nicht so, dass Weihnachten für jeden ein Ding wäre.«

»Weihnachten *ist* ein Ding für mich«, stelle ich fast schon flüsternd klar, weil es – laut ausgesprochen – total kindisch klingt. »Aber dieses Jahr bin ich allein in der Stadt geblieben, deshalb sitte ich auch das Opossum.« Ich lache lustlos und zucke mit den Schultern. Im Grunde ist es doch bloß ein Tag wie jeder andere, oder? Nichts Besonderes. Aber ...

»Wenn du willst ...« Nick reibt sich über den Nacken, während er mich weiterhin mustert. Ich bin mir nicht sicher, ob das Mitleid in seinem Blick ist. Aber allein die Vorstellung, dass es so sein könnte, lässt meine Wangen glühen. Vielleicht sollte ich einfach eine schnelle Verabschiedung murmeln und zusehen, dass ich von hier verschwinde, bevor der Abend noch erbärmlicher wird.

»Du kannst mit zu mir kommen. Also ... das sollte jetzt nicht ...« Nick presst die Lippen aufeinander. »Das sollte jetzt keine Anmache sein. Nur ein Vorschlag.«

»Du ... du lädst mich ein?«, frage ich sicherheitshalber, weil ich es nicht glauben kann.

»Wenn du willst?« Nick lächelt. Es ist ein schönes Lächeln. Vielleicht das Schönste, das ich je gesehen habe, und ich spüre erneut dieses Kribbeln.

»Okay«, sage ich deshalb, ohne lange zu überlegen.

Nicks Mundwinkel zucken. Vielleicht ist er überrascht, dass ich ohne Weiteres zugesagt habe. Aber zum ersten Mal, seit vor ein paar Tagen der erste Schnee gefallen ist, fühlt sich etwas richtig an. Als hätte es das Schicksal genau so gewollt.

»Dann räume ich hier noch schnell auf. Willst du vielleicht jemandem Bescheid geben?« Den letzten Part sagt er vorsichtig. So, als sollte ich es sein. *Vorsichtig.* Weil ich gleich zu jemandem ins Auto steige, den ich nicht kenne. Mit ihm wegfahre. Und keine Ahnung habe, wohin. Aber ich winke bloß ab und bin im Geiste schon beim Anzünden der vierten Kerze auf dem Adventskranz.

Vorfreude sammelt sich in mir, und ich muss mich bemühen, nicht vor Aufregung die Fassung zu verlieren. Aber es fällt mir immer schwerer.

Während der Autofahrt bin ich so aufgewühlt, dass ich bei jeder Kurve, in der Nick abbremst, am liebsten ein eigenes Gaspedal hätte, um schneller zu fahren. Das Handschuhfach verdeckt meine wippenden Füße zum Glück, und Nicks Worte lenken mich ebenfalls ab, denn seit wir die Tür der Klinik abgesperrt haben, erzählt er mir Dinge über sich, als müsste er mich davon überzeugen, dass er kein Axtmörder ist, der mich kidnappt. »Ich studiere Veterinärmedizin im letzten Semester. Macht sich gut fürs Praktikum, wenn ich die unbeliebten Schichten übernehme. Meistens kommt da ohnehin niemand.« Die Ampel springt auf Rot, und er fügt hinzu, dass er froh ist, dass *ich* gekommen bin. Wir sehen uns wieder an. Auf diese eine Weise, die Luft zum Flirren bringt, als wäre sie elektrisch.

Wie sehr kann man jemanden auf Anhieb mögen? Und wie viel Glück kann man haben? Ich frage mich, ob Nick vielleicht meine große Liebe sein könnte. Ich frage mich das natürlich nur rein hypothetisch, irgendwo ganz hinten, heimlich, still und leise in meinem Kopf, der jedoch sofort tausend Szenarien für die Zukunft abspielt und nicht mehr zu stoppen ist. Aber ein paar Minuten später frage ich mich nur noch, was zur Hölle ich mir eigentlich gedacht habe. Denn wir bleiben nicht vor einem Einfamilienhaus stehen, in dessen Garten kleine

Elfen in den Büschen stecken und LED-Fensterdeko im Takt von *Jingle Bells* blinkt. Wir fahren in eine Garage mitten in der Stadt, die zu einem schlichten Wohnblock gehört. Skeptisch steige ich in den Aufzug, der uns bis ganz nach oben bringt.

Nick sperrt auf. Und dann sind wir in einer dunklen Wohnung. Wie erstarrt bleibe ich stehen. Nick bemerkt es und macht sofort das Licht an. Ganz normales Licht – kein Glitzern, kein Funkeln, nicht mal farbige Glühbirnen. Die offene Küche ist leer, auf der riesigen Couch sitzt niemand, und aus den Boxen klingen keine Weihnachtslieder. Das einzig Gute an diesem Szenario ist lediglich, dass auch keine Axt oder Kabelbinder in Sicht sind. Nichts Beunruhigendes. Aber ich bekomme dennoch Panik! Wo ist der Baum? Wo hängt der Mistelzweig, unter dem ich ihn später küssen wollte? Wo sind seine Eltern? Seine Oma sollte im Lesesessel sitzen und stricken, seine Geschwister müssten auf dem Teppich Lego spielen und alle fünf Minuten fragen, wann sie die Geschenke endlich auspacken dürfen. Aber hier ist niemand!

»Nick?«, frage ich zögerlich und spüre erneut das Brennen von Tränen in meinen Augen. Es ist Enttäuschung, die sich in mir ausbreitet wie ein Lauffeuer. *Wo sind denn alle?*, will ich fragen, aber kann mir den Satz gerade noch verkneifen. *Natürlich* nimmt er mich nicht mit zu seiner Familie. Schließlich haben wir uns vorhin erst kennengelernt. Ich bin so eine Idiotin!

»W…was ist das hier?«, stammle ich, und als er mit »Meine Wohnung« antwortet, muss ich wider Willen halbherzig lachen. Ich hätte mit einem Satz wie »Ein One-Night-Stand, was hast du denn gedacht?« gerechnet. Dann hätte ich mich umdrehen und verschwinden können. Weihnachten definitiv absagen und durch das Schneechaos wieder nach Hause stapfen. Aber Nick wirkt immer noch so … weihnachtswundermäßig. Weshalb ich zulasse, dass er die Tür hinter mir schließt und mir die Jacke abnimmt.

Die Stimmung ist merkwürdig. Ihm fällt das bestimmt auch auf, weil er sofort die Küchenzeile ansteuert und mich fragt, ob ich etwas möchte. Ich würde gerne antworten, dass ich ein *Weihnachten* will. Ein *richtiges*. Dass er mich zu seiner Handy-hintergrund-Familie fahren soll, weil ich mir das bereits ausgemalt hatte. Aber ich bringe kein weiteres Wort hervor und kann nicht verhindern, dass meine Unterlippe zu zittern beginnt. Ein beschwichtigendes »Hey« nach dem anderen murmelnd, lässt Nick die offene Kühlschranktür wieder zufallen und zieht mich in seine Arme. »Du hast das Opossum nicht umgebracht«, sagt er, und ich seufze in seinen Pulli, der diesen heile-Welt-Waschmittel Geruch hat.

»Es ist nicht ... es ist ... total blöd!«, stammle ich. Aber, weil Nick *Nick* ist und dieser Abend ohnehin absurd, erzähle ich ihm einfach, was los ist, und es wird mit jedem Satz peinlicher, weil ich sogar zugebe, dass ich Mr Marvelino zumindest so halb auf dem Gewissen habe. Trotzdem lässt Nick mich nicht los und zieht mich stattdessen noch näher an sich.

»Meine Familie wohnt dreihundert Kilometer entfernt, Kia. Und weil ich nicht auf dieses übertrieben stressige Zeug stehe, bin ich hiergeblieben.«

Ich seufze. Natürlich ist Nick jemand, der sich nicht von diesem Kitsch begeistern lässt. Immerhin rettet er Tiere. Er ist bestimmt kein Fan davon, echte Bäume aus dem Wald anzuschleppen, weil das wahrscheinlich irgendwelche Eulen obdachlos macht. Oder zumindest ein paar Käfer. Ich überlege noch, welche Tiere ebenfalls in Bäumen wohnen, als Nick weiterspricht. »Aber ... wir könnten uns unser eigenes Weihnachten machen?«

»Was?« Ich lehne mich ein Stück zurück, um ihn anzusehen. Nick ist vielleicht nicht der Grinch, aber er ist auf jeden Fall *grinchig,* wenn er Weihnachtstraditionen als »das stressige Zeug« bezeichnet. Ich hingegen bin eine Cindy Lou Who. Je mehr von diesem *Stress*, desto besser. Deshalb weiß ich nicht, was er mit »unserem eigenen Weihnachten« meint. Es gibt nun mal Bräuche, die gehören dazu. Fünfzehn Kekssorten backen, Geschenkschleifen mit der Schere kringeln, Punsch trinken, der so heiß ist, dass man ohnehin nichts schmeckt. Diese Dinge haben sich nicht umsonst durchgesetzt. Sie … sie sind Weihnachten! Wenn das ganze Drumherum plötzlich nicht mehr wichtig wäre … was bleibt dann noch?

»Es ist schon spät, und ich fürchte, dass wir heute keine Deko mehr bekommen, aber wir finden was. Irgendwas. Und dann hängen wir es über die Yucca-Palme.« Nick schiebt mich von sich und zeigt auf die riesige, verstaubte Pflanze in der Ecke. »Soweit ich weiß, hab ich sogar alles da, was man für Pancakes braucht. Die sind zwar nicht unbedingt weihnachtlich. Aber wenn man Zimt in den Teig kippt, dann geht das auch. Außerdem machen Pancakes jeden Tag im Jahr besonders!«

Nick ist süß. Er ist süßer, als ich erwartet hatte. Und was ist, wenn er recht hat? Mein Gefühl sagt mir, dass das hier womöglich das perfekteste Weihnachten aller Zeiten werden könnte. Nicht wie in Filmen, Büchern und Werbungen. Nicht mit tausend Eskalationen und Erwartungen. Dafür aber *unser eigenes*. Weil es vielleicht wirklich nicht um die größte Nordmanntanne geht. Das Klopapier mit den aufgemalten Christbaumkugeln, das wir wie eine Girlande um die Palme wickeln, sieht im flackernden Licht des falschen Kaminfeuers auf dem Fernseher nämlich verdammt magisch aus. Und als wir uns unter dem Palmenblatt küssen, weiß ich ganz sicher, dass voriges Jahr nicht mein allerletztes Weihnachten gewesen ist, sondern dieses hier mein erstes richtiges.

Maybe Christmas doesn't come from a store.
Maybe Christmas, perhaps … means a little bit more.
Dr. Seuss | How the Grinch stole Christmas

VEGAN CHRISTMAS PANCAKES
(DIE AUCH JEDEN ANDEREN TAG
IM JAHR BESONDERS MACHEN)

ZUTATEN FÜR 6 FLUFFIGE PANCAKES:

* 180 g Mehl
* 1 reife zermatschte Banane für die Süße (kann auch durch 20 g Zucker ersetzt werden)
* 1 TL Backpulver (fein sieben, damit keine großen Bröckchen im Teig landen)
* 20 ml Öl (ich mag geschmolzenes Kokosöl am liebsten, es klappt aber mit jedem Pflanzenöl) 250 ml Sojamilch (Hafermilch und andere Pflanzendrinks sind meist etwas flüssiger, da dann aufpassen, dass der Teig nicht zu dünn wird)
* 1 TL Zimt (ebenfalls gesiebt

ZUBEREITUNG:

Alle trockenen Zutaten in einer Schüssel gut vermengen. Öl, Milch und die zermatschte Banane hinzugeben und mit einem Schneebesen oder Mixer verrühren, bis eine homogene Masse entstanden ist.

In einer beschichteten Pfanne auf mittlerer Hitze kleine Teigkleckse verteilen und diese pro Seite ca. ½–1 Minute backen. Mit Obst, Ahornsirup, Schokocreme, veganem Joghurt oder was auch immer euch gut schmeckt, servieren und genießen!

7

KIM LEOPOLD

Perfekt unperfekt

KIM LEOPOLD, geboren 1992, lebt mit ihrer Familie im schönen Münsterland. Mit dem Schreiben hat sie schon früh begonnen, doch an die Öffentlichkeit hat sie sich damit erst getraut, nachdem sie an Brustkrebs erkrankt war. Wenn sie nicht gerade an ihrem nächsten Buch arbeitet, füllt sie ihren Podcast »Writing Dreams – Wenn Schreibträume fliegen lernen« mit Inhalt, liest oder tobt sich auf Instagram als @kim_leopold kreativ aus – immer mit dabei: ein heißer Kaffee und ihr Kater Filou.

Der Van sieht aus wie das Santaland im Macy's – was gut ist, denn unser Besuch in New Yorks beliebtestem Kaufhaus vor ein paar Tagen ist der Grund für diesen maximalistischen Weihnachtswahnsinn. Das, und die Erinnerung an Hollys bedrücktes Gesicht im letzten Jahr, weil ihr zwischen dem Abgabetermin für ihr neues Buch und dem Bau unseres Tiny-Hauses kaum Zeit blieb, um für die Feiertage zu dekorieren.

Aber dieses Mal soll es anders sein.

Dieses Mal möchte ich ihre Augen zum Leuchten bringen.

Ich möchte ihr zeigen, wie viel sie mir bedeutet. Keine Ahnung, ob ich dafür wirklich jedes der DIYs aus ihrem neuen Buch hätte nachbasteln müssen, um den Van in ein Winterwunderland zu verwandeln, aber wenn es ihr auch nur ein winziges Lächeln ins Gesicht zaubert, war es das wert.

Zufrieden hänge ich den letzten Tonanhänger an die Tannengirlande, die die Küchenzeile schmückt, begutachte noch einmal prüfend den Innenraum des Vans und schalte dann alle Lichterketten und künstlichen Teelichter aus. Ich ziehe die Vorhänge zu, damit Holly von außen keinen Blick in diese Weihnachtshölle werfen kann, und stelle sicher, dass das dicht gewebte Tuch hinter den Vordersitzen auch wirklich so gut befestigt ist, dass es sich auf der Fahrt nach Neufundland nicht lösen kann.

Dann schnappe ich mir das kleine rote Halstuch mit den weißen Schneeflocken, von dem ich weiß, dass Holly es lieben wird. Hollys Kater Orlando wirft mir einen bitterbösen Blick zu, als wüsste er genau, was auf ihn zukommt.

»Tut mir leid, Amico.« Ich hebe entschuldigend die Schultern und kraule sein Köpfchen, bevor ich das Tuch vorsichtig an seinem Hals befestige. »Nur das Beste für dein Frauchen.«

Kaum lasse ich ihn los, fängt er hektisch an, sich zu putzen.

Meine Smartwatch vibriert mit einer Nachricht von Holly: *Gerade aus dem Flugzeug raus. Kann's kaum erwarten, dich zu sehen. XX*

Mein Herz macht einen freudigen Satz. Keine halbe Stunde mehr, dann werde ich sie endlich wieder in meinen Armen halten. Wir waren zwar nur wenige Tage getrennt, weil Holly auf einem Event in der größten Buchhandlung New Yorks ihr neues Buch vorgestellt hat, während ich in der Zwischenzeit den Van die Ostküste bis nach Kanada hochgefahren habe – doch ich habe mich so sehr daran gewöhnt, jeden Tag mit ihr zu verbringen, dass sich Tage ohne sie lang und einsam anfühlen. Nun kann ich es jedenfalls kaum erwarten, die Feiertage mit ihr auf Neufundland zu verbringen.

Ich öffne die Schublade mit meiner Wäsche, greife nach einem T-Shirt und bleibe dabei an einem kleinen, mit blauem Samt bezogenen Kästchen hängen, das uns schon begleitet, seit wir Los Angeles vor ein paar Wochen verlassen haben.

Noch habe ich sie nicht gefragt.

Ich wollte auf den perfekten Moment warten – und davon gab es auf unserer Reise schon einige. Im Oktober, als wir noch an der Westküste waren und beim Whale Watching in Seattle die Orcafamilie im Wasser entdeckt haben, zum Beispiel, oder als wir uns in Spokane ein paar Tage in einer gemütlichen Glampinghütte geleistet und nach dem Skifahren jeden Tag heißen Kakao mit Marshmallows genossen haben. Ich hätte sie auch fragen können, als wir Anfang November am Flathead Lake saßen und bibbernd einen der schönsten Sonnenuntergänge unserer Reise genossen haben. Unser Ausflug in den Yellowstone-Nationalpark wäre auch ein guter Aufhänger gewesen. Malerische Kulissen, tiefsinnige Gespräche, Momente, die ich für immer in meiner Erinnerung behalten möchte.

Aber nach allem, was wir durchgemacht haben, weiß ich nicht, ob sie schon bereit für den nächsten Schritt ist. Vor nicht ganz zwei Jahren war sie sich ja nicht einmal sicher, ob sie bereit für eine Beziehung ist. Zwar haben wir in der Zwischenzeit ein kleines Haus zusammen gebaut, aber das war ein Projekt für unsere YouTube-Kanäle. Einen Heiratsantrag kann ich ihr nicht unter dem Deckmantel unserer Arbeit machen, denn dabei geht es nicht um Zahlen oder Ideen. Es geht um uns und die Frage, ob wir einander ein Versprechen für immer geben wollen.

Was ich möchte, weiß ich – doch sooft ich Holly auch die Gefühle an der Nasenspitze ablesen kann, in dieser einen Sache bin ich mir nicht sicher. Deshalb lege ich die Schatulle mit dem Ring auch heute wieder zurück in die Schublade und verberge sie unter einem Haufen schwarzer T-Shirts, bevor ich mich umziehe und in meine Wintersachen schlüpfe.

Nach einem Blick auf die Uhr steige ich schließlich aus dem Van, weil sie jeden Moment aus der Ankunftshalle des Flughafens in Halifax kommen dürfte. Ich blinzle gegen die schieren Mengen an Weiß an. Die Schneemassen wurden zwar zur Seite geräumt, sodass ich von New York aus gut hergefunden habe, doch es ist deutlich zu sehen, wie viel hier in den letzten Tagen runtergekommen ist. Der Van sticht mit seiner quietschbunten Bemalung heraus wie ein Baum in der Wüste.

Fröstelnd reibe ich die Hände aneinander und lasse meinen Blick über die Menschen gleiten, die hier unterwegs sind. Sie werden von ihren Liebsten empfangen oder steigen mit geschäftigen Mienen in ein Taxi.

Schließlich erblicke ich in dem Meer aus Schwarz und Weiß eine knallgelbe Gestalt, die sich mit einem pinken Koffer abmüht. Mit einem Lächeln auf den Lippen setze ich mich in Bewegung.

Als Holly mich entdeckt und ihren Koffer loslässt, um stattdessen auf mich zuzustürmen, werde ich schneller. Zwei, drei Schritte später prallen unsere Körper mit einer Heftigkeit ineinander, die uns beinahe zu Boden befördert. Ich schließe sie in die Arme. Sie riecht nach Zimt und dem Parfüm, das sie vor ein paar Wochen in einem Workshop erstellt hat, und dank des plüschigen Mantels fühlt es sich an, als würde ich eine Wolke umarmen. Eine sanfte, liebevolle Wolke, die mir in den letzten Tagen sehr gefehlt hat.

»Hey«, begrüße ich sie.

Sie legt den Kopf in den Nacken und sieht mich aus müden Augen an. »Hey«, flüstert sie. »Ich habe dich vermisst.«

»Ich dich auch.« Ich drücke einen Kuss auf ihre Lippen, die von der Kälte ganz spröde sind. Trotzdem seufze ich genüsslich auf. Jeder Kuss mit ihr ist anders, und dieser hier ist ein Versprechen, die nächsten Tage die Arbeit ruhen zu lassen und die Zeit zu zweit zu genießen.

Ich löse mich erst von ihr, als mir die Kälte in den Nacken kriecht und sich der Vorplatz des Flughafens bereits rapide geleert hat.

»Komm.« Ich greife nach ihrer Hand und hebe mit der anderen ihren Koffer hoch. Ich könnte schwören, dass er schwerer als vor der Reise nach New York ist. »Ich habe Kaffee gemacht und eine Weihnachtsplaylist für die Fahrt rausgesucht.«

»Das hört sich traumhaft an.«

Ich verstaue ihr Gepäck und überrede sie, auf dem Beifahrersitz Platz zu nehmen, ohne den hinteren Teil des Vans eines Blickes zu würdigen. Dafür bekommt sie frisch gebackene, mit Zuckerguss verzierte Plätzchen. Sie schmecken zwar, aber besonders instagramwürdig sind sie nicht. Dafür müsste ich noch ungefähr fünfhundert Stunden üben.

Holly, die gerade dabei ist, ihren Kater zu begrüßen und sich über sein neues Halstuch zu freuen, reißt erstaunt die Augen auf, als ich ihr den Teller präsentiere. »Hast du die gebacken?«

Ich reibe mir verlegen über den Nacken. »Besser habe ich es nicht hingekriegt.«

Ein breites Lächeln schleicht sich auf ihre Wangen und füllt mein Herz mit Freude. Genau deshalb mache ich dieses ganze Theater. Deshalb stehe ich um halb zwölf nachts in der Küche und folge einem YouTube-Tutorial zum Thema Kekse backen. Deshalb starte ich um halb zwei einen neuen Versuch, weil die ersten nichts geworden sind, da veganes Backen nun mal einfach komplizierter ist.

Für Holly. Weil es mir Spaß macht, ihr eine Freude zu machen. Weil ich sie liebe.

Ich denke an den Ring in meiner Wäscheschublade.

Holly greift nach einem giftgrün verzierten Keks, der eigentlich ein Tannenbaum werden sollte, nun aber eher aussieht wie eine missratene Version des Grinchs, und beißt ab.

Gespannt warte ich auf ihr Urteil.

»Lecker!« Sie nickt anerkennend und nimmt noch einen weiteren Happen. Als sie die Hand mit dem Keks sinken lässt, hebt Orlando die Schnauze, um daran zu schnuppern. »Der ist nicht für dich, Süßer.«

Beleidigt verzieht Orlando sich nach hinten.

»Will ich wissen, wieso du einen Vorhang aufgehängt und

Kekse gebacken hast?«, fragt Holly, während sie sich auf dem Beifahrersitz einrichtet.

Ich grinse sie an. »Willst du nicht, wenn du dir nicht die Überraschung verderben willst.«

»Du hast also eine Überraschung für mich?« Ihre Augen beginnen zu leuchten. Als wir zusammengekommen sind, mochte Holly Überraschungen nicht besonders gerne, weil sie damit zu viel Negatives verbunden hat. Mittlerweile weiß sie aber, dass meine Überraschungen zu den besten zählen.

»Sag ich dir nicht.« Ich schnalle mich an und starte den Van. »Du musst dich ein bisschen gedulden.«

»Ich hasse dich.«

»Tust du nicht.«

»Nein, tu ich nicht.« Sie lehnt sich zu mir rüber, um mir einen Kuss auf die Wange zu geben. »Ich liebe dich. Mehr als alles andere auf der Welt.« Sie verharrt einen Moment. »Mit Ausnahme von Orlando vielleicht.«

Ich muss grinsen. »Tja, ich schätze, dagegen komme ich nicht an.«

Meine Pläne fallen in sich zusammen, als wir drei Stunden später den Hafen von North Sydney erreichen. Der Schneefall hat in den letzten Stunden stark zugenommen, und schon von Weitem werden wir darüber informiert, dass die Fähren nach Neufundland aufgrund eines bevorstehenden Blizzards ausfallen.

»So ein Mist«, murmle ich und kann nichts dagegen tun, dass sich die Enttäuschung in meinen Magen frisst. Ich hatte die perfekte Idee. Ich wollte Holly mit der Weihnachtshölle überraschen, ihr am Weihnachtsvorabend ein leckeres Essen zaubern und mit ihr nach Polarlichtern Ausschau halten, bevor ich vielleicht, vielleicht aber auch nicht, um ihre Hand anhalte.

Das perfekte Weihnachten.

Und nun sieht es ganz danach aus, als würden wir in einem kleinen Kaff in Nova Scotia festsitzen, bis der Blizzard vorbei ist. Was mit der Räumung von Straßen durchaus ein paar Tage dauern kann.

Stöhnend setze ich den Blinker, um aus der Reihe an wartenden Autos auszuscheren und umzudrehen. Die plötzliche Richtungsänderung lässt Holly aufwachen.

»Sind wir schon da?«, fragt sie schläfrig. »Was ist los? Wieso guckst du so grimmig?«

»Die Fähren fallen aus«, verkünde ich frustriert. »Anscheinend stehen wir kurz vor einem Blizzard.«

Holly richtet sich etwas auf. Orlando, der sich auf ihrem Schoß zusammengerollt hatte, verkriecht sich im hinteren Bereich des Vans. »Hast du das Wetter nicht gecheckt?«

»Nein, habe ich nicht«, entgegne ich gereizt. Sonst stünden wir ja wohl nicht hier. Holly erwidert darauf nichts, und kaum, dass der Ärger über ihre Frage verpufft ist, bekomme ich ein schlechtes Gewissen, weil ich sie so angefahren habe.

Ein paar Minuten bedrückten Schweigens später habe ich eine Parkbucht gefunden, die groß genug für den Van ist. Ich schalte den Motor ab und schließe die Augen. »Es tut mir leid«, sage ich leise. »Ich ärgere mich bloß über mich selbst. Wenn ich nachgesehen hätte, hätten wir längst andere Pläne machen können.«

»Hey.« Holly legt eine Hand auf meinen Oberschenkel. Ich öffne die Augen und sehe sie an. »Das können wir immer noch. Ist doch nicht das erste Mal, dass wir unsere Pläne spontan umwerfen müssen. So ist das eben beim Van-Life.«

»Aber es ist das erste Mal, dass wir in einem Schneesturm feststecken.« Ich deute auf die Frontscheibe, hinter der das Schneegestöber immer stärker wird. Es sieht ganz danach aus, als müssten wir die Feiertage in einem Parkhaus verbringen.

Etwas Unromantischeres gibt es wohl kaum. »Wir sollten einen sicheren Unterstellplatz für den Van suchen.«

»Okay, dann los.« Holly holt ihr Handy aus der Handtasche. »Ich habe keinen Empfang.«

Ich werfe einen Blick auf mein eigenes Smartphone. »Ich auch nicht.« Dann suchen wir wohl die Straßen ab. Genervt starte ich den Motor und fädle den Van zurück in den Verkehr ein. Viel ist nicht mehr los. Der Himmel wird von Minute zu Minute dunkler. Wieso ist mir das nicht vorher aufgefallen?

Ein paar Augenblicke später hebt Holly plötzlich den Arm. »Da vorne. Das Hotel hat eine Tiefgarage.«

»Für Hotelgäste«, brumme ich.

»Ich bin nur ungern eine Spielverderberin, aber ich glaube nicht, dass wir die Nacht im Van verbringen sollten. Heizlüfter hin oder her.«

Seufzend verabschiede ich mich von all meinen Plänen. Dann gibt es eben keine Weihnachtshölle, kein Weihnachtsessen, keine Polarlichter und kein begeistertes Strahlen von Holly. Und keinen Antrag.

Wieder einmal.

Als ich ein paar Minuten später mit einer Karte fürs Parkhaus zurückkehre, habe ich einen Kloß im Hals. Ich traue mich nicht, den Mund aufzumachen, um mit Holly zu reden. Fehlt nur noch, dass ich jetzt anfange zu heulen, bloß weil uns ein Blizzard in die Quere kommt. Ich sollte lieber froh sein, dass die Parkhausdecken hoch genug für den Van sind.

Ich suche uns einen Parkplatz in der Nähe der Fahrstühle und stelle den Van ab. Als die dröhnenden Motorengeräusche um uns herum verklingen, wird es merkwürdig still.

Wir verharren ein paar Momente so, bevor wir schließlich gleichzeitig zu sprechen beginnen.

»Tut mir leid, dass …«

»Schade, dass es …«

Wir lachen auf. »Du zuerst«, fordere ich Holly auf.

»Schade, dass es nicht geklappt hat«, beginnt sie von vorn und nimmt meine Hand. »Aber weißt du was? Die Hauptsache ist doch, dass wir zusammen sind. Es hätte viel schlimmer kommen können. Ein paar Stunden später und mein Flug wäre mit Sicherheit gecancelt worden.«

Ich drücke ihre Hand und streichle mit dem Daumen über die weiche Haut. Sie hat recht. Wenigstens sind wir zusammen. Das ist mehr, als viele andere zu Weihnachten haben. Dann ist alles andere doch irgendwie zweitrangig.

Und so beschließe ich, das Beste aus der Situation zu machen. Immerhin haben wir nicht umsonst unser Zuhause auf vier Rädern dabei. Es ist ja nicht so, als würden wir mit unseren Koffern auf der Straße stehen.

»Ich würde dir gerne etwas zeigen«, erkläre ich. »Aber du musst kurz hier warten.«

»Okay.« Sie sieht mich an, und da geschieht es: Ihre Augen leuchten voller Begeisterung auf. »Bekomme ich jetzt meine Überraschung?«, fragt sie und zupft an dem Stück Stoff, das ich so sorgfältig aufgehängt habe. »Na los, ich kann's kaum erwarten.«

Im Parkhaus ist es frostig, also beeile ich mich lieber und steige im hinteren Teil des Vans wieder ein. Orlando streicht mir maunzend um die Beine, also hole ich ein Leckerchen für ihn aus dem Schrank, damit er die Überraschung für Holly nicht mit seinem Betteln stört. Dann schalte ich die Lichterketten und die künstlichen Teelichter ein.

Klick, klick, klick, klick, klick. Nach und nach erstrahlt der Van in weihnachtlicher Stimmung.

Mein Herz schlägt unwillkürlich schneller. Es ist, als wüsste mein Körper längst, dass der Moment endlich gekommen ist. Der Zeitpunkt ist alles andere als perfekt, so viele bessere Augenblicke liegen hinter uns, aber jetzt, am vermeintlichen

Tiefpunkt unserer Reise, jetzt, da uns wieder einmal bewusst wird, dass es nicht um das Drumherum geht, sondern einzig und allein um das Miteinander, wird mir klar, dass es keinen besseren Moment geben könnte.

Also hole ich die kleine Schachtel aus der Schublade und klappe sie auf. Der Ring funkelt im romantischen Weihnachtslicht, als wolle er meine Entscheidung bestätigen.

Ich stelle eine Weihnachtsplaylist auf meinem Handy an und lege es zur Seite, bevor ich mit donnerndem Herzen auf ein Knie sinke und mich noch ein letztes Mal umsehe.

Überall funkelt und blinkt es, aus meinem Handylautsprecher dringt Mariah Careys Stimme, Orlando knabbert an seinem weihnachtlichen Halstuch.

Es ist kitschig.

Es ist zu viel.

Es ist perfekt unperfekt.

Ich nehme all meinen Mut zusammen und bitte Holly herein.

WEIHNACHTSBAUMANHÄNGER
AUS TON

MATERIAL:

* Lufttrocknender Ton
* Schale mit Wasser
* Strohhalm
* Unterlage (z. B. aus Silikon oder Holz)
* zwei 30–40 cm lange, 5–7 mm dicke Holzleisten
* ein Nudelholz zum Ausrollen (Speisestärke hilft, wenn der Ton zu sehr klebt)
* Weihnachtliche Ausstechförmchen nach Geschmack
* Stempel (z. B. indische Holzstempel, Buchstabenstempel), geriffelte Gläser oder ein Stück Spitze
* Kordel/Geschenkband/ Stoffband nach Geschmack
* Acryllack o. Acrylfarbe
* Pinsel

ANLEITUNG:

1. Knete den Ton ordentlich durch und rolle ihn zwischen den Holzleisten auf der Bastelunterlage gleichmäßig aus.
2. Steche die Formen für deine Weihnachtsbaumanhänger aus und nutze den Strohhalm, um an der oberen Kante ein Loch für die spätere Aufhängung auszustechen.
3. Verziere die Anhänger, indem du mit Stempeln, geriffelten Gläsern oder Spitzenstoffen Muster in den Ton drückst.
4. Eventuelle Unebenheiten oder Risse kannst du mit etwas Wasser glatt streichen.
5. Um die Anhänger trocknen zu lassen, machst du am besten kleine Stapel. So verhinderst du, dass sie sich während des Trocknungsprozesses verziehen. Das Trocknen dauert je nach Dicke etwa 2–3 Tage.

6. Wenn die Anhänger trocken sind, kannst du sie mit Acrylfarbe verzieren oder mit Acryllack versiegeln.

7. Zu guter Letzt machst du aus der Kordel oder dem Geschenkband Schlaufen, mit denen du die Anhänger später an deinem Weihnachtsbaum oder einer Tannengirlande befestigen kannst.

8

D. C. ODESZA

Weihnachtsstille

D. C. ODESZA ist das Pseudonym einer jungen deutschen Autorin. Seit ihrem Studium in Germanistik- und Geschichtswissenschaft schreibt sie Fantasygeschichten und spannungsgeladene Romane, die sich durch tiefe Gefühle, sinnliche Momente und tief bewegende Handlungen auszeichnen.

»Entschuldigung, geht es dir gut?«, frage ich den Mann, der vor mir auf dem kühlen Sand am Strand liegt. Er liegt einfach so der Länge nach ausgestreckt in der Dämmerung da, als wäre er tot. Vielleicht ist er sogar tot?

Ich nähere mich ihm vorsichtig. Eigentlich sitzt mir die Zeit im Nacken. Es ist ein Tag vor Weihnachten, und ich wollte meiner Oma heute einen Besuch abstatten, um ihr mein Geschenk vorbeizubringen. Da es bald regnen wird, Schnee ist leider in Spanien nicht zu erwarten, wollte ich die Abkürzung über den Strand nehmen. Meistens ist er im Winter menschenleer. Nicht aber heute.

Bei dem großen Mann mit dem dunkelblonden Haar angekommen, gehe ich in die Hocke und stelle überrascht fest, dass ich ihn kenne. Er trainiert im selben Fitnessstudio wie ich.

»Hallo?«, spreche ich den Mann erneut an und mustere ihn. Die letzten Sonnenstrahlen erlauben mir einen Blick auf sein ebenmäßig geschnittenes Gesicht. Um seine Wangen schmiegen sich gepflegte Bartschatten, seine Nase ist gerade, und seine geschwungenen Lippen sind geschlossen. Von Nahem sieht er noch anziehender aus als im Studio, wenn er Gewichte hebt.

Seine Augenbrauen zucken. Ein Zeichen, dass er lebt. Er hat die Arme unter dem Kopf verschränkt und scheint bei unter zehn Grad dem Rauschen der Meereswellen zu lauschen. Wie erholsam. Mir ist schon im Fitnessstudio aufgefallen, dass er ein Einzelgänger ist, ruhig und in sich gekehrt wirkt. Er verströmt eine Stille und Gelassenheit, die nur wenige Menschen umgeben. Und die ich wirklich anziehend finde.

»Wenn ich störe, kann ich gehen. Ich wollte mich bloß vergewissern, ob alles in Ordnung ist. Du weißt schon, Erste-Hilfe-Maßnahmen und so.«

»Du störst nicht«, antwortet er mit dieser tiefen, rauen Stimme, ohne viel die Lippen zu bewegen. »Leg dich zu mir. Die Ruhe ist schön.« Was? Mich zu ihm legen? Auf den kalten Sand?

»Ich nehme das Angebot gerne in einem halben Jahr an, wenn nicht gerade Winter ist«, lache ich. Seine Mundwinkel zucken, bevor er anschließend die Augen öffnet. Ohne zu blinzeln, schaut er mir direkt in die Augen. Sein Blick ist irgendwie neugierig und berührend zugleich.

»Am besten, ich gehe weiter. Hier scheint ja alles in Ordnung zu sein.«

Gerade, als ich mich mit diesen Worten erheben will, umfasst er mein Handgelenk. »Bleib noch. Wie heißt du?«

»Ich heiße Scarlett Ruiz, und ich bin eigentlich auf dem Weg zu meiner Oma, die hier in der Gegend wohnt.«

»In der Calle Gallereta?«

»Ähm, ja, genau. Woher weißt du das?«

»Weil eine ältere Dame namens Ruiz am Ende dieser Straße wohnt.« Das ergibt Sinn.

»Und wie heißt du, und wo wohnst du?«

Seine Finger liegen immer noch warm um mein Handgelenk, während er in meinen Augen forscht, was mein Herz schneller schlagen lässt.

»Ich wohne im Schloss auf der Calle Gallerta. Mein Name ist Yeal Pérez.«

Verblüfft hebe ich die Brauen. »Dir gehört das Schloss am Ende der Straße?«

»Nein.«

Wie nein? Er hat doch gesagt, er wohnt dort.

»Das verstehe ich nicht.«

»Ich wohne darin. Das Schloss gehört Álvaro Cortéz, meinem Cousin.«

Da ein kalter Windzug unter meinen offenen Anorak fährt, schließe ich den Reißverschluss.

»Ich muss dann leider weiter. Viel Spaß noch beim Am-Strand-liegen und Die-Stille-genießen.«

Ich stapfe über den Strand, während es immer dunkler wird, und schaue zum Abendhimmel auf. Die ersten Regentropfen landen auf meiner Stirn. *Ich sollte mich beeilen.*

Gerade, als ich einen Zahn zulege, rutsche ich mit dem rechten Fuß im Sand weg und drohe, hinzufallen. Das würde ich auch, wenn nicht zwei starke Hände meine Taille von hinten umfassten.

Ich gebe vor Schreck einen leisen Schrei von mir.

»Wie ... Was machst du hier? Ich habe dich nicht gehört.« *Verdammt, er bewegt sich lautlos wie ein Geist.*

»Ich begleite dich zu deiner Oma«, dringen die Worte unerwartet an meine Ohren. »Ich wollte dich nicht erschrecken.«

»Hast du aber.« Keuchend ringe ich nach Luft. »Und du musst mich nicht begleiten.«

»Du hast Angst«, stellt er fest, als er mich loslässt, um mir in die Augen zu schauen.

»Ich bin vorsichtig.«

Er macht irgendwie ein betroffenes Gesicht. »Du hast recht. Du kennst mich nicht. Dumm von mir.«

Nun hebt er die Hand und deutet zu den Stufen, die vom Strand auf die Calle Gallereta führen. »Pass dort vorn auf. Dort lungern immer ein paar Kerle herum, die meistens aggressiv und betrunken sind.«

Ich nicke, schenke ihm ein knappes Lächeln und laufe weiter. Mittlerweile fallen weitere Tropfen vom Himmel. Als ich die Stufen hinter mir gelassen habe, treffe ich, wie von diesem Yeal vorhergesagt, auf die Gruppe Männer.

Einfach wegsehen und weitergehen, Scarlett, vor ein paar dahergelaufenen Kerlen brauchst du keine Angst zu haben – denke ich. Kaum als ich sie erreicht habe, pfeift einer der sechs Kerle.

»Schau an. Wir bekommen Gesellschaft«, quatscht mich einer leicht lallend von der Seite an. Ich umklammere die Träger der Beutel und laufe möglichst selbstsicher weiter.

»Willst du nicht bleiben?« Unvermittelt stellt sich einer von ihnen mir in den Weg. Mir rutscht das Herz in die Kniekehlen. Warum habe ich mein Pfefferspray nicht dabei?

»Ich möchte nicht«, antworte ich mit zittriger Stimme. Ich wünschte, ich würde selbstbewusster klingen.

»Wieso denn nicht? Wir sind sechs heiße Kerle und …«

»Sie möchte nicht!«, höre ich hinter mir.

Ich werfe einen Blick über die Schulter und entdecke Yeal.

»Verdammt, der komische Typ«, höre ich jemanden sagen.

»Schon gut«, antwortet der Kerl vor mir und hebt die Hände. »Wir machen keinen Ärger.« Haben sie den schon mal gemacht und dieser Yeal hat sie zurecht gewiesen?

»Will ich hoffen.« Ohne noch mehr zu sagen, läuft Yeal an mir vorbei. Um nicht länger hier stehen zu bleiben, folge ich ihm, als würde ich zu ihm gehören.

»Danke«, flüstere ich. »Aber das wäre nicht nötig gewesen.«

»Kein Problem. Wegen des Regens war ich ohnehin auf

dem Weg nach Hause.« Vielleicht wollte er sich mir vorhin wirklich nicht aufdrängen. So oder so bin ich irgendwie erleichtert, dass er doch da war.

Stillschweigend laufen wir nebeneinander und erreichen das Haus meiner Oma – wo kein Licht brennt. Es ist kurz nach 17 Uhr. Eigentlich ist sie meistens zu Hause. Gut, ich hatte den Besuch nicht angekündigt und bin somit selber schuld. Als ich am Gartentor klingele, reagiert keiner.

O Mann, ich bin umsonst hergekommen.

Yeal wartet wenige Meter weiter. »Sie ist nicht da.«

»Woher weißt du das?«

»Ihr Auto steht nicht in der Einfahrt wie sonst.« Das war mir noch gar nicht aufgefallen.

Mittlerweile ist aus dem leichten Sprühregen ein stetig zunehmender Regenguss geworden. Ich blicke verloren auf mein Handy, um mir die Fahrzeiten der Busse anzeigen zu lassen. Unvermittelt wird eine Jacke über meinem Kopf ausgebreitet.

»Oh, danke«, hauche ich, als ich aufschaue und in Yeals Gesicht blicke. Während er vom Regen durchnässt wird, bietet er mir seine Jacke an? So was hat bisher noch nie ein Mann für mich getan.

»Wann fährt dein Bus?«

»Erst in zwei Stunden.« Dummerweise habe ich keinen Schlüssel für das Haus meiner Oma. »Ich werde zur Haltestelle laufen und warten.«

»Du kannst auch mit zu mir kommen und dort warten. Also nur …« Er räuspert sich, als würde ihm das Angebot unangenehm sein. »Wenn du möchtest.«

Innerlich wäge ich ab. Ich kenne ihn so gut wie gar nicht. Aber zwei Stunden in der Kälte hocken und auf den Bus warten ist auch keine gute Idee. Außerdem war Yeal bisher wirklich freundlich und zuvorkommend. Was soll ich machen?

Ich schaue die Straße entlang, wo Lichterketten die Vorgärten erleuchten und Rentiere vor den Haustüren blinken.

»Gut. Ich komme mit.« Ein weiches Lächeln breitet sich auf seinem zuvor eher schwer zu lesenden Gesicht aus.

Im Vorgarten des prunkvollen Schlosses erstrahlen Pinienbäume im goldenen Licht. Ein großer Weihnachtskranz hängt an der Tür, und um die Säulen des Eingangsbereichs winden sich ebenfalls Lichterketten. Es sieht sehr einladend und festlich aus. Kaum da Yeal die Flügeltür aufgeschlossen hat, höre ich ein aufgewecktes Jauchzen.

Ein Junge, nicht älter als drei Jahre, rast durch die gigantisch große Eingangshalle, in der ein riesiger, bunt geschmückter Weihnachtsbaum wie aus einem Einkaufszentrum steht.

»Bleib stehen! Ich fang dich sowieso ein!«, höre ich eine männliche, sonore Stimme, bevor ein dunkelhaariger Mann mit weißem Hemd, Anzughose und in flauschigen Weihnachtssocken durch den Eingang rennt. Das muss Álvaro Cortéz sein.

Als er uns entdeckt, stoppt er seine Verfolgungsjagd.

»Sieh an, wen hast du denn aufgegabelt, Yeal?«

»Ich habe niemanden aufgegabelt. Das ist Scarlett, und sie wartet hier auf ihren Bus, der erst in zwei Stunden fährt.«

Álvaro Cortéz hebt die Brauen, als im selben Moment eine blonde Frau in roten Jogginghosen und weißem, bauchfreiem Strickpullover die Eingangshalle betritt. Sie macht große Augen.

Ich kenne sie. Sie ist eine bekannte YouTuberin! Muriel Lorente Cortéz. *Mich tritt ein Pferd!*

»Dass ich diesen Tag erlebe«, bringt sie freudestrahlend hervor, eilt auf mich zu und begrüßt mich. »Hallo, Freundin von Yeal, ich bin Muriel. Du kannst sehr gerne hier warten, auch wenn der Typ dort drüben blöde dreinglotzt.« Sie deutet auf Álvaro Cortéz.

»Dieser Typ ist dein Mann«, merkt dieser Álvaro an. »Außerdem fängt er gerade deinen Sohn ein, weil du ihm zu viele Kekse gegeben hast.«

»Wir backen nun mal gerne«, erklärt sie. »Na komm, Scarlett. Du siehst durchnässt aus. Willst du eine heiße Schokolade?«

»Also, ähm …«

Yeal schnauft neben mir. »Bedränge sie nicht, Muriel.«

»Tue ich nicht. Ich bin nur freundlich.«

»Aufdringlich trifft es eher«, merkt Álvaro Cortéz an, der mittlerweile den Jungen eingefangen hat und amüsiert lacht.

»Möchtest du etwas trinken?«, fragt mich Yeal leise. Ich schaue zu ihm auf und nicke, da ich nicht unhöflich sein möchte. Dank der ausgelassenen und familiären Stimmung glaube ich nicht, im Haus von Irren gelandet zu sein.

»Gut.« Yeal hängt seine Jacke an die Garderobe und nimmt mir meinen Anorak ab.

»Ich freue mich so. Es ist ein Weihnachtswunder, das Yeal eine Freundin mitbringt. Wo habt ihr euch kennengelernt?«, will sie wissen.

»Am Strand«, erklärt Yeal. »Sie hat gedacht, ich wäre tot.«

»Was?«, hakt Muriel verwirrt nach.

»Ja«, erkläre ich ihr schmunzelnd. »Er lag am Strand, einfach so. Ich dachte, ihm wäre etwas passiert oder er wäre …« Ich zucke mit den Schultern. »Wirklich tot.« Angespannt streiche ich mir eine Strähne hinter mein Ohr.

»Komm, Scarlett, ich zeig dir die Küche.«

Ich folge Yeal auf Socken durch den phänomenalen Wohnbereich, der mit Weihnachtsgirlanden, Nussknackern und blinkenden Eiszapfen, die an einer Wand hängen, geschmückt ist. Zudem liegen himmlische Düfte in der Luft, die mich an Lebkuchen, Zimt und warme Vanille erinnern.

Im Wohnzimmer liegt ein Pärchen auf der Couch und schaut

sich einen Weihnachtsfilm an, den ich selbst mehr als zehnmal gesehen habe. *Der Grinch.*

»Das sind Darko und Celine. Musst du nicht beachten.«

»Ich finde, du solltest ihr etwas anderes zeigen als die Küche«, merkt Darko an.

»Klappe, Dark!«, schnauzt Muriel ihn an, die Yeal und mich nicht aus den Augen lässt. »Beachte ihn wirklich nicht. Ein Typ mit einem zu großen Ego.«

Ich muss grinsen.

In der Küche angekommen, herrscht das reinste Chaos, das von einer Frau mittleren Alters bereinigt wird. »Das ist Mara«, stellt mir Muriel die Dame vor, die das über den halben Tresen verteilte Mehl und den Plätzchenteig wegwischt. Mara schaut freundlich lächelnd zu mir.

»Was möchtest du trinken?«, fragt mich Yeal, der wieder so dicht hinter mir steht, dass ich zusammenzucke. Zugleich atme ich seinen betörenden Duft aus einer Mischung von Zedernholz, Wildleder und Abendregen ein.

»Yeal, du erschreckst sie«, erklärt Muriel. »Keine Sorge. Er macht das bei mir ständig. Er ist ein Ex-Soldat und ein Meister im Anschleichen.«

»Ich schleiche nicht«, murmelt Yeal.

»Eine heiße Schokolade wäre toll«, beantworte ich seine Frage.

»Bereite ich dir zu.«

»Und wir gehen in den Wohnbereich, nicht wahr, Mara?« Die ältere Dame schaut verwirrt von der Spüle auf, als wüsste sie nicht, was Muriel von ihr will. Muriel macht eine Geste in unsere Richtung, die sogar ich kapiere. Sie will Yeal und mich allein lassen.

»Ah, ja. Sicher. Ich komme.«

Yeal schüttelt den Kopf, als er am Kaffeeautomaten steht und mehrere Knöpfe drückt. Ihm scheint das Benehmen seiner Freunde genauso unangenehm zu sein wie mir. Auf einem Hocker nehme ich am Tresen Platz.

»Sie sind nicht immer so«, erklärt mir Yeal mit einem entschuldigenden Gesichtsausdruck. Er streicht sich sein feuchtes, dunkelblondes Haar, das ihm über die Ohren reicht, aus der Stirn. Da er unter seiner Jacke bloß ein graues Langarmshirt trägt, zeichnet sich vom Regen sein wirklich athletischer Oberkörper ab. Ich erkenne definierte Muskeln und ertappe mich zu spät beim Starren. Er reibt die Lippen aufeinander.

»Ich treibe viel Sport, wenn ich nicht gerade am Strand liege«, erklärt er, als wäre es ihm unangenehm. Als der Kakao fertig ist, stellt er eine übergroße Tasse vor mir ab.

»Ich weiß«, kichere ich. »Ich habe dich öfters gesehen.«

»Ich dich auch, Scarlett.«

»Hör mal.« Vor mir stemmt er sich mit den Unterarmen auf dem Küchentresen ab, während mein Herz vor Aufregung nervös schlägt. »Ich möchte mich für die Einladung bedanken und dafür, dass du mir vorhin geholfen hast. Aber ich will echt nicht stören.«

»Tust du nicht. Sonst hätte ich dich nicht eingeladen. Ich freue mich, dich endlich kennenzulernen«, antwortet er ehrlich und beobachtet mich dabei, wie ich von der heißen Schokolade trinke, seinen Blick auf meine Lippen gerichtet. Gott, sie schmeckt himmlisch und vertreibt augenblicklich die Kälte aus meinem Körper.

Während wir noch einige Zeit in der Küche reden, lege ich meine Hemmungen komplett ab und genieße die Zeit mit Yeal. Wir unterhalten uns über das Fitnessstudio, probieren von den Keksen, die uns Diego anbietet, und lachen über seine Versuche, den Grinch nachzuahmen. Dabei habe ich die Zeit komplett aus den Augen verloren.

»Bleib zum Essen, ja?« Yeal schaut mich lange an, bevor ich die rechte Hand hebe und mit dem Daumen über seine Wange wische, auf der ich seine rauen Bartstoppeln ertaste. »Du hast dort Sand.«

Zuerst wirkt er wie erstarrt, dann aber beugt er sich mir weiter entgegen. »Also, bleibst du?«

Ein Flattern infiziert meine Magengegend. »Ja, ich bleibe zum Essen.« Einen Moment versinke ich in seinen tiefblauen Augen und wünschte mir, ihn so zu küssen, wie ich es mir manchmal im Fitnessstudio in Gedanken vorgestellt habe.

Unerwartet umfasst er mein Handgelenk, während er mir mit der anderen Hand über den Mundwinkel wischt. »Du hast dort Schaum.«

Ich muss verlegen schmunzeln. Seine zarte Berührung lässt mich meine Zurückhaltung ablegen, und ich will meine Lippen auf seine legen. Genau in dem Moment, als er mir entgegenkommt. Sanft treffen unsere Lippen aufeinander. Nur flüchtig, und doch berührt dieser Kuss meine Seele, während ich Weihnachtsmusik aus dem Wohnbereich höre und den Duft von frisch gebackenen Keksen einatme.

SCHLÜSSEL MEINER
WEIHNACHTSSTILLE

In der kühlen Weihnachtsnacht
traf ich dich, wer hätt's gedacht.
Öfters gab es diesen einen Blick,
der mir verschaffte einen Freudenkick.

Jetzt stehst du im Regen direkt vor mir,
und Gott, mir fehlen die Worte bei dir.
Du wirkst so seltsam ruhig und fast zerbrochen,
dabei geht der Schmerz vorbei, versprochen.

Manchmal frage ich mich, wie es ist, dich zu spüren,
die Sehnsucht und das Feuer zwischen uns zu schüren.
Wie ist es, dir so verdammt nah zu sein?
Deine Lippen auf meinen Mund – für ewig dein.

Die Welt ist still und kühl im Dunkeln,
trotzdem sehe ich die hellen Sterne in dir funkeln.
Du bist von vertrauter Wärme und Hoffnung umgeben.
Was meine kaputte Welt verleitet zu schweben.

Du bist das, was ich verloren glaubte.
Du bist der Schlüssel meiner Stille, und ich behaupte,
ein Blick in deine klaren Ozeanaugen,
lässt mich noch an Weihnachtswunder glauben.

9

ANIKA BEER

Lost and Found

ANIKA BEER, Jahrgang 1983, ist Autorin, Lektorin und Neurobiologin. Die Arbeit an der Universität inspirierte sie, naturwissenschaftliche Themen wie Immunologie, Neuroinformatik oder Tissue Engineering zur Grundlage für ihre Romansettings zu machen. Als Lektorin und Autorin engagiert sie sich für den sensiblen, gewalt- und diskriminierungsfreien Gebrauch von Sprache. Anika Beer lebt in Bielefeld. Zuletzt erschien ihr Near-Future-Roman »Succession Game«. Aktuelles zur Autorin und zu ihren Büchern findet sich auf ihrer Homepage (http://www.anikabeer.de), auf Instagram unter @anika.beer.autorin und auf Twitter unter @haemophagus.

Paris war unerwartet kalt. Definitiv zu kalt, um ohne Mütze herumzulaufen. Zum dritten Mal an diesem Tag stand Arc vor der graffitibesprühten Fassade des Gare du Nord und fragte sich, *wie schwer* es sein konnte, eine *rote* Mütze wiederzufinden. Allmählich wurde es dämmrig – und noch kälter. Arc wickelte den Schal fester um den Kragen seiner Jacke. *Also, nächster Versuch.* Er hatte ja sonst nichts zu tun.

Auf dem Weg zurück in Richtung Montmartre stiegen immer wieder Fetzen des Telefonats vom frühen Nachmittag in ihm auf. Seine Mutter, mit brechender Stimme und bemüht falsch-fröhlich: »*Stell dir vor, Thérot, Pierre hat mir einen Weihnachtsurlaub geschenkt! Wir fliegen schon heute. Ist das nicht … nicht …*«

Arc hatte den Satz nicht für sie beendet. Auch jetzt, Stunden später, fiel ihm kein Wort dafür ein, was das war. Dass sie nicht da war, wenn er sie zum ersten Mal seit *drei Monaten* zu Hause besuchte. An fucking *Heiligabend*. Arc hätte sie gern dafür gehasst – sie und den reichen Sack, den er ums Verrecken nicht Vater nennen würde. Aber er wusste zu gut, dass seine Mutter gerade noch unglücklicher war als er. Er *wusste*, dass sie nur zu Pierre zurückgekehrt war, damit der die Gebühren für die verschissene Privatuni in Berlin bezahlte, an die Arc in Wahrheit nicht mal ging. Und so legitim und idealistisch korrekt er es fand, das Geld zu nehmen, um damit Hardware und Server für seinen Kampf gegen den Kapitalismus zu finanzieren – am Ende war *er* derjenige, der zuließ, dass seine Mutter sich dafür von einem narzisstischen Arschpeter in einen Fake-Urlaub verschleppen ließ. Wenn er also jemanden hassen musste … dann wohl doch eher sich selbst.

Als er sich wieder einmal dem 18. Arrondissement näherte, war Arc endgültig durchgefroren. Trotzdem hatte er auch diesmal wenig Lust, die letzten Meter bis in die leere Wohnung zu gehen, also stapfte er stattdessen weiter die Gassen und Treppen von Montmartre hinauf. Im Laufen öffnete er den Chat mit seiner Mutter.

Ok, du kannst P sagen er hat gewonnen. Ich lass meine Sachen nach Berlin liefern und komm nicht wieder. Aber er soll dich dafür verfickt noch mal in Ruhe lassen

Arc blieb stehen, den Finger unschlüssig über dem *Senden*-Button. Wollte er das so sagen? So *durchziehen?* Es ergab ja nicht mal Sinn. Seine Mutter war mindestens so stur wie er und würde nicht aufhören, Arschpeter das Geld für seine Ausbildung aus der Tasche zu leiern. Wenn Arc den Kontakt zu ihr endgültig abbrach, tat er das nur für sich. Damit ihm mehr Erlebnisse wie *das hier* erspart blieben.

Inzwischen hatte er den Hang unterhalb der Sacré-Cœur erreicht. Auch hier war es ungewohnt ruhig. Klar. Alle hockten jetzt für Aperitif und Weihnachtsessen zu Hause. Aber menschenleer war in Ordnung. Wenn schon allein, dann wenigstens richtig. Obwohl … *menschenleer* stimmte streng genommen nicht ganz. Auf einer der Bänke weiter oben am Hang saß eine Gestalt auf der Lehne. Sie trug eine rote Mütze.

Nicht möglich. Arc blinzelte, aber das Bild blieb. Dort saß ein Typ, etwa in seinem Alter, und er trug *seine Mütze,* als würde sie ihm gehören. Je näher Arc kam, desto sicherer war er sich.

»He.« Er blieb vor der Bank stehen. Der Typ hatte ihn natürlich längst bemerkt und sah ihm interessiert entgegen. Abgesehen von der Mütze trug er löchrige Jeans, einen verblichenen Batik-Pullover und einen zu dünnen Filzmantel. Unter dem Rand von Arcs Mütze quoll dichtes, helles Haar hervor, und er grinste. »He?«

»Sag mal ... woher hast du die Mütze?«

»Gefunden. Wieso fragst du?« Das Grinsen wurde breiter, als wüsste er genau, worauf Arcs Frage abzielte.

Arc streckte die Hand aus. »Das ist meine. Ich such sie schon den ganzen Nachmittag.«

»Hm, verstehe.« Der Typ machte keine Anstalten, Arcs Aufforderung zu folgen. »Ist eine gute Mütze. Schön warm.«

Das war sie tatsächlich. Allerdings war das nicht der Grund, warum Arc sich ihretwegen stundenlang die Füße platt gelaufen hatte. Das ging aber niemanden etwas an.

»Wie heißt du?«, fragte der Typ auf der Bank.

»Arc.«

»Wie in Arc de Triomphe?«

»Wie in Arc-en-Ciel.«

Das brachte ihn zum Lachen. »Ah, das ist süß.«

Arc schluckte den aufwallenden Protest hinunter. Er hatte nicht vor, sich für seinen Namen zu rechtfertigen. Außerdem ... war es irgendwie ein nettes Lachen. Als würde er sich bloß ehrlich freuen. »Ja, meinetwegen. Und du?«

»Ich bin Théo.«

»Verarsch mich nicht.«

Théo hob verblüfft eine Braue. »Wieso?«

Arc öffnete den Mund und schloss ihn wieder. Ja, wieso? Woher sollte dieser Typ wissen, was Arc mit dem Namen Théo verband? »Schon gut. Also, gibst du mir jetzt meine Mütze?«

»Hmm!« Théo stützte die Hände auf die Lehne der Bank und legte grübelnd den Kopf in den Nacken. »Wie wär's mit einem Deal? Du lässt mich heute bei dir schlafen und gibst mir was zu essen. Dann bekommst du sie morgen wieder.«

Arc schnaubte. »Sicher. Hast du kein eigenes Zuhause?«

»Doch.« Théo zuckte leichthin die Schultern. »Aber unter der Brücke zieht's immer so.«

Darauf wusste Arc im ersten Moment nichts zu sagen. Er war zu verärgert und zugleich … verwirrt davon, wie verlockend er den Gedanken in Wahrheit fand. Nicht *allein* nach Hause gehen zu müssen. »Na gut. Komm mit.«

Théos Augen weiteten sich kurz. »Wow. Ich hätte nicht gedacht, dass das funktioniert.«

Arc seufzte ergeben und wandte sich zum Gehen. »Kommst du jetzt? Sonst überleg ich's mir noch mal.«

Arcs altes Zuhause lag in der Rue du Mont Cenis, in einem dieser Altbauten, für deren Zustand sich seit Jahren niemand interessierte. Vor der abgeranzten Wohnungstür wartete die Festtags-Box eines Lebensmittellieferanten, die seine Mutter trotz ihres *Urlaubs* nicht abbestellt hatte. Arc hatte gar nicht damit gerechnet, dass er sie den ganzen Tag hier stehen lassen könnte, ohne dass irgendwer sie mitgehen ließ. Er schloss die Tür auf und kickte die Kiste vor sich her in den dunklen, engen Flur. »Bitte sehr. Willkommen in meinem Drecksloch.«

Tatsächlich war die beengte Bude sauberer und aufgeräumter, als Arc sie gewöhnt war. Seine Mutter hatte wohl Weihnachtsputz gemacht, ehe sie abgehauen war. Théo blieb im Durchgang zum Wohnraum stehen und sah sich um. »Nett. Wohnst du allein hier?«

Arc zuckte die Schultern. »Ich wohne gar nicht hier. Nicht mehr. Ist die Wohnung meiner Mutter. Ich bin zu Besuch, aber sie hatte … dann doch keine Zeit.«

Seine Stimme klang unangenehm gepresst bei den Worten. Théo war das wohl auch aufgefallen, denn er musterte Arc mit einer Mischung aus Erstaunen und Mitgefühl. »Oh. Ach so.«

Arc machte eine schroffe Handbewegung und unterbrach den Blickkontakt, indem er den Deckel von der Kiste hob und darin herumwühlte. »Hier.« Er warf Théo einen Beutel mit Nüssen und Bananenchips zu. »Essen. Wie abgemacht.«

Théo musterte den Beutel ein paar Sekunden lang. Dann ging er vor der Kiste in die Hocke und spähte ebenfalls hinein. »Wow«, murmelte er. »Willst du das nicht kochen?«

»Nein.«

»Aber warum? Das sind richtig gute Sachen. Sogar Wein. Soll der wirklich ins Gemüseragout? Das sollten wir noch mal überdenken.«

»Ich kann nicht kochen.« *Und die Scheißkiste macht mich wütend. Warum hat niemand sie einfach geklaut?*

Théo fischte einen Zettel aus der Kiste. »Klingt aber eigentlich ganz leicht. Der Tofu ist sogar schon mariniert.«

Arc verdrehte die Augen und stand auf. »Weißt du was, mir egal, was du machst. Da ist die Küche. Fühl dich wie zu Hause.«

Er hatte noch nicht ganz ausgesprochen, da fiel ihm schlagartig ein, was Théo über sein Zuhause gesagt hatte: unter einer Brücke. Ganz sicher ohne Küche. *Fuck. Manchmal bist du echt ein Klotz.* »Jedenfalls, ich muss erst mal duschen«, schob er hastig hinterher. »Wenn du auch willst …«

Théo sah auf. Schalk kräuselte seine Augenwinkel. »Mit dir? Du gehst ja ganz schön ran.« Er lachte. »Sorry. Manchmal sagt mein Mund Dinge, ohne das Hirn zu fragen.«

Arc entschied, darauf nicht zu reagieren. Théo schien ihm seinen Ausrutscher nicht übel zu nehmen, dann konnte er auch einen peinlichen Anmachspruch aus dem letzten Jahrtausend verzeihen. Er zerrte ein paar seiner alten Klamotten aus dem Regal hinter dem Sofa. »Hier. Du zuerst.«

Théo musterte erst ihn und dann den Stapel in seiner Hand. »Du hast eine funky Art, nett zu sein, Arc de Triomphe.« Seine Mundwinkel zuckten. »Aber keine Sorge, ich mag das. Bin gleich wieder da.«

Als Arc etwas später selbst aus dem Bad kam, stand Théo in der Kochnische, schnitt Fenchel und Knoblauch und trank den Wein direkt aus der Flasche. Dabei summte er leise vor sich hin. »Ah, *bon retour!*«, sagte er, als Arc sich zu ihm in die Nische schob, und reichte ihm die Flasche. »Ich hab das Weinproblem gelöst. Es kommt nur ein Schluck an die Zwiebeln, der Rest ist für uns. Was für ein Leben!«

Arc lehnte sich an den Kühlschrank und setzte ebenfalls die Flasche an. Es war guter Wein. Bestimmt nicht billig, wie alles in dieser verdammten Kiste. Genau richtig, um ihn stillos wegzuschädeln. Sein nächster Schluck war größer. Der übernächste auch. Erst nach dem vierten wurde ihm bewusst, dass Théo zu schneiden aufgehört hatte. »Alles in Ordnung?«

»Klar.« Arc zuckte die Schultern und stellte die Flasche ab. Er fühlte sich dabei allerdings nicht so lässig, wie er es gern gewesen wäre. »Guter Wein, gutes Leben.«

»Hmm ... Wenn nicht, ist doch auch okay, oder? Das Leben ist oft nicht in Ordnung.«

Da war etwas in Théos Worten, das Arcs Kehle eng werden ließ. Seine Augen begannen zu brennen, und er blinzelte hastig. *Themenwechsel. Sofort, bitte.* »Tut mir übrigens leid, was ich eben gesagt hab. Mit dem Zuhause und der Küche. Wohnst du wirklich unter einer Brücke?«

Das war eine denkbar plumpe Art, von sich selbst abzulenken. Théo schien die Frage allerdings nicht zu stören. Er grinste bloß, schob den Knoblauch in eine Pfanne zu den dort brutzelnden Zwiebeln und begann, eine Süßkartoffel zu schälen. »Absolut. Kannst gern vorbeikommen. Ich wechsle die

Brücke allerdings ab und zu, du musst also vielleicht 'ne Weile suchen.«

Arc runzelte die Stirn. »Aber warum? Du könntest dich registrieren und in ein Sozialkompartment einteilen lassen.«

»Ich weiß.« Théo trank einen Schluck Wein. »Will ich aber nicht.« Er reichte Arc die Flasche zurück. »Das System ist ein Arschloch, und ich mach da nicht mit, verstehst du?«

»Oh. Okay. Doch, das … versteh ich. Ich versuch, das System zu crashen, seit ich fünfzehn bin.«

»Ach. Echt?« Jetzt sah Théo wirklich interessiert aus. »Und was machst du da so?«

»Hacken. Konzerndatenbanken, Güterverteilungspläne und so was.« Es war aus Arc heraus, ehe er darüber nachdenken konnte, ob es schlau war, Théo von seinem *echten* Leben zu erzählen. Dem, das er hinter dem Fake-Studium versteckte. Warum zum Henker hatte er plötzlich das Bedürfnis, zu beweisen, dass er *auch* gegen das System protestierte? Die Antwort war leicht: weil er gerade heute mehr als je zuvor rechtfertigen musste, dass er sich dafür von Arschpeter Geld zuschieben ließ. Weil er ernsthaft darüber nachdachte, auch noch den letzten Rest Beziehung zu seiner Mutter wegzuschmeißen, bloß damit er nicht so oft daran erinnert wurde, wie scheiße er sich selbst fand.

Théo pfiff anerkennend, während er Auberginenwürfel in die Pfanne warf. »So was kannst du? Mega nice.« Er dachte kurz nach. »Könntest du auch SUCCESSION GAME hacken und mich auf die Auswahlliste setzen?«

Um ein Haar hätte Arc sich an seinem Wein verschluckt. »Dieses Super-Trashgame? Dein Ernst?«

Théo riss die Augen auf. »Magst du das etwa nicht?«

»Ich *verachte* es.«

»*Oh, là, là!* Nein, das kann ich nicht durchgehen lassen. Wir schauen beim Essen eine der alten Staffeln.«

Arc schnaubte. »Ja, ganz toll. Und kannst du mir auch sagen, was das mit Systemprotest zu tun haben soll?«

Théo hielt in der Schneidebewegung inne. Er holte tief Luft und legte das Messer beiseite. Dann neigte er sich zu Arc, bis ihre Gesichter irritierend nah beieinander waren. »Tja … nichts«, raunte er mit Grabesstimme. »Aber mein Essen gibt es nun mal leider nur mit Trash-TV.«

Die Worte kitzelten auf Arcs Haut. Seine Ohren wurden heiß. »Dein Essen juckt mich nicht.«

Ein triumphierendes Grinsen erschien in Théos Mundwinkeln. »O doch. Du *willst* es, das kannst du mir glauben. Es ist nämlich *sehr gut*. Spätestens jetzt.« Er schnappte Arc die Weinflasche aus der Hand, richtete sich wieder auf und kippte den gesamten restlichen Inhalt über das brutzelnde Gemüse. »Ups. Wie gut, dass wir noch eine haben.« Er fischte die zweite Weinflasche aus der Kiste. »Außerdem! Je schlechter die Show, desto okay-isher findest du dein Leben. Alte Landstreicher-Weisheit.«

Arc ließ den Kopf mit einem Ächzen gegen die Kühlschranktür fallen. Was sollte er noch sagen? Es war ja offensichtlich, dass rationale Argumente an diesen Typen völlig verloren waren. »Na schön.« Er nahm Théo die zweite Flasche ab, um sie zu öffnen. »Meinetwegen.«

»Mir egal, was du sagst. Ich steh auf den Mist«, erklärte Théo später, als sie neben ihren leeren Tellern auf dem Sofa saßen. »Ich würd meinen Arsch verkaufen, um da mitzuspielen.«

Arc stöhnte resigniert. Sie hatten inzwischen auch die zweite Flasche fast geleert, und mittlerweile stieg ihm der Alkohol ziemlich zu Kopf, aber das machte nichts. Weil es sich von Schluck zu Schluck besser anfühlte, mit Théo hier zu sitzen, als wäre es das Normalste der Welt. Weil das Essen wirklich fantastisch war. Und weil es ihm mit jeder Minute egaler wurde, wie es heute eigentlich hätte sein sollen. »Als ob dein Arsch so viel wert wäre, dass sich das lohnt.«

»Oh, autsch!« Théo gluckste und nahm Arc die Flasche aus der Hand. Auch seine Augen waren inzwischen ein bisschen glasig und seine Worte schwerfällig. »Also, ich meine … ist schon wahr. Aber ich würd es *rocken*. Und dann wirst du dir wünschen, meinen Arsch mehr gewertschätzt zu haben.«

Arc schnaubte belustigt und drehte sich auf dem Sofa um, ließ die Beine über die Lehne hängen und den Kopf über die Sitzkante kippen. Er tat das oft, weil er mochte, wie sich die Perspektive verschob und das Blut in sein Hirn floss. »Was würdest du denn machen, wenn du gewinnst? Mit der Kohle, meine ich.«

Théo stellte die Flasche zur Seite und legte sich neben ihn. »Keine Ahnung. Ihnen den Stinkefinger zeigen und es vor laufender Kamera ins Klo stecken?« Er lachte, als würde ihm die Vorstellung unerwartet viel Freude bereiten. »Du?«

Arc dachte kurz nach. Es gab ja praktisch unendliche Möglichkeiten, wie man eine halbe Million Euro verwenden konnte, um die Scheißkonzerne richtig zu nerven. Was ihm gerade jetzt als Erstes in den Sinn kam, war allerdings etwas ganz anderes. »Dir eine eigene Mütze kaufen.«

»Oh.« Für einen Moment wirkte Théo tatsächlich überrascht. Dann erschien ein schiefes Lächeln auf seinem Gesicht. »Sweet. In dem Fall würde ich meinen Gewinn sogar mit dir teilen, denke ich.«

Arc musste lachen, kurz und trocken. »Das geht total am Sinn vorbei, du Genie.« Ein weiterer Gedanke flatterte durch seinen Kopf. Einer, den er gar nicht aussprechen wollte, aber wahrscheinlich war der Wein daran schuld, dass er es doch tat. »Die rote … hat meine Mutter gestrickt.«

»Verstehe.« Théos Blick war ungewohnt ernst, und diesmal wich Arc ihm nicht aus. »Deshalb machst du es dir gerade so schwer. Aber weißt du, was ich denke?« Er stupste Arc leicht mit dem Finger gegen die Stirn. »Ich denke, du kommst schon klar.«

Arc hatte keine Antwort darauf. Es war komisch, dachte er. Wenn Théo es so sagte … glaubte er es fast. Dass er klarkommen würde. Ein träges, warmes Schweigen entstand zwischen ihnen, in dem es völlig reichte, dass sie so dalagen und sich in die Augen sahen. Ein Schweigen, in dem Arc plötzlich seltsam überdeutlich bewusst wurde, dass sein und Théos Handrücken sich auf dem Sofapolster berührten. Und dass sich das gar nicht komisch oder unangenehm anfühlte.

»Ich hätte sie dir übrigens auch so zurückgegeben«, sagte Théo. »Bin gar nicht so, weißt du.«

Arcs Stimme lag weinweich und schwer auf seiner Zunge. »Hm, okay. Aber jetzt ist es zu spät. Musst wohl bleiben.«

Théo lachte leise. »Ja, muss ich wohl. Deal ist Deal.«

»Mhm«, machte Arc und spürte, dass gleich schon wieder etwas aus ihm herausfallen würde, das er gar nicht hatte erzählen wollen. »Weißt du übrigens, was witzig ist?« Er holte tief Luft. »Ich heiße eigentlich auch Théo.«

Ein paar Sekunden sah Théo ihn bloß an, als müsste er das erst mal verarbeiten. »Na siehst du mal«, sagte er dann mit ebenso seltsam weicher Stimme, und oben auf dem Polster verhakte sich sein kleiner Finger mit Arcs wie eine winzige Umarmung. »Wir sind doch ein echt gutes Team.«

Ein betrunkenes Grinsen zupfte an Arcs Mundwinkeln. »Tja … Erstaunlich, aber wahr.«

Am nächsten Morgen wachte Arc in sehr unbequemer Haltung in der Sofaecke auf. Draußen war es hell, sein dumpfer Kopf signalisierte ihm, dass er definitiv zu viel Wein gehabt hatte, und er konnte seinen Arm nicht spüren, weil Théo im Schlaf dagegen gesackt war. Trotzdem hatte er sich beim Aufwachen lange nicht mehr so friedlich gefühlt. »Frohe Weihnachten«, murmelte er in die Stille der Wohnung.

»Dir auch«, antwortete Théo.

Arc fuhr hoch. »Fuck, ich dachte, du schläfst noch!«

»Wieso, weil du so bequem bist?« Théo streckte sich und gähnte. Dann stand er etwas schwerfällig auf und ging zum Fenster, um einen kritischen Blick hinaus zu werfen. »Ist wieder kalt heute, wie's aussieht.«

Arc zog die Beine im Schneidersitz aufs Sofa und schob die Hände in die Bauchtasche seines Hoodies. Ja, es war kalt. Selbst hier in der Wohnung spürte er das. »Ich fahr erst morgen zurück nach Berlin«, platzte es aus ihm heraus. »Du könntest …« Er brach ab, weil ihn der Mut genauso schnell verließ, wie er gekommen war. Wollte er das wirklich? Den Abend gestern konnten sie garantiert nicht wiederholen. Was, wenn sie sich nüchtern und verkatert scheiße fanden? Wenn es komisch wurde? Es wurde immer komisch, irgendwann.

Théo drehte sich wieder zu ihm um. Sein Lächeln war überrascht. »Weißt du … ich denke, ich sollte nach meinen Sachen sehen. Ist gefährlich, die zu lange unbewacht liegen zu lassen. Aber vielleicht sehen wir uns später bei der Bank?«

Arc atmete auf. »Ja. Vielleicht.« Er stand auf und folgte Théo in den Durchgang zur Wohnungstür, wo Théo schon seinen Mantel und die Schuhe anzog – und schließlich nach der roten Mütze griff. Für einen Moment strichen seine Finger über die dicke Wolle. Dann seufzte er und setzte Arc die Mütze auf den Kopf. »Bitte sehr. Soll ja niemand sagen, ich halte mich nicht an Deals.«

Arc räusperte sich. »Ich … also … ach. Behalt sie halt noch.« Die Worte klangen ein bisschen zu rau in seinem Hals.

Théos Augen weiteten sich. »Ehrlich? Bist du sicher?«

»Sicher. Ist kalt draußen, hast du selbst gesagt. Bring sie einfach wieder mit … später.«

»Wenn wir uns *vielleicht* sehen? Okay.« Das Lächeln, das Théos Worte begleitete, war sanft, und die Bewegung, mit der er Arc die Mütze wieder vom Kopf zog, war es auch. »Na dann. Bis vielleicht später, Arc de Triomphe. War schön mit dir.«

Arc nickte. Schön, ja. Das war es gewesen. *Zu schön.*

Théo zog sich die Mütze über die wirren Haare. »Nächstes Mal küsse ich dich zum Abschied. Richte dich schon mal drauf ein.« Er lachte, dass es im Treppenhaus hallte. »Sorry. Ich mag einfach dein entsetztes Gesicht.« Er stupste Arc mit dem kleinen Finger gegen die Schulter. »Bis später«, sagte er noch einmal. Und dann ging er. Für einen Moment fiel strahlende Wintersonne in den düsteren Flur, ehe die Haustür mit einem dumpfen Knall ins Schloss fiel.

Auf schweren Beinen kehrte Arc in die leere Wohnung zurück, ließ sich aufs Sofa fallen und öffnete den Chat mit seiner Mutter. Etliche Sekunden starrte er auf die nicht abgeschickte Nachricht von gestern. Dann löschte er sie und schrieb eine andere.

Mama. Hast du noch was von der roten Wolle? Hab meine Mütze verloren. Brauche eine neue. Danke. (10:36)

Und frohe Weihnachten. Théo (10:37)

GEMÜSERAGOUT MIT TOFU-GULASCH
(UND WEIN. VIEL.)

ZUTATEN:

Für das Gulasch:
- ★ 600 g Räuchertofu, gewürfelt
- ★ 3 Knoblauchzehen
- ★ 2 Schalotten
- ★ 8 EL Sojasoße
- ★ 4 EL trockener Sherry
- ★ 6 EL Agavendicksaft
- ★ 4 EL Sesamöl

Für das Ragout:
- ★ 3 rote Zwiebeln
- ★ 1 EL brauner Zucker
- ★ 2 TL Pflanzenbutter
- ★ 2 Knoblauchzehen
- ★ 1 Süßkartoffel
- ★ 1 EL Tomatenmark
- ★ 1 Aubergine
- ★ 1 Zucchini
- ★ 3 Tomaten
- ★ 1 Fenchelknolle
- ★ 3 Stängel Basilikum
- ★ Salz, Pfeffer, Oregano, Rosmarin
- ★ 1 Flasche Rotwein

ZUBEREITUNG:

Am Vorabend für das Gulasch eine Marinade aus den angegebenen Zutaten anrühren und den Tofu über Nacht darin einlegen.

Am nächsten Tag die Zwiebeln in Ringe schneiden und in etwas Fett glasig dünsten. Mit braunem Zucker karamellisieren, mit einem Glas Rotwein ablöschen und einkochen lassen. Währenddessen das übrige Gemüse würfeln und den Knoblauch fein hacken.

Sobald der Rotwein eingekocht ist, etwas frisches Fett in die Pfanne geben und den Knoblauch, Tomatenmark und

Süßkartoffelwürfel neben den Zwiebeln wenige Minuten anrösten.

Das restliche Gemüse und Basilikumblätter dazugeben und mit geschlossenem Deckel dünsten, bis sich das Volumen deutlich reduziert hat. Währenddessen Reis als Beilage aufsetzen und Wein trinken, bis noch ca. eine halbe Flasche übrig ist. Den Rest Wein zum gedünsteten Gemüse geben, umrühren und auf schwacher bis mittlerer Hitze einköcheln lassen, bis das Gemüse gar und ein Sud entstanden ist. Mit Salz, Pfeffer und Kräutern abschmecken.

Kurz vor Ende der Garzeit die marinierten Tofu-Würfel in einer separaten Pfanne einige Minuten anbraten und dann ins Gemüseragout geben.

Auf Reis servieren und mit Sesamkörnern bestreuen. Dazu gibt es natürlich noch mehr Wein.

Voilà et Joyeux Noël!

10

AYLA DADE

*A Merry everything
and a happy always*

AYLA DADE ist 1994 im hohen Norden zur Welt gekommen. Sie hat Jura studiert und braucht das Abtauchen in fremde Welten regelrecht, um sich der trockenen Theorie des Studiums zu entziehen. Schon früh entwickelte sie ihre Leidenschaft für das Lesen und Schreiben, bastelte als kleines Mädchen eigene Bücher aus Papier, die sie mit Kleister zusammenklebte und schließlich mit ihren eigenen Geschichten füllte. Das Erfinden neuer Welten, eigener Charaktere und tiefgründiger Geschichten bedeutet ihr in etwa so viel wie kleinen Kindern das Auspacken eines vom Weihnachtsmann gebrachten Päckchens. Nämlich alles. Auf Instagram (@ayladade) erfährt man alles über ihre Bücher.

Das Geräusch von knirschendem Schnee unter den Schuhen ist Winterglück in seiner reinsten Form. Das und ein doppelter Espresso, der in der Mandelmilch in meinem Coffee-to-Go-Becher darauf wartet, meine Venen feurigen Samba tanzen zu lassen und mich von innen heraus zu wärmen.

»Heute ist Heiligabend«, sagt Grace neben mir. Mit der einen Hand richtet sie ihr Stirnband, während sie mit der anderen versucht, nichts von ihrem Kaffee zu verschütten. »Und was bedeutet das, Hazel?«

Ich atme die eisige Winterluft ein, spüre, wie die feinen Schneekristalle auf meiner Haut schmelzen, und bleibe einen Augenblick zu lang an einem Eiskunstläufer hängen, der auf dem gefrorenen See seine Pirouetten dreht. Der Central Park ist voller Menschen mit roten Nasen und Wangen, die eine Pause von ihrem Last-Minute-Christmas-Shopping einlegen.

»Es bedeutet, dass Caleb jetzt seit genau zwei Wochen, drei Tagen und …«, ich werfe einen schnellen Blick auf meine Armbanduhr, »sieben Stunden mitten im Nirgendwo von Alaska steckt und einen Marvel-Film dreht, statt hier zu sein.« Ich ziehe einen Schmollmund der Extraklasse. »Ich hätte nie gedacht, dass ich das einmal sagen würde, aber mir fehlen seine Wichtelwitze.«

Grace weicht einer gestresst aussehenden Frau mit sechs überdimensionalen Tüten aus. Beinahe hätten sie sie erschlagen. Es war knapp. »Du bist calebverstrahlt. Dir fehlt der Blick für's Wesentliche.«

»Und das wäre?«

»Unser Jubiläum!« Wir betreten die gewölbte Bow Bridge, die über den See des Central Park führt. Die Brüstung ist schneebedeckt, vor uns sitzen Vögelchen in den kahlen Ästen der Bäume und zwitschern eine Melodie. »Vor genau zwanzig Jahren war der berühmt-berüchtigte Hazel-tritt-Logan-gegen-das-Schienbein-weil-er-Grace-die-Wachs-malstifte-im-Weihnachts-Mini-Club-nicht-geben-wollte-Moment. Der Beginn unserer verrückten, unzerstörbaren, teilweise gruseligen Seelenverwandtschaft.«

»Ich finde es gruseliger, dass du jetzt mit diesem Wachs-malstift-Dieb zusammen bist«, entgegne ich.

Grace nimmt einen Schluck ihres Kaffees. Sie trinkt ihn seit Neustem pechschwarz. Das ist so ekelhaft, dass ich mich frage, wie sie dabei nicht einmal die Miene verziehen kann. Als sie die Plörre der Hölle wieder absetzt, hebt sie eine Braue. »Dieser Wachsmaltyp ist zufällig auch dein bester Freund, Madame.«

»Ja. Was für ein Mysterium.« Mein Mundwinkel zuckt, aber dann fällt mein Blick auf eine verkleidete Person am Ende der Brücke. Sie trägt ein weißes Häschenkostüm, und an den Zotteln des Fells baumeln ganz viele goldene Glöckchen, die bei jeder Bewegung klingeln. Aufgeregte Kinder scharen sich um das Plüschtier, wollen Fotos machen und die Schokolade aus dem Sack kassieren, den es bei sich trägt. »Ich würde wetten, der Hase hat auch schon an Ostern hier rumgegangen. Sag mal, fehlt dem ein Ohr?«

»Ja. Vielleicht haben die Rentiere von Weihnachtsmann Nummer Sechs auf der Südseite ihn attackiert.«

»Der mit den Zigarrenlöchern im Bart?«

»Nein, der andere. Mit der Taubenscheiße, die seit drei Weihnachten an seinem Mantel klebt.«

Ich lache, jedoch erstirbt es auf halbem Weg, als wir an dem Bethesda-Brunnen mit der Engelsstatue vorbeikommen. Hinter ihr, in der Ferne der Fifth Ave der Upper Eastside, strahlt mir Calebs Gesicht auf einer Werbereklame für den nächsten Marvel-Film entgegen. Mein Herz sackt mir in die Kniekehlen.

Grace wirft ihren leeren Kaffeebecher in einen Mülleimer und verzieht mitfühlend das Gesicht. »Immer noch keine Nachricht von ihm?«

Ich krame mein Handy aus der Manteltasche und versuche, es zu entsperren, weil die Kamera mein Gesicht nicht erkennt, wenn ich eine Mütze trage. In dem Moment landen zwei dicke Flocken auf dem Display, direkt in Calebs Auge und auf meinem Ohr im Sperrbildschirm. Einen Augenblick starre ich auf die glitzernden, schmelzenden Sterne, bis mir bewusst wird, dass mir keine Nachricht angezeigt wird. Seufzend stecke ich mein Handy wieder ein.

»Nein. Die haben da so gut wie keinen Empfang. Meistens ruft er mich abends über das Telefon am Set an, aber das ist ständig besetzt, weil da echt kein Netz ist.«

»Krass«, entgegnet Grace. Ihre Augen leuchten auf. »Das ist so romantisch! Wie bei *Anne of Green Gables,* als sich alle nur Briefe schreiben konnten, oder Anne auf den nächsten Tag warten musste, bis sie Gilbert in der Schule wiedersehen konnte.«

»Das ist nicht romantisch«, sage ich, kippe einen großen Schluck Macchiato und streiche mir eine Salve Schnee von der Schulter, die gerade von einer Tanne auf mich herabgerieselt ist. »Das ist Folter! Hundertpro geschickt vom Grinch höchstpersönlich. Aus irgendeinem Grund muss dieses grüne Monster es auf mich abgesehen haben.«

Wir kommen an einem Zeitungsstand vorbei. Trotz der Carol Singers, die am Straßenrand *All I Want For Christmas Is You* singen, verkrampft sich mein Magen auf unangenehme, schmerzhafte Weise, denn schon wieder strahlt mir Calebs Gesicht entgegen. Diesmal als Titelbild der *InTouch*. Er. Ist. Überall!

Unter dem Eine-Million-Dollar-Grinsen meines Mannes, in fetter gelber Schrift, steht die Schlagzeile: *Mit diesem Co-Star soll ER seine Hazel hintergangen haben!*

»Das ist Mist«, sagt Grace sofort. Scheinbar ist sie meinem kotzreifen Blick gefolgt. »Das würde er niemals machen, und das weißt du.«

»Ja …«

Meine beste Freundin wirft einen Blick auf ihre Armbanduhr, dann stößt sie einen gezischten Fluch aus. »Wie sehr liebst du mich?«

»Wie bitte?«

»Wie sehr?«

»Neun von zehn.«

Ihre Augen weiten sich. »Wie bitte? *Neun?* Da fehlt ein Punkt, Hollister Girl!«

Das ist ihr Spitzname für mich, seit ich das erste Shooting für das Modelabel machen durfte und Caleb mich daraufhin als *Hollister Girl* in sein Handy eingespeichert hat.

»Nur neun, weil du mir gerade irgendetwas verheimlichst.«

»Gar nicht!«

»Klar.«

»Egal, keine Zeit. Neun von zehn müssen ausreichen, damit du etwas für mich erledigst.«

Ich hebe eine Braue. »Und was?«

Grace richtet ihren Schal, als der Schneefall stärker wird. »Kannst du Aubreys Essen von *El Dante* abholen? Sie wollte unbedingt diese verdammten Churros, ich habe sie bestellt, muss aber jetzt dringend ins Büro.«

»Wo ist Aubrey denn?«

»Schon bei deiner Mom.«

»Oh. Ja, kein Problem. Wir sehen uns später dort?«

»Klar. Zum Essen. Du bist ein Schatz.« Grace gibt mir Küsschen rechts und links, murmelt etwas davon, dass sie Colleen, ihre neue Angestellte, umbringen wird, weil sie schon wieder die falschen Stoffe für Grace' neue Modekollektion bestellt hat, und rauscht davon.

Ich fahre mit der U-Bahn nach Brooklyn. Als ich das mexikanische Restaurant neben *Tony's Bar* betrete, schlägt mir nicht nur der kräftige Gewürzgeruch entgegen, sondern auch eine ganze Ladung an Erinnerungen. Sofort heftet sich mein Blick an den letzten Tisch in der hinteren Ecke. Vor meinem inneren Auge erscheinen eine jüngere Version von Caleb und mir, wie wir uns gegenübersitzen, einander bedeutsame Blicke zuwerfen und keiner von uns beiden genau weiß, warum wir überhaupt in dem Restaurant sind. Wir kannten uns nicht einmal. Rückblickend ist das die bescheuertste und gleichzeitig beste Entscheidung meines Lebens gewesen. Ein Lächeln umspielt meine Lippen, als ich mich in Bewegung setze und zur Theke gehe.

»Hey, Sal! Ich soll eine Bestellung für Grace abholen.«

»Hola, Hazel!« Der untersetzte Besitzer Salvador steht hinter dem Bratstein und schiebt Nudeln darauf herum. Damals, als wir zum ersten Mal hier waren, konnte er nur ein paar Worte Englisch. Inzwischen spricht er es fließend, wenn auch mit starkem spanischem Akzent. Er schenkt mir ein breites, dampfgeschwängertes Lächeln. »Lange nicht mehr gesehen!«

»Stimmt. Aber das ist nicht meine Schuld.« Grinsend tadele ich ihn und hebe den Finger. »Wer hat mir bereits vor drei Monaten versprochen, bei DoorDash einzusteigen, und es immer noch nicht getan?«

Sal verdreht die Augen. »Die wollen zu viel Provision!« Er wirbelt herum, schnappt sich eine braune Take-away-Tüte und überreicht sie mir. »Hier. Da ist ein Glückskeks für dich drin. Iss ihn, bevor du das Essen ablieferst, okay?«

»Glückskeks?« Ich runzle die Stirn. »Wieso?«

»Weihnachtsgeheimnis.«

Ich lache. »Alles klar. Bis dann!«

Noch während ich über die Straße zu unserem Reihenhaus gehe, nehme ich den Glückskeks aus der Tüte und beiße hinein. Ich ziehe das Stück Papier heraus, aber der Spruch darauf ist kein gewöhnlicher. *Sieh unter der Tüte nach.* Stirnrunzelnd hebe ich die Papiertüte in die Höhe, und …

… äh, okay?

Dort klebt, zusammengehalten von einer Million Tesastreifen, ein Brief. Ich merke kaum, wie ich die Stufen zu meinem Elternhaus hinaufgehe, weil ich so darauf fokussiert bin, den Umschlag von der Tüte zu lösen. Irgendwann gelingt es mir. Geistesabwesend stelle ich das Take-away-Essen ab und lehne mich mit der Schulter gegen die geschmückte Häuserfassade. Bunter Lichterkettenglanz auf meinen Händen. Auf dem Papier. Meinen Stiefeln. Überall. Der fette Weihnachtsmann aus Plastik starrt mich von seinem Platz im Vorgarten nieder, während ich den Umschlag öffne und ein metallisch schimmerndes Briefpapier herausziehe. Bereits in der ersten Sekunde, in der ich die geschwungene Handschrift erkenne, erstarre ich. Dieser einzigartige Punkt über dem i, eher ein Strich als alles andere, das besondere r, das für mich immer aussieht wie ein Lettering-Buchstabe in der App Procreate …

»Caleb«, flüstere ich in die weihnachtliche Stille hinein. Und dann lese ich.

Hollister Girl,

während ich das hier vorbereite, stehst du unter der Dusche und singst Miley Cyrus' »Flowers« auf Dauerschleife. In weniger als zwei Stunden bin ich auf dem Weg nach Alaska – unsere erste Weihnachtszeit, die wir nicht miteinander verbringen können. Und weil ich den Gedanken nicht ertragen kann, dich nicht wenigstens ein kleines bisschen mit meinen Herausforderungen zu nerven, bereite ich jetzt das hier vor. Ein Weihnachten mit mir während eines Weihnachtens ohne mich.

Lächelnd verdrehe ich die Augen.

Und untersteh dich, jetzt mit deinen wunderschönen, großen Augen zu rollen!

Ich lache laut auf.

Okay, weil ich weiß, dass du es doch getan hast, wird es jetzt eine noch größere Herausforderung für dich: Das hier ist eine Weihnachts-Schnitzeljagd. Wenn du gewinnen willst, musst du Hinweise sammeln. Der nächste befindet sich in einem zweiten Brief, der dir ausgehändigt wird, wenn du folgendes Rätsel löst:
Ich bin unser erstes Date. Ich bin Ekel und das Verlassen meiner Komfortzone. Ich bin ein fellübersäter, vielleicht von Flöhen besiedelter Ort. Ich bin eine Wiederholung, und ich bin (das ist kein Teil des Rätsels, sondern eine Feststellung) ein Arsch, haha, ich weiß.
Holly Jolly Christmas, Hollister Girl!

PS: Du würdest dir niemals selbst Blumen kaufen. Du hasst Blumen.

Die Haustür wird aufgerissen, als die Buchstaben vor meinen Augen zu einem einheitlichen Klecks verschwimmen.

»Hazel!« Meine Mom schiebt die Tür noch weiter auf und sieht mich erschrocken an. »Was machst du denn schon hier? O mein Gott, ich muss noch so viel vorbereiten! Ich dachte, du ...«

»Bin gleich wieder weg. Ich wollte nur ...« Langsam lasse ich den Brief sinken. Plötzlich fühle ich mich beflügelt. Wie im Rausch. Ich nehme die Tüte vom Boden und drücke sie meiner Mutter in die Hand. »Für Aubrey. Ich muss dringend wieder los.«

»Was?« Perplex betrachtet sie die Tüte, dann mich. »Zum ersten Mal seit drei Wochen kommt meine Tochter mich besuchen, an Weihnachten, *nur*, um mir eine verkackte Take-away-Tüte zu bringen?«

Mein Mundwinkel zuckt. »Du meinst verdammte?«

»Nein, verkackt.« Demonstrativ hält sie die Tüte in die Höhe. »Hast du dir die Farbe mal angesehen?«

Ich lache. »Bis später zum Essen, Mom! Oh, und kriege ich dein Auto?«

»Dafür bin ich jetzt gut genug?«

Flehend lege ich die Hände aneinander. »Bitte.«

Sie blickt skeptisch drein. »Ich weiß nicht, ob ich das verantworten kann.«

»Es ist ein Notfall.«

Langsam zieht Mom den Autoschlüssel vom Wandboard. »Nur, wenn du mir für das Dessert diese Chocolate-Mousse-Törtchen aus der Buttah Bakery mitbringst.«

»Wolltest du nicht selbst welche backen?«

Sie verzieht das Gesicht. »Frag nicht.«

»Alles klar.« Ich schnappe mir den Schlüssel, bevor sie es sich anders überlegen kann, und renne los. Im Auto ist es bitterkalt. Der Radiosender spielt ein rauschendes *Santa Clause*

Is Coming To Town. Mir ist sofort klar, wo der nächste Brief auf mich wartet. So schnell es geht, fahre ich durch die Straßen New Yorks, bis ich den Wagen vor dem Tierbedarfsladen parke. Ich vergrabe das halbe Gesicht im Kragen meines Daunenmantels, haste durch den schlimmer werdenden Schneesturm und renne in das Geschäft hinein.

Es riecht nach Kleintierpisse und Fischfutter. In den vergangenen fünf Jahren hat sich nichts geändert, außer dass Madison neben der Examensvorbereitung hin und wieder hier aushilft. Madison ist die Freundin von Grace' kleinem Bruder Oliver. Früher ein Bad Boy, heute ein hollywoodreifer Gentleman.

Auch heute sitzt Madison hinter der Kasse. Sie schenkt mir ein strahlendes Lächeln. »Hey, Hazel!«

»Hi.« Atemlos und gehetzt steuere ich an ihr vorbei in Richtung der Fischköder. Als ich die runden Schalen mit Mehlwürmern vor mir habe, verziehe ich das Gesicht. Damals hat Caleb mich herausgefordert, einen zu essen. Es war die widerlichste Erfahrung meines Lebens, und ich war der felsenfesten Überzeugung, das nie wieder zu tun. Well, here we are. Wie war das noch mit den Christmas Miracles? »Oh, ich verfluche dich, West.«

Mit der Dose in der Hand gehe ich zu Madison.

»Oh. Willst du angeln?«

»Dein Grinsen verrät dich«, sage ich. »Du weißt Bescheid, oder?«

»Keine Ahnung, wovon du sprichst.«

Schnell bezahle ich die Dose und schraube sie auf. Da sind sie. Die toten, armseligen Würmchen. Ausgeliefert in ihrer ganzen Pracht.

»Igitt.« Madison verzieht angewidert den Mund und schüttelt sich. »Ist das ekelhaft.«

»Aber so was von.« Ich beiße mir auf die Unterlippe und

schnappe mir einen Wurm. »Aber ich will dieses Weihnachtswunder. Also … Augen zu und durch.«

Gerade will ich ihn mir in den Mund werfen, als Madison laut auflacht und mir die Dose aus der Hand schnappt. »Cal sagte, ich solle dich davor bewahren, sobald ich erkenne, dass du es wirklich durchziehen würdest.«

»Oh, Gott sei Dank.«

Madison gluckst. »Aber mutig, Mrs West.« Sie zieht einen Brief aus ihrer Jacke und hält ihn mir hin. »Mutig und verdient.«

Mein Herz hüpft vor Aufregung, als ich ihn entgegennehme. »Fröhliche Weihnachten, Madison!«

»Dir auch, Hazel.«

So schnell wie möglich hüpfe ich zurück ins Auto. Die Schneeflocken haben meinen Namen auf dem Umschlag verwischt. Jetzt steht da nur noch Ho3eel. Schnell öffne ich ihn.

Respekt, Hollister Girl!
Ich habe dich aus selbstsüchtigen Gründen davor bewahrt,
noch einmal einen Wurm zu essen, weil ich dich sonst nie
wieder küssen könnte. Obwohl … nein. Du könntest auch
eine ganze Dose von den Dingern essen, und es wäre mir tat-
sächlich scheißegal. Dafür sind deine Lippen zu göttlich.
Aber weil du bereits aus der Dusche gekommen bist und ich
weiß, meine Zeit reicht nur noch für einmal Schminken plus
Haareföhnen plus dein komisches Gesichtsserum, muss ich
mich beeilen. Also, hier das nächste Rätsel:
Ich bin mein liebster überfüllter Ort, weil ich auch den ein-
samsten Menschen an vielen Heiligen Abenden ein Gefühl
von Wunder überbracht habe. Ich bin der Ort des Wiederfin-
dens eines Filmklassikers aus den Neunzigern. Zufällig ist
dieser Filmklassiker unsere alljährliche Weihnachtsroutine.
Ich bin eine einzigartige Kugel, die schönste von allen, weil

*ich bin wie du. Mit Ecken und Kanten, aber immer bereit für
eine wunderschöne Überraschung.*
*It's beginning to look a lot like Christmas, Babe! (Also
schmoll mal nicht so, nur weil ich nicht da bin)*

Hinter meiner Brust wummert der Bass im Takt von *Last
Christmas*, dessen rauschende Melodie das Auto erfüllt. Fahrig
werfe ich den Brief auf den Beifahrersitz, umklammere das
Lenkrad und starre durch die Windschutzscheibe. Die um-
herwirbelnden Flocken kleiden New York in ihren eisigen
Mantel. Nur schwach strahlen die goldenen Lichter hindurch.
Sie geben sich größte Mühe, den Asphalt zu beleuchten, auf
dem sich vereinzelte Passanten mit vor die Gesichter gezoge-
nen Schals einen Weg durch das Schneegetümmel bahnen. Ich
beobachte sie, während ich überlege.

*Ein Ort des Wiederfindens eines Filmklassikers aus den Neunzi-
gern.* »Wiederfindens«, murmele ich. »Hm. Okay, warte. Unsere alljährliche Weihnachtsroutine hat etwas mit dem wie-
dergefundenen Klassiker zu tun? Oder *ist* dieser Klassiker …?
Dann … okay, also … ah!«

Kevin allein in New York. Den schauen wir jedes Jahr gemeinsam mit Calebs Dad. Und dann noch … ein überfüllter Ort,
aber alle lieben ihn, weil er an Heiligabend Wunder über-
bringt. Die Kugel, ein Ort des Wiederfindens …

»Ha! Ich weiß es!« Euphorisch schlage ich einmal auf das
Lenkrad, trete auf das Gaspedal und mache mich samt rau-
schenden Weihnachtsliedern auf den Weg nach Manhattan.

Die riesige Tanne vor dem Rockefeller Center erstrahlt in
unzähligen bunten Lichtern. Ihre Sternenspitze ragt so weit in
die Höhe, dass ich den Kopf in den Nacken legen muss. Eine
große Eisfläche trennt mich von dem Weihnachtsbaum. So
viele Personen gleiten mit ihren Schlittschuhen darüber.
Strahlende Kinder, lachende Eltern, verliebte Menschen.

»O Gott«, murmele ich. Vor mir entsteht eine Atemwolke. »Wie soll ich denn hier einen Hinweis finden?«

Ich sehe mich um, warte auf ein Wunder, auf irgendeinen Blickkontakt, in der Hoffnung, Caleb hätte dafür gesorgt, dass ich wüsste, wie es weitergeht. Dass plötzlich ein Affe im Weihnachtskostüm hinter dem Baum hervorspringt und mir eine Kugel ins Gesicht klatscht. Aber so tickt er nicht. Er steht auf das Geheimnisvolle. Auf Herausforderungen.

Aber er hat von einer Kugel gesprochen, denke ich. *Also muss ich zur Tanne.*

Es stellt sich heraus, dass der Weg um die Eisfläche herum mit ziemlich viel Körperkontakt verbunden ist. Und von Schneeflocken nassen Jacken, deren Besitzer mir mit ihnen einen Face-Slap geben. Aber irgendwann habe ich es geschafft, und genau vor meinen Augen glitzern die Abertausenden Kugeln des Christbaums.

»Okay, das sind viele Kugeln«, murmle ich. Ich beiße mir auf die Unterlippe und betrachte jede Einzelne, bis mir klar wird, dass Caleb es mir unmöglich so schwer machen würde. Ja, er ist ehrgeizig und liebt das Spiel, aber er weiß, dass Heiligabend ist und ich nicht last minute noch eine Bauleiter klarmachen kann. Vor allem mit meinem Mörderbizeps, den er immer so liebevoll Frittenfleisch nennt.

Als ich den Blick sinken lasse, fällt mir plötzlich etwas ins Auge. Eine roségoldene Glitzerkugel am untersten Zweig, deren Bändchen sehr weit in die Tiefe hängt. Ein kleines Schleifchen ist um sie gebunden, und da erkenne ich auch, dass das mit Rentieren bedruckte Band die Kugel davor bewahrt, auseinanderzufallen. Stirnrunzelnd trete ich vor, nehme sie in die Hand und ziehe an dem Band. Die Schleife öffnet sich, die Kugel fällt in zwei Teilen hinunter in den Schnee, und in der einen Hälfte kommt ein Brief zum Vorschein.

Gott, Cal. Wenn du wieder da bist, muss ich dir unbedingt sagen, dass du der König der Überraschungseier bist. *Das wird dich bis in den Himmel glücklich machen, Freak.*

Ich schnappe mir den Brief und reiße ihn im Gehen auf. Menschen rempeln mich an, ich kriege schon wieder diese Face-Slaps, aber es ist alles egal. Jetzt zählt nur der Brief.

Mein Hollister Girl,
ich habe nicht eine Sekunde daran gezweifelt, dass du den Brief finden würdest. Du stehst auf Glitzer, du stehst auf Rosa, du stehst auf Schleifchen. Das ist wie ein Blinklicht genau vor deinen Augen. Unmöglich, es zu übersehen. Mein perfectly imperfect Mädchen hat die perfectly imperfect Kugel gefunden, und da du gerade im Badezimmer geflucht hast, weil ich schon wieder die Zahnpasta aufgebraucht habe, ohne eine neue zu kaufen (sorry!), weiß ich, dass ich jetzt schnell machen muss, denn gleich gibt's Drachenangriff at it's best (aber du bist ein wirklich, wirklich süßer Drache, okay?). Jedenfalls, das letzte Rätsel:
Ich bin verboten. Ich bin begehrt. Ich bin der erste Ort, der uns gezeigt hat, wie Brausepulver ohne Brausepulver schmeckt. Ich bin historisch, ich bin altehrwürdig. Und in mir leben viele, viele Spinnen.
I loved you then, I love you still, I always have, I always will. Und ich weiß, ich bin nicht da, du bist nicht da, aber um es dir mit einem weiteren Weihnachtshit zu sagen: You Make It Feel Like Christmas!

Meine Gedanken rattern. Während der gesamten Viertelstunde von Manhattan bis zum City Hall Park bin ich Calebs Rätsel durchgegangen, habe jede Möglichkeit zerkaut, jeden Zweifel näher beleuchtet, dass er vielleicht etwas anderes meinen könnte. Aber jeder seiner Sätze passt zu meiner Lösung. Ich bin verboten. Die Untergrundstation City Hall. Ich bin begehrt. Immer wieder wird hier von heimlichen, faszinierten Besuchern eingebrochen. Manchmal verstecken sich Personen nach der Endhaltestelle in der U-Bahn, weil sie auf dem Weg zurück durch diesen Gang fährt und sie auf einen Blick durch die Fenster hoffen. Ich bin der erste Ort, der uns gezeigt hat, wie Brausepulver ohne Brausepulver schmeckt. Unser erster Kuss. Ich erinnere mich, als wäre es erst gestern gewesen. Dieser Moment, als Caleb mich angesehen hat, wie seine Lippen auf einmal meine streiften, wie er überrascht über sich selbst nach Luft schnappte, dann sein leises Seufzen, das sich im Gang verlor. Und wie meine Lippen danach gekribbelt haben. Wie Brausepulver, nur ohne Brausepulver. Ich bin historisch, ich bin altehrwürdig. City Hall wurde 1945 geschlossen. Und in mir leben viele, viele Spinnen. Ja, das kann ich bestätigen. Die Fadennetze, die sich von einem Rundbogenbalken zum nächsten spannten, habe ich bildlich vor Augen.

Ich parke den Wagen auf dem Rathausparkplatz. Wie damals, bevor wir in Calebs Porsche vor der Polizei flüchten mussten. Eine magische Stille hüllt mich ein, als ich aussteige. Der Schnee knirscht. Ich strecke die Zunge heraus, um einige Flocken zu schmecken, gehe durch die Bäume hindurch zu der Stelle, die ich suche. Wie damals ist sie von Hartriegelsträuchern überwuchert, aber heute sind sie vereist. So gut es geht, lege ich die freie Stelle des Lüftungsschachts offen, in die Caleb und ich damals hineingeklettert sind. Beim letzten Mal sind wir mit dem Handylicht rein, aber diesmal erkenne ich einen schwachen Schein, der nach oben dringt. Stirnrunzelnd taste ich nach der Strickleiter, von der ich weiß, dass sie dort hängt, werfe einen schnellen Blick über die Schulter und atme tief durch. Dann schwinge ich mich hinab.

Mein Herz macht während der Strickleiterwanderung einen seltsamen Satz. Erst verpasst es einen Schlag, dann schlägt es ganz langsam, nur um plötzlich zu rasen. Und das alles bloß wegen der vielen sanftgoldenen Lichter in meinem Augenwinkel, dem alten Klassiker *White Christmas* von Bing Crosby, der durch die U-Bahnhalle klingt, und dieser seltsam berauschenden Geruchsmischung aus Tannenzweigen, Kerzenwachs und …

… Jean Paul Cartier.

Caleb. Das ist Calebs Parfum. Meine Stiefel treffen auf den Boden, aber ich stehe nur da und wage nicht, mich umzudrehen, aus Angst, mein eigener Kopf könnte mich verarschen. Mit geweiteten Augen starre ich die einzelnen Fasern der Strickleiter an, lasse mich von *White Christmas* betören und atme sehr, sehr langsam, als …

»Hollister Girl.«

Von jetzt auf gleich erstarrt mein Körper. Alles. Meine Muskeln. Venen. Adern. Lippen. Augen. Ich bin eine filmreife Statue.

Dann: ein Lachen. Rau. Leise. Es geht mir direkt unter die Haut und belebt meine Sinne.

»Dreh dich um, wenn du diese Schnitzeljagd gewinnen willst.«

Er weiß, wie sehr ich das Gewinnen liebe. Aber ihn liebe ich noch mehr. Deshalb erscheint mir das hier wie eine Halluzination. Wie ein Fiebertraum. Doch als ich mich umdrehe, wird aus Fieber berauschende Realität.

Vor mir steht Caleb West. International berühmter Hollywood-Schauspieler. Protagonist im neusten Marvel-Film. Dem Marvel-Film, der eigentlich gerade in Alaska gedreht werden sollte. Aber er steht hier. Vor einem kleinen, lädierten Tannenbaum, der vermutlich sehr leiden musste, weil Caleb ihn durch den Lüftungsschacht gezwängt hat. Er ist mit Kugeln und Lametta geschmückt, überall stehen Kerzen, hüllen das hochattraktive Gesicht meines Mannes in einen goldenen Schein.

Die hellen Augen, seine vollen Lippen, das blonde Haar. Er trägt den cremefarbenen Rollkragenpullover mit Zopfmuster, eine Skinny Jeans und Dr. Martens.

»Wie … Was …« Ich blinzle mehrmals hintereinander. Der Mund steht mir offen. »Caleb …«

Er grinst. »Fröhliche Weihnachten, Hazel.«

Plötzlich rinnen mir Tränen die Wangen herunter. Mein Kinn zittert, während ich auf ihn zugehe. Langsam, weil ich immer noch befürchte, er könnte sich auflösen, wenn ich zu schnell mache. Aber Caleb löst sich nicht auf. Er streckt seine Hand nach mir aus, und als ich sie ergreife, jagt ein elektrischer Schauer durch meinen ganzen Körper.

Ich werfe mich Caleb in die Arme, trockne meine Tränen an seiner Brust, während seine Hand in meinen Haaren verschwindet und er seine Lippen auf meinen Scheitel drückt.

»Ich fasse es nicht, dass du hier bist!«, schniefe ich.

Sein Lachen vibriert in seiner Brust. »Das war der Plan.« Er löst sich von mir und sieht mir in die Augen. »Aber bevor dieser absolut langweilige, erdrückende und langsame Weihnachtssong vorbei ist, müssen wir tanzen, weil du mir sonst auf ewig mit diesem Wunsch in den Ohren liegen wirst.« Er lächelt. »Das muss ein Ende haben.«

Unter Tränen lache ich auf. »Das hast du dir gemerkt?«

»Natürlich habe ich mir das gemerkt.« Cal hebt eine Braue in die Stirn und mimt meine Stimme nach. »›Wenn wir kein einziges Video haben, wie wir langsam zu *White Christmas* tanzen, können wir unseren Kindern das später nicht zeigen und nicht so tun, als wären wir hoffnungslos romantisch!‹«

Er legt eine Hand an meine Hüfte, die andere umschließt er mit meinen Fingern. Dann beginnt Cal, mich zu führen. In der alten City Hall-U-Bahn-Station voller Kerzen.

Meine Wangen schmerzen, weil ich nicht aufhören kann, ihn anzustrahlen. »Und wie machen wir das Video?«

Er nickt in Richtung Steintreppe, die zu einem kleinen Rundbereich führt. Auf den Stufen steht sein Handy. »Schon dabei.«

»Oh, Cal …«, flüstere ich. Glückselig schüttle ich den Kopf. »Das ist …«

»Ein Weihnachtswunder?«

Ich nicke. Und dann küsst er mich. Wie damals. Wie heute. Wie immer.

Sein Kuss schmeckt wie Brausepulver ohne Brausepulver. Er ist mein schönstes Geschenk.

ZWISCHEN WINTERLICHT UND
WEIHNACHTSGLOCKE

Die Schneeflocke kitzelt deine Nase
Ein kleiner Stern, der schmilzt, jetzt gerade
Du grinst, du lachst
Und ich denke mir, egal, was du jetzt machst:

Das hier ist ein Für Immer
Egal, wohin der Schnee uns trägt
Wir beide sind die Gewinner
Von etwas, das auf ewig lebt

Und wenn wir irgendwann
vielleicht ganz anders sind
du im Gewitter auf den Wellen vorm Ozean
ich zwischen Weihnachtslichtern und mit Kind
so weiß ich doch
dass unser Für Immer
in unseren Herzen weiterbebt

Jetzt kribbelt deine Nase
von der schmelzenden Glitzerflocke
dein Lachen meine Ektase
als Melodie zwischen Winterlicht und
Weihnachtsglocke.

11

ANNA ROSINA FISCHER

Pub der einsamen
Herzen

In Berlin geboren, verbrachte **ANNA ROSINA FISCHER** den Großteil ihrer Kindheit und Jugend als Leistungssportlerin beim Eiskunstlauf. Eher zufällig entdeckte sie ihre Liebe zum Schreiben und wechselte die Seiten von der leidenschaftlichen Leserin zur Autorin. Sie geht gern auf kleine, sehr wilde Konzerte und lebt mit ihrem Mann, ihrer Tochter und zwei lustigen Katzen in Berlin-Friedrichshain. Ihr Debütroman »Songbird« wurde zum Überraschungserfolg, danach folgte »Für immer und dich«, der es auf die Shortlist des DELIA Jugendliteraturpreises 2021 schaffte. »The Words on Your Skin« ist ihr dritter Roman.

Das ist reine Willkür, tippe ich wütend in mein Smartphone.

Nikki: *Wir sind doch selbst schuld. Erinnerst du dich noch daran, dass ich einen Artikel über die bankrotte Lamettafabrik schreiben musste? Das war zwei Tage nachdem ich Mr Ichbekommejedeinsbett einen Korb gegeben hatte.*

Ich wähle Nikkis Nummer. Sie hebt sofort ab. »Du willst also damit sagen«, führe ich unsere Konversation ohne jegliche Begrüßungsfloskel fort. »ich hätte nur *Mr Ichbekommejedeinsbetts* großzügiges Blow-Job-Angebot annehmen sollen, dann müsste ich jetzt nicht kurz vor Weihnachten in dieses kleine Kaff reisen, um einen Artikel über eine öde Speeddating-Veranstaltung von irgendwelchen Dörflern zu schreiben, den eh niemand lesen will?« Ich hole tief Luft.

Der Typ, der mir im Zugabteil schräg gegenübersitzt, zieht missbilligend eine wohlgeformte Augenbraue hoch.

»Genau das«, bestätigt mir meine Lieblingskollegin.

»Und warum hast *du* ihm eigentlich einen Korb gegeben?«, will ich von ihr wissen. »Immerhin hast du ein Faible dafür, mit Arschlöchern ins Bett zu gehen.«

»Hey!«, ruft sie entrüstet. »Erinnerst du dich noch an Max? Der war nun wirklich kein Arschloch.«

»Wohl wahr«, stimme ich ihr zu. »Max war ein Schwachkopf.«

»Ach, Ada, ich liebe deine schonungslose Ehrlichkeit.«

Ich seufze theatralisch. »Da bist du leider die Einzige.«

»Das soll einer verstehen«, kichert sie durch den Hörer.

»Den Menschen liegt eben nicht viel an Ehrlichkeit. Du, Nikki, ich muss leider auflegen. Ich bin gleich in Carlisle und muss den Anschlusszug erwischen, der Richtung Arsch der Welt fährt.«

Der Typ mir gegenüber schnaubt verächtlich.

Ich stehe auf und schiebe mir das Telefon in die Gesäßtasche. »Ist irgendwas?«, frage ich mit herausforderndem Blick.

Er steht ebenfalls auf und greift nach seinem Duffle Bag. »Nein«, antwortet er mit ruhiger Stimme und zuckt gleichgültig mit den Achseln. »Nichts. Nur dass ich, trotz der vielen Haare auf Ihren Zähnen, immer noch den Lippenstift durchschimmern sehen kann.« Mit diesen Worten dreht er sich um und verschwindet durch die Schiebetür.

Einen kurzen Moment sehe ich ihm sprachlos hinterher. Dann ziehe ich mein Smartphone wieder aus der Hosentasche, schalte die Selfiekamera ein und wische mir hektisch das Knallrot von den Schneidezähnen.

Natürlich fällt mein Anschlusszug, der mich nach Portpatrick bringen soll, aufgrund von *unvorhergesehenen Wetterverhältnissen* aus. Ich weiß zwar nicht, was an Schnee kurz vor Weihnachten an der schottischen Grenze nicht vorherzusehen ist, aber ich reiße mich auch nicht darum, schnellstmöglich anzukommen. Ich bin mir ziemlich sicher, dass mich an meinem Zielort nichts weiter erwartet als ein schlechtes Netz, warmes Wasser, das nur für dreieinhalb Minuten unter der Dusche reicht, und ein Dialekt, der mich daran zweifeln lässt, dass wir überhaupt dieselbe Sprache sprechen. Doch als endlich der Ersatzverkehr durch Busse eingerichtet ist, bin ich so durchgefroren, dass ich alles, wirklich alles, selbst für eine lauwarme Dusche geben würde.

Vier lange Stunden später spuckt mich der Bus in schwärzester Nacht am Hafen aus. Wie erstarrt stehe ich unter der einzigen Laterne weit und breit und sehe den Schneeflocken beim Rieseln zu. »Wunderbar«, murmele ich, stoße meinen Atem sichtbar in die eisige Luft und setze mich mit meinem monströsen Koffer in Bewegung. Die abgenutzten Rollen rattern laut über das Kopfsteinpflaster und wecken alle Hunde in der Umgebung auf. Das Gebell begleitet mich von einem Grundstück zum nächsten, bis ich mein Ziel erreiche. *The Old Library Pub – Bed and Breakfast.* Wenigstens brennt noch Licht. Ich hieve mein Gepäck zum menschenleeren Tresen, schüttele mir den Schnee aus den Haaren und bediene die Glocke. Niemand erscheint, also läute ich erneut. Endlich rührt sich über mir jemand und poltert die schmale, dunkle Treppe herunter. Überrascht klappt mir der Mund auf. »Sie? Wie …?«

»Mit dem Auto«, beantwortet der Kerl aus dem Zug meine unausgesprochene Frage und wirkt auf mich, als hätte er bereits ein, zwei Stündchen geschlafen.

Einen kurzen Augenblick lang fehlen mir die Worte, doch dann fallen sie mir wieder ein. »Ich habe ein Zimmer reserviert«, sage ich kühl. »Auf den Namen Ada Ward.«

Mit skeptischem Blick starre ich am darauffolgenden Abend auf den leeren Stuhl mir gegenüber. Dann wieder auf den Flyer zwischen meinen Fingern, der lediglich ein handgeschriebener Zettel ist, auf dem in Großbuchstaben *3. TRADITIONELLES WEIHNACHTS-SPEEDDATING IM THE OLD LIBRARY PUB* geschrieben steht. Wie konnte es nur so weit kommen, dass ich, anstatt die Veranstaltung professionell als Außenstehende zu betrachten, mich plötzlich mittendrin befinde?

Ich sehe zu Georgie, der Schwester von Jamie O'Donnell (aka Pubbesitzer und unfreundlichster Kerl unter diesem Himmel), und beobachte sie, während sie Miles, einem älteren Herrn mit Schiebermütze, lächelnd eine Tasse Tee serviert. Kopfschüttelnd wird mir klar, warum ich hier sitze: weil es einfach unmöglich ist, jemandem wie Georgie einen Gefallen abzuschlagen.

Über einige Gestalten im Raum habe ich in den letzten Minuten ein paar Informationen aufgeschnappt und in meinem Notizbuch festgehalten. Links von mir rutscht eine junge Frau namens Maggie unruhig auf ihrem Stuhl vor und zurück. Sie ist mittlerweile über dreißig und weiß genau, dass die Leute in dieser Gegend anfangen, über sie zu reden, weil sie noch immer unverheiratet ist und schon das ein oder andere Kind bekommen hat. Rechts von mir sitzt Sibylla, die Imkerin. Sie umgibt ein ganz spezieller Geruch von Zigarillos und Bienenwachs. Auf mich macht sie den Eindruck, als käme sie bestens ohne Partner aus. Ein paar Tische weiter sitzt Faiza. Sie müsste etwa in meinem Alter sein. Ihr dunkles Haar glänzt wie die Federn eines Raben, und sie ist eine Schönheit, aber keiner ihrer Verehrer war ihrem Vater angeblich je gut genug. Mein Blick wandert zum Tresen, an dem sich die Herren der Schöpfung Mut antrinken. Pech für Faiza, denn auch nach diesem Abend wird sie mit hoher Wahrscheinlichkeit weiterhin Single sein. Genau wie ich. Ich fühle mich unbehaglich. Darf ich beim Speeddating überhaupt teilnehmen, wenn ich doch gar nicht auf der Suche nach dem Menschen fürs Leben bin?

Plötzlich klatscht Georgie in die Hände und wendet sich an ihre Gäste. »Liebe Freunde, liebe Nachbarn«, versucht sie sich mit ihrer zarten Stimme, die perfekt zu ihrem zierlichen, beinahe ätherischen Äußeren passt, Gehör zu verschaffen. Jamie dreht die Musik leiser und nickt seiner Schwester aufmunternd zu. »Hiermit erkläre ich unser alljährliches Speeddating für eröffnet. Ich wünsche euch allen viel Spaß dabei und drücke die Daumen, dass es dieses Mal endlich ein Match geben wird. Denn auch in diesem Jahr sind Jamie und ich wieder bestens darauf vorbereitet, jedem Pärchen, das sich heute Abend findet, ein opulentes Weihnachtsdinner zu zaubern. Also, viel Glück!«

Ich applaudiere noch Georgies kurzer Rede, da lässt sich auch schon der alte Miles schwerfällig auf den freien Platz an meinem Tisch fallen. Der Stuhl knackt und knarzt vorwurfsvoll, und mir wird soeben klar, dass ich offenbar ins Beuteschema eines übergewichtigen 78-Jährigen falle.

»Sie sind neu hier«, beginnt er die Konversation, ohne großartig Zeit zu verlieren. Oder gar sich vorzustellen.

Jamie tauscht unterdessen Miles' Teetasse gegen ein Bier aus und serviert mir schweigend einen Eggnogg.

»Dann brauchen Sie doch bestimmt einen Job.«

»Bitte?«, frage ich perplex und wische mir das milchige Getränk von den Lippen. Er denkt doch nicht etwa …? Allein die Vorstellung, hier leben zu müssen, ist geradezu absurd.

»Können Sie kochen? Und eine Waschmaschine bedienen?«

»Hören Sie!«, unterbreche ich sein Verhör. »Ich befürchte, Sie verwechseln das hier mit einem Bewerbungsgespräch für eine Stelle als Haushälterin.«

»Was glauben Sie denn, wonach ich suche? Nach der großen Liebe? Nein, nein, Miss … Wie war gleich Ihr Name? Der Zug ist für mich schon lange abgefahren. Ich brauche eine Frau, die mir die Wäsche macht, die putzt, die einkauft und die weiß, wie man Kaninchenbraten zuberei…«

Eine Glocke erlöst mich von Miles' Jobangebot, noch bevor ich ihm empfehlen kann, eine Annonce im *Portpatrick Monthly* zu schalten. Ächzend erhebt er sich, schlurft einen Tisch weiter und macht Platz für den nächsten Kandidaten. Date Nummer zwei ist gleichzeitig auch Date Nummer drei: die Bower-Brüder. Ohne lang zu fackeln, verkünden sie mir breit grinsend, dass sie sich alles teilen – *einfach alles* – und somit nur *eine* Frau brauchen. Auf meine Nachfrage, ob sie sich auch ihre Gehirnzellen teilen, erhalte ich keine Antwort. Nur Schweigen. Doppeltes Schweigen.

Kandidat Nummer vier entpuppt sich als *Kandidatin* Nummer vier. »Du hast doch nicht etwa geglaubt, dass einhundert Prozent der Einwohner von Portpatrick hetero sind?«, beginnt sie das Gespräch, da ihr mein irritierter Gesichtsausdruck nicht entgangen ist. »Ach, übrigens, ich heiße Anusha und bin vor anderthalb Jahren mit meiner Mutter hierhergezogen.« Sie reicht mir die Hand.

»Dann bist du also eine Zugezogene«, stelle ich lächelnd fest und erwidere ihren Händedruck. »Das reicht nicht, um die Soziodemografie des heterosexuellsten Ortes in ganz Großbritannien durcheinanderzuwirbeln.«

»Portpatrick ist der heterosexuellste Ort Großbritanniens?«

»Keine Ahnung, das habe ich mir gerade ausgedacht … wahrscheinlich ist es Coventry oder so … aber dass du auf ewig nur die *Zugezogene* bist, halte ich für unumstößlich.«

»So viel ist sicher«, seufzt sie. »Zu einhundert Prozent.«

Die Zeit vergeht wie im Flug, die Glocke läutet, und Anusha rutscht einen Stuhl weiter, obwohl ich mich mit ihr gern noch länger unterhalten hätte. Vor allem weil ich genau weiß, wer mein nächstes Date sein wird: Chris. Mittelblond. Mittelschwer. Mittelalt. Mit rotgeränderten Augen setzt er sich zu mir und schnäuzt in sein Taschentuch. Sein Weinkrampf eben an Maggies Tisch war unüberhörbar … und ich bin einfach so furchtbar schlecht im Trösten. »Hallo, Chris, wie geht es Ihnen?«, frage ich ihn mit meiner mitfühlendsten Stimme. Sie klingt wie pure Heuchelei.

Mit einem lauten Schluchzen schlägt er die Hände vors Gesicht. Hilflos tätschele ich seine Schulter, doch er reagiert nicht und verharrt so die nächsten Minuten. Mir soll es recht sein. Ich trinke meinen Eggnogg, und wir haben beide unsere Ruhe. Irgendwann wischt Chris sich die Tränen aus dem Gesicht und sieht mich an, als hätte er gerade eine lebensverändernde Entscheidung getroffen. »Sie sind nicht von hier, oder?«, fragt er mich und schnieft.

Ich schüttele den Kopf. »Morgen reise ich wieder ab.«

»Wissen Sie, ich bin eigentlich nicht hier, um eine Frau zu finden. Ich liebe meine Frau und werde es immer tun.«

»Warum erzählen Sie das *mir*? Erzählen Sie es lieber ihr!«

»Sie ist vor sechs Jahren bei einem Autounfall gestorben. Seitdem sind Ruthie und ich allein, und seitdem hatte meine Tochter kein schönes Weihnachtsessen mehr, weil ich einfach nicht kochen kann. Nur deswegen bin ich heute hier. Weil ich Jamies fantastischen Gänsebraten und Georgies goldene Nugat-Marzipan-Äpfel gewinnen will. Gewinnen *muss*.«

Die Glocke läutet, und Chris wankt wie nach einem Schwächeanfall zum nächsten Tisch. Ernüchtert schlürfe ich nach diesem Geständnis den letzten Rest aus meinem Glas und stelle es unsanft vor mir ab. Kurz darauf tauscht Jamie es gegen ein volles aus. »Wollen Sie mich etwa betrunken machen?«, frage ich ihn unfreundlicher als eigentlich beabsichtigt.

»Wollen Sie das Spektakel denn lieber nüchtern ertragen?«, murrt er und verschwindet wieder hinterm Tresen.

Schnell trinke ich einen weiteren Schluck und wappne mich für mein nächstes Date. Fergus McGregor. Keine zwanzig, milchgesichtig und so kräftig wie ein Schluck Wasser. Geräuschvoll zieht er den Stuhl hervor, setzt sich und sortiert ein paar von oben bis unten vollgeschriebene A4-Blätter. »Ich habe einen Fragenkatalog vorbereitet, damit uns der Gesprächsstoff nicht ausgeht«, sagt er enthusiastisch und gluckst freudig. »Einer Studie zufolge ist, interessiert zu wirken, nämlich äußerst attraktiv.«

»Und ich dachte bisher eigentlich, interessant zu *sein,* sei attraktiv. Wie viele Fragen sind es denn?«

»Genau einhundert, unterteilt in zehn Rubriken.«

»Einhundert?«, frage ich entgeistert. »Hattest du denn damit bisher Erfolg?« Verzweifelt sehe ich mich um.

Fergus kratzt sich verlegen den Schädel. »Nicht wirklich. Sibylla meinte, ich solle mich ganz tief bücken, dann zeigt sie mir einen Ort, wohin ich mir meine Fragen stecken könnte. Faiza wollte sich erst alle durchlesen, um zu überprüfen, ob sie auch angemessen sind ... tja, und dann war die Zeit auch schon vorüber, und ...«

»Verstehe«, unterbreche ich ihn. »Also, schieß schon los!«

»Okay.« Er räuspert sich und sieht in seine Notizen. »Die wichtigste Frage zuerst: Marvel oder DC?«

»Bitte was?«

Fergus atmet tief durch und lässt resigniert die Schultern sinken. »Tut mir leid, das jetzt so schonungslos sagen zu müssen ... aber das mit uns ... das wird nichts.«

Mir klappt die Kinnlade herunter. »Das mit *uns?*«

»Pete, können wir die Tische tauschen?«, ruft Fergus quer durch den Raum und klaubt hastig seine Blätter zusammen.

Entrüstet schnappe ich nach Luft. Werde ich gerade wirklich von einem Nerd abserviert und ausgetauscht?

Frustriert trinke ich den Eggnogg auf Ex, doch bevor ich das leere Glas auf dem Tisch abstellen kann, wird es mir schon aus der Hand genommen und gegen ein neues ausgetauscht. Jamie *Griesgram* O'Donnell legt das Tablett ab und setzt sich zu mir. »Sie müssen mir nicht aus Mitleid Gesellschaft leisten«, pflaume ich ihn an und kann nur schwer dem Drang widerstehen, meine Arme zu verschränken.

»Okay, dann eben nicht.« Er macht Anstalten, wieder aufzustehen, doch ich greife unwillkürlich nach seinem Handgelenk und halte ihn zurück.

Wir zucken beide zusammen. Die Stelle, an der wir uns berühren, schlägt Funken. Jedenfalls fühlt es sich so an.

Ich lasse ihn sofort los und greife hastig nach Stift und Notizbuch. »Erzählen Sie mir etwas von sich! Wieso veranstalten Sie ... *das hier?*«

»Wenn Sie sich mit mir unterhalten wollen, legen Sie den da weg!« Jamie deutet auf meinen Kugelschreiber, den ich augenblicklich, aber vorsichtig (denn er war sehr teuer) beiseitelege. Er atmet tief durch. »Ich mache das nur für Georgie. Ich glaube, sie ist einsam, seit unsere Eltern ...«

»O Gott, das tut mir leid, das wusste ich nicht.«

»Was wussten Sie nicht?« Ein Schmunzeln schleicht sich auf seine Lippen. »Dass unsere Eltern in der Lotterie gewonnen haben, nach Australien ausgewandert sind und mir diesen maroden Schuppen hinterlassen haben?«

Ein lautes Klirren unterbricht unser peinliches Gespräch.

»Ach, und meine tollpatschige Schwester haben sie mir auch hinterlassen.« Er deutet mit einem Kopfnicken zu Georgie, die gerade ein paar Scherben auffegt.

Verlegen nippe ich an meinem Getränk. Mir ist heiß, meine Wangen glühen, und mein Kopf muss hochrot sein. Ich sollte mich besser aufs Zuhören beschränken und die Klappe halten.

»Was ist mit Ihnen?« Er mustert mich ehrlich interessiert. »Heute ist der 24. Dezember. Wollen Sie nicht lieber bei Ihrer Familie sein und feiern?«

Ich winke desillusioniert ab. »Meine Schwester ist jetzt mit meinem Ex-Freund Theo zusammen. Ich verzichte dieses Jahr lieber auf Weihnachten in Familie. Das ist mental gesünder.«

»Weil Sie immer noch in Ihren Ex verliebt sind?«

»Auf gar keinen Fall! Er ist ein ...«

»Arschloch? Oder doch eher ein Schwachkopf?« Das eben

nur knapp angedeutete Schmunzeln entwickelt sich zu einem richtigen Lächeln, und es steht ihm ganz wunderbar.

»Ich denke, Theo ist Gründungsmitglied beider Kategorien.« Einen Moment lang lasse ich den Blick durch den Pub schweifen. »Wissen Sie, Jamie? Ich glaube, alle in diesem Raum sind einsam, aber ich befürchte, Sie bleiben auch dieses Jahr auf Ihrem Festtagsbraten sitzen. Es sei denn …«

»Es sei denn, was … Ada?«, fragt er herausfordernd.

»Laden Sie *alle* ein! Dann muss niemand einsam sein.«

Er sieht mir einen unerträglich langen Moment fest in die Augen, und sein Blick verursacht in meinem Magen schlimmere Eggnog-Unruhen als die von 1826.

»Abgemacht, Ada Ward! Aber nur unter einer Bedingung.« Ich lehne mich ihm etwas entgegen. »Und die wäre?«

»Ein Weihnachtsessen für alle bedeutet, *du* kommst auch!«

Zwei Tage später fahre ich mitten in der Nacht mein Notebook hoch und öffne ein leeres Dokument. Ich lausche den knisternden Flammen im Kamin und Jamies gleichmäßigen Atemzügen. Meine Finger huschen über die Tastatur und tippen wie von selbst die Überschrift: *IT'S A MATCH* oder *Wie ich mich an nur einem Abend in ein ganzes Dorf verliebte.*

GEORGIES GOLDENE NUGAT-MARZIPAN-ÄPFEL

Es gibt wohl kaum ein Rezept, das einfacher ist als dieses und dennoch so unglaublich lecker. Der geschmackliche Clou sind die Nelken, die ich auf keinen Fall weglassen würde, auch wenn sie nicht mitgegessen werden. Also vor dem Genuss bitte unbedingt entfernen! Anstelle von Gold kann natürlich jede andere Lebensmittelfarbe verwendet werden. Rot und Grün sind auch perfekt, aber ich finde Gold gerade zu Weihnachten ganz besonders passend, und hübsch verpackt machen sich diese süßen Äpfel gut als kleines Geschenk.

ZUTATEN FÜR CA. 30 STÜCK:
* ★ 200 g Marzipanrohmasse
* ★ 125 g schnittfester Nugat (gekühlt)
* ★ getrocknete Gewürznelken
* ★ Lebensmittelfarbpuder in Gold

ZUBEREITUNG:
Die gekühlte Nugatmasse in haselnussgroße Stücke schneiden, mit den Händen zu Kugeln rollen und diese für ein paar Minuten zurück in den Kühlschrank stellen.

Während dieser »Ruhezeit« das Marzipan in ebenso viele Stücke teilen, zu Kugeln rollen und dann mit den Fingern flach drücken.

Jeweils eine Nugatkugel mit einem Stück Marzipan umhüllen und zu einer schönen Kugel formen. Dann eine Gewürznelke mit dem Stängel hineindrücken, bis nur noch der Nelkenkopf zu sehen ist, und nach Belieben mit Goldpulver bestäuben.

12

LENI WAMBACH

Die Weihnachtskatze

LENI WAMBACH zog es schon ein Leben lang in fremde Welten und Universen voller Magie. Sie schreibt, seit sie einen Stift halten kann, und weiß vor lauter Ideen oft nicht, wo ihr der Kopf steht. Wenn sie nicht schreibt, vertieft sie sich gerne in Fremdsprachen, spielt Videospiele oder verschlingt ein Buch nach dem anderen. Ihr Lieblingsort ist ihr eigenes kleines Bücherzimmer. Den Sessel dort muss sie sich allerdings meistens mit ein bis zwei Katzen teilen. Zuletzt erschien ihr Urban-Fantasy-Roman »Der Zirkel der Sechs« bei Piper.

Ori starrte Em an und fragte sich, ob sein Wächter jetzt endgültig den Verstand verloren hatte. »Woher hast du den ganzen … Kram?«

»Wenn deine Mutter hören würde, dass du ihre kostbare,
aufwendig mit Magie veredelte Weihnachtsdeko als ›Kram‹
bezeichnet hast, würde sie dich vierteilen«, antwortete Em
mit gespieltem Entsetzen in der Stimme.

Darüber musste Ori nun doch schmunzeln.

»Du bist traurig, weil wir Weihnachten in Island verbringen
und nicht bei deiner Familie«, fuhr Em fort, ernster und mit
diesem beinahe unerträglich sanften Unterton in der Stimme.
»Deswegen dachte ich, wir nehmen so viel von deinem Weihnachten mit hierher wie möglich.«

Ori schluckte seine Gefühle und die Worte, die ihm auf der
Zunge lagen, hinunter. Seine alte Wächterin war eine starke
Frau gewesen, die ihm immer ein Gefühl von Sicherheit ver-
mittelt hatte. Sie war bereit gewesen, sich jeder Gefahr in den
Weg zu werfen, die Oris Leben bedrohte.

Aber seit dem Moment, in dem Emerald − Em − als ihr
Nachfolger in sein Leben getreten war, hatte er sich um mehr
als nur Oris physisches Wohlergehen gesorgt. Er tat … so et-

was. Er hatte Ori als Erster wieder zum Lachen gebracht, nachdem er am tiefsten Punkt seines Lebens gewesen war.

Ems Aufgabe war es, ihn vor der Welt zu beschützen – und die Welt vor seiner magischen Gabe. Dafür war er an seiner magischen Akademie ausgebildet worden. Er war ganz sicher nicht zu ihm geschickt worden, damit Ori unangemessene Gefühle für ihn entwickelte.

Trotzdem hatte er eine Kiste voller Weihnachtsdeko mit nach Island geschleppt.

»Das hättest du nicht tun müssen«, sagte Ori laut und hoffentlich, ohne zu verraten, welcher Sturm der Gefühle in ihm tobte. »So wichtig ist das auch wieder nicht. Nächstes Weihnachten sind wir bestimmt wieder in England.«

Em war gerade dabei, die sich selbst schüttelnden Schneekugeln auszupacken, und schaute ruhig zu ihm herüber. »Es ist dir wichtig, also ist es auch mir wichtig. Und tu nicht so, als wäre es das nicht.«

Ori wich seinem Blick aus. Nicht Weihnachten an sich war ihm wichtig, sondern die Tatsache, dass normalerweise seine ganze, überall in der Welt versprengte Familie zusammenkam. Dass er morgens aufwachte und ganz genau wusste, wie der Tag ablaufen würde. Angefangen bei den kleinen Traditionen, wie dem Klavierspielen seiner Cousine, bis hin zum Weihnachtsbraten nach einem uralten Rezept und dem Öffnen der Christmas Cracker. In seiner Vorhersehbarkeit war Weihnachten für Ori einfach nur beruhigend. Dieses Jahr war jedoch alles anders. Vor ein paar Monaten war einer seiner Onkel gestorben und hatte eine mysteriöse Nachricht hinterlassen: *Orion, komme zur Wintersonnenwende in mein Haus. Wir brauchen jemanden, der sich um sie kümmert.*

Er musste es kurz vor seinem Tod geschrieben haben, und Ori konnte sich dem letzten Wunsch eines Toten schlecht verweigern – egal, wie kryptisch er war und dass er keine Ahnung hatte, wer mit »sie« gemeint war. Deswegen hatten sich Em und er kurz vor Weihnachten auf den Weg nach Island gemacht – was von Anfang an unter keinem guten Stern gestanden hatte. Erst war der Flug beinahe ausgefallen wegen heftiger Schneefälle, dann hatten sie ewig auf ein Taxi warten müssen, und schließlich hatte der Taxifahrer sich fast geweigert, sie überhaupt in das kleine Dorf zu bringen, in dem sein Onkel gelebt hatte. Kaum, dass sie ihn bezahlt hatten, war er mit quietschenden Reifen abgedüst.

Ori war sich ziemlich sicher, dass diese seltsamen Vorkommnisse definitiv mit der Botschaft seines Onkels zusammenhingen, aber sie waren jetzt schon zwei Tage hier, und noch war nichts geschehen. Die Wintersonnenwende war vorüber, morgen war der 24. Dezember.

»Guck mal, deine Mum hat mir auch einen gemacht«, sagte Em in diesem Moment und zog mit einem breiten Grinsen eine riesige Wollsocke aus dem Karton. Tatsächlich war sein Name darauf gestickt, und die Farbe changierte zwischen verschiedenen Grünschattierungen.

Oris Weihnachtsstrumpf war mit magischen Unterwassermotiven versehen und mittlerweile ziemlich ausgeleiert, wie er feststellte, als Em ihn hervorholte. Der Zauber war fast erloschen, nur noch einige Algen schwankten müde in der Strömung hin und her.

»Wow, sie hat sich echt viel Mühe gegeben«, stellte Em bewundernd fest. »Ich habe mal versucht, einen Schal zu stricken.«

Ori musste grinsen. Sein Wächter war eher der Typ fürs Grobe, und er konnte sich partout nicht vorstellen, wie er mit filigranen Stricknadeln herumhantierte. »Wie ist das ausgegangen?«

»Irgendwie ist mir der ganze Kram in ein Kaminfeuer gefallen. Keine Ahnung, wie das passiert ist.« Em blinzelte unschuldig, was nicht sehr überzeugend aussah bei seiner Größe von fast eins neunzig und der muskulösen Statur.

Als Ori ihn das erste Mal durch die Tür hatte treten sehen, hatte er nicht gewusst, wo er zuerst hinschauen sollte. Die beeindruckende Statur, die vielen Piercings, die Tattoos, die auf seinen Armen prangten. Die südkoreanische magische Akademie war angeblich äußerst traditionell, aber Emerald Lee schien das absolute Gegenteil davon zu sein.

Er liebte es einfach, jedwede Erwartungen zu brechen. Deswegen war Ori auch nur milde überrascht, dass Em kurzerhand das Dekorieren des kleinen Häuschens seines Onkels übernahm und sich danach ins Plätzchenbacken stürzte – wobei Ori ihn dann schnell ablöste, um nicht in ein ähnliches Desaster wie mit dem gestrickten Schal hineinzusteuern.

Ori kämpfte gerade mit den richtigen Ofeneinstellungen, als er aus dem Augenwinkel bemerkte, wie Em erstarrte. Als Wächter hatte er feinere Sinne als Ori und konnte Magie in der Luft beinahe schmecken.

»Was ist los?«, fragte Ori alarmiert und drehte sich instinktiv zum Fenster um, das den Blick auf die schneebedeckte Straße freigab.

»Ich weiß nicht, ich …«

Da spürte Ori es auch. Seine Nackenhaare richteten sich auf, die Atmosphäre schien auf einmal wie elektrisch aufgeladen zu sein. Etwas bewegte sich durch das Dorf. Etwas, das hier absolut nichts zu suchen hatte.

Em stürzte zum Fenster und spähte hinaus. »Oh. Ich glaube, ich weiß, was dein Onkel meinte.«

Ori drängte sich neben ihn, um ebenfalls einen Blick nach draußen werfen zu können. Abseits der Lichtkegel der Laternen lag das Dorf in völliger Dunkelheit. Die Menschen mussten ihre Lichter gelöscht haben. Und Ori bemerkte auch ziemlich schnell, warum.

Durch den Schnee lief ein Ungetüm. Fast so groß wie das kleine Häuschen, in dem sie waren, und mit langem, struppigem Fell, huschte eine gewaltige Katze durch die Dunkelheit. Ihre riesigen Augen leuchteten wie kleine Monde, und sie schnüffelte in die Nacht hinein, wobei sie immer wieder mannsgroße Zähne entblößte. Ori brauchte ihre Pfoten nicht zu sehen, um sich vorzustellen, dass sie außerdem die passenden Krallen dazu besaß.

»Jólakötturinn«, flüsterte er.

»Gesundheit«, murmelte Em.

Ori stieß ihm seine Schulter in die Seite, was der Wächter kaum zu bemerken schien. »Die Julkatze von Island, eine Märchengestalt. Sie erscheint um Weihnachten beziehungsweise das Julfest herum und … äh … frisst alle Menschen, die keine neue Kleidung bekommen haben.«

»Warum sollte sie …?« Em unterbrach sich und schüttelte den Kopf. »Egal. Was macht sie hier?«

Ori kniff die Augen zusammen und betrachtete die Katze, die vor einem Haus stehen geblieben war und versuchte, hineinzuspähen. Ihr Fell wies einige kahle Stellen auf, und sie wirkte leicht deformiert. Als wären ihre Knochen nicht überall gleichmäßig gewachsen, wirkte sie in sich schief, und die Proportionen lagen alle einen Hauch neben dem, was man von einer normalen Katze erwarten würde. »Sie ist beschworen worden«, vermutete er. »Irgendein Spaßvogel, der die Geschichten immer gehört hat, muss sich gedacht haben: Mensch, das ist doch mal eine tolle Idee, eine fleischfressende Riesenkatze.«

Em grinste und lehnte sich an ihm vorbei, um die Kreatur im Auge zu behalten. Der Geruch seines Shampoos stieg Ori in die Nase. Er sollte Em Platz machen, zurückweichen, aber er konnte seinen Körper nicht dazu bewegen, sich vom Fleck zu rühren.

»Also, was machen wir?«, murmelte sein Wächter.

Ori versuchte, seine Konzentration wieder auf das aktuell dringlichere Problem zu richten und nicht auf die Tatsache, dass sich ihre Körper so dicht aneinanderdrückten, dass er Ems Wärme spüren konnte. »Wir können sie nicht töten. Sie ist trotz allem noch eine Katze.«

»Orion, sie wird versuchen, uns zu töten.«

»Aber sie ist eine Katze!«, protestierte Ori.

Von Em kam ein schweres Seufzen. Er stieß sich vom Fenster ab und marschierte quer durch die Küche in den Flur, wo er seine komplette Ausrüstung auf einem Sideboard ausgebreitet hatte. Sofort vermisste Ori seine Nähe. Trotzdem tat er einmal das Vernünftige und blieb am Fenster stehen. Die Julkatze stapfte langsam weiter und kam ihrem Haus immer näher. Irgendwie hatte Ori das dumpfe Gefühl, dass das Wesen sie genauso spüren konnte wie sie es. Ein Schauder lief über seinen Rücken. Wahrscheinlich konnten sie froh sein, dass mit der Jólakötturinn nicht auch noch die anderen Wesen aus den Julgeschichten mitgekommen waren …

»Na gut«, ertönte Ems Stimme aus dem Flur, und sofort beruhigten sich Oris Nerven. »Ich habe eine Idee.«

Ein paar Minuten später schlich Ori sich um das Haus herum auf die Straße. Em war gegen diesen Plan gewesen und hätte ihn am liebsten im Haus in Sicherheit gewusst, aber Ori hatte sich geweigert, ihn alleine der Gefahr auszusetzen. Seine magischen Fähigkeiten würden ihnen absolut nicht helfen, selbst wenn er sie einsetzen wollte, und deswegen würde er nur für das Ablenkungsmanöver sorgen. Seine Magie hatte mit lebenden Kreaturen ungefähr so wenig zu tun wie Em mit dem Stricken. Bevor er auf die Straße trat, holte er noch einmal tief Luft.

Dann machte er den letzten Schritt. Von Angesicht zu An-

gesicht wirkte die Katze noch viel, viel größer und Furcht ein-
flößender. Der Blick ihrer lampenhellen Augen richtete sich
sofort auf ihn, und sie schnüffelte in der kalten Luft. Was auch
immer sie dadurch über ihn erfuhr, brachte sie dazu, sich in
geduckte Haltung zu begeben, ihr buschiger, breiter Schwanz
schlug hin und her, was die Häuser zum Erzittern brachte.

»Ja, komm nur her«, murmelte Ori und ballte die Hände
zu Fäusten. Das Herz schlug ihm bis zum Hals. So groß, wie
die Katze war, würde sie nur wenige Augenblicke brauchen,
um ihn zu erreichen. Und dann würde sie ihn mit Haut und
Haar verschlingen. O Gott, was, wenn Em es nicht rechtzeitig
schaffte? Oder das Pulver nicht wirkte? Hatten sie das Zeug
überhaupt schon mal ausprobiert? Würde Ori dieses Weihnachten im Magen einer riesigen Katze enden?

Jeder Gedanke wurde aus seinem Kopf gewischt, als sich die
Katze nach vorn katapultierte. Der Boden bebte, als sie sich
mit ihren schweren Pfoten abstieß. Tiefe Furchen blieben in
der Erde zurück. Ori war zur Salzsäule erstarrt und nahm nun
alles wie in Zeitlupe wahr. Die Katze rannte auf ihn zu, seine
ganze Welt fokussierte sich auf die mitleidlosen, gierigen Augen und die scharfen Zähne darunter. Er konnte schon den
heißen Atem auf seinem Gesicht spüren, schloss die Augen,
um seinen Tod nicht auch noch mitansehen zu müssen …

Kälte umfing ihn. Immerhin war es eine Winterkatze, also
war es nur logisch, dass sein Tod sich eisig anfühlte. Allerdings merkte er auch, wie seine Kleidung ziemlich schnell
sehr feucht wurde, und er öffnete blinzelnd die Augen. Schnee.
Er lag im Schnee.

»Ori? Ori, bist du verletzt?«, ertönte eine besorgte Stimme,
und starke, große Hände zogen ihn in die Höhe.

Benommen starrte er in Ems vor Sorge verzerrtes Gesicht.

»Äh … nein«, sagte Ori und spürte, wie ihm Hitze in die
Wangen kroch.

War er ernsthaft vor Angst umgekippt? An Em vorbei konnte er eine normal große Katze sehen, die mit gesträubtem Fell und sichtlich verwirrt auf der Straße hockte.

»Es hat geklappt«, murmelte Ori.

Em seufzte erleichtert. »Ja, hat es. Hab das Pulver auf sie geworfen, und aus dem Monster ist … ein Flauschball geworden. Gute Erfindung, dieser Verharmlosungszauber. Das muss ich den Spaniern lassen.«

»Funktioniert wahrscheinlich nur bei so nachlässig beschworenen Wesen wie diesem, aber gut zu wissen.«

»Kannst du stehen?«, fragte Em, und Ori rechnete ihm hoch an, dass er nicht belustigt klang. Nur besorgt.

»Äh, geht schon«, antwortete er trotzdem äußerst verlegen, auch wenn er sich nicht so sicher war. Seine Knie zitterten ganz schön.

Er musste dringend an seiner Gefahrenreaktion arbeiten.

Em warf ihm einen skeptischen Blick zu, und bevor Ori protestieren konnte … hob er ihn hoch. Ori wollte protestieren, aber die Worte erstarben ihm auf der Zunge, als er in Ems Gesicht blickte.

Der schüttelte den Kopf, und für einen Moment verkrampften sich seine Arme um Ori, ehe er ihn mit Leichtigkeit Richtung Haustür trug. »Ich dachte wirklich … ich hatte Angst, sie hätte dich mit irgendwas erwischt. Wer weiß, was ihr Beschwörer ihr sonst noch für Fähigkeiten angedichtet hat.«

»Mir geht's wirklich gut«, murmelte Ori und seufzte erleichtert, als sie in die Wärme des Hauses kamen.

Die Katze huschte hinter ihnen durch die Tür, was Em einen wütenden Blick in ihre Richtung entlockte.

»Lass sie doch«, sagte Ori und bemühte sich um einen unschuldigen Gesichtsausdruck.

Langsam ließ Em ihn zu Boden gleiten und runzelte die Stirn. »Sie hätte dich töten können!«

»Hat sie aber nicht.« Und dann, nach kurzem Zögern: »Du warst ja da. Ich wusste, dass du mich retten würdest … auch wenn ich kurz Angst vor ihr hatte.«

Em schaute auf ihn herunter, auf seine ernste und gleichzeitig sanfte Art. »Natürlich, Ori. Ich würde niemals zulassen, dass dir etwas geschieht.«

»Ist ja schließlich dein Job«, sagte Ori und versuchte, das leichtherziger klingen zu lassen, als er sich fühlte. Alles, was Em tat, machte er, weil es sein Job war. Die Vorstellung, dass hinter seinen Handlungen mehr stecken könnte, durfte Ori gar nicht erst zulassen. Und trotzdem war das Haus wunderschön geschmückt, und über dem Kamin im Wohnzimmer konnte Ori ihre Socken nebeneinander hängen sehen. Langsam ging er darauf zu, die Wärme des Feuers schlug ihm angenehm entgegen. Er schluckte. Em hatte erst ein Weihnachten bei Oris Familie verbracht und es trotzdem geschafft, Oris ganze Gefühle für diesen Feiertag nach Island zu transportieren.

»Das ist weit mehr als nur ein Job«, ertönte Ems Stimme hinter ihm leise, aber bestimmt. »Und außerdem hast du etwas vergessen.«

Ori drehte sich verwirrt zu ihm um und erstarrte. Em war in der Tür stehen geblieben und zeigte nach oben. Unter seiner wie üblich selbstsicheren Art konnte Ori nun ganz deutlich Verunsicherung spüren, und eine Wärme ganz anderer Art durchströmte ihn.

Er machte einige schnelle Schritte auf Em zu und blieb direkt vor ihm stehen. Unter dem Mistelzweig.

»Das ist kitschig«, sagte er leise und lächelte. »Hast du ein Glück, dass ich ein heimlicher Fan von diesem Weihnachtskitsch bin.«

Em lächelte zurück, und es fuhr Ori durch Mark und Bein. »Ich habe wirklich verdammt viel Glück.«

Ori hatte keine Ahnung, wo das hinführen sollte. Ob ihnen so etwas überhaupt erlaubt war.

Aber in dieser dunklen isländischen Weihnachtsnacht, während ihm eine ehemals tödliche Katze schnurrend um die Beine strich, war ihm das egal.

Er reckte sich Em entgegen und küsste ihn, inmitten von Kerzenschein, Feuerprasseln und unter einem blühenden Mistelzweig.

SPRITZGEBÄCK NACH DEM REZEPT VON ORIS TANTE

ZUTATEN:

- ★ 500 g Mehl
- ★ 250 g Butter
- ★ 2 Eier
- ★ 90 g Zucker

- ★ 1 Pck. Vanillezucker
- ★ ¼ TL Backpulver
- ★ 1 Prise Salz
- ★ 2 Schuss Rum

ZUBEREITUNG:

Alle Zutaten mithilfe einer Küchenmaschine zu einem Teig verarbeiten. Der Teig wird wirklich sehr fest, eine Küchenmaschine ist unbedingt nötig.

Danach den Teig über Nacht im Kühlschrank ruhen lassen.

Am nächsten Tag den Backofen auf ca. 220 °C vorheizen. Mit einem Fleischwolf oder einer Kekspresse den Teig portionsweise zu Spritzgebäck in der gewünschten Form verarbeiten. Die Kekse auf ein mit Backpapier belegtes Blech legen und auf der mittleren Schiene für 10–12 Minuten backen. Das Spritzgebäck sollte nicht zu dunkel werden! Eventuell müssen Gradzahl und Backzeit an den jeweiligen Ofen angepasst werden.

Nach dem Backen können die Kekse nach Belieben mit Schokolade bepinselt werden. Das Spritzgebäck lagert am besten in Blechdosen und sollte, wenn möglich, einige Tage ruhen, dann schmeckt es noch besser. Vorheriges Naschen ist aber absolut zu empfehlen, um sicherzugehen, dass alles geklappt hat!

KIRA LICHT

Der Winterball der Fae

KIRA LICHT ist in Japan und Deutschland aufgewachsen. In Japan besuchte sie eine internationale Schule, überlebte ein Erdbeben und machte ein deutsches Abitur. Danach studierte sie Biologie und Humanmedizin. Sie lebt, liebt und schreibt in Bochum, reist aber gerne um die Welt und besucht Freunde. News zu ihren Büchern, Gewinnspielen und Leserunden sind auf Instagram zu finden (@kiralicht). 2025 wird eine neue romantische Fantasy-Dilogie der Autorin bei Piper erscheinen.

Ich hätte nie damit gerechnet, dass *er* heute hier sein würde. Keon, seines Zeichens Thronfolger der Unterwelt der Fae. Seinem Vater, dem alternden König, entglitten die Zügel, und Keon, als sein Nachfolger, war damit beschäftigt, das Reich zusammenzuhalten. In stürmischen Zeiten wie diesen hätte ich nicht erwartet, dass er Zeit für eine Party hatte.

Nervös zupfte ich an dem gazeähnlichen Stoff meines himmelblauen Ballkleids und wich noch weiter in mein Versteck hinter der Säule zurück. Vorsichtig neigte ich den Kopf, um Keon weiter zu beobachten. Seine schwarze Paradeuniform stand ihm ausgezeichnet, obwohl sie mehr nach Kampfansage aussah als nach höfischem Zeitvertreib. Ich kaute auf meiner Unterlippe. Die Uniform passte hervorragend zu seinem nachtschwarzen Haar, das er heute ordentlich gebändigt hatte, und den dunklen Abgründen, die seine Augen waren. Eine kribbelnde Woge jagte mir bis in die Zehenspitzen hinab, als er über etwas lachte, das sein Gesprächspartner sagte. Ich kannte ihn und wusste dennoch so wenig über ihn. Er schien nur aus Gegensätzen zu bestehen. Mal abweisend und rau, dann wieder leidenschaftlich und unglaublich …

»Da bist du, Remy!« Meine Freundin Elvy gesellte sich an

meine Seite. »Versteckst du dich etwa?« In ihrer glockenhellen Stimme schwang ein Lachen mit.

»Nein«, erwiderte ich lahm, musste aber lächeln, weil meine Lüge so offensichtlich war.

»Verstehe.« Elvy war eine der schönsten Fae am Hof von Sommerland, doch jetzt hatte ihr Zwinkern fast etwas Koboldhaftes. Sie strich sich das hüftlange weißblonde Haar hinters Ohr, bevor sie sich, genau wie ich, zur Seite beugte. Die violette Seide ihres Ballkleids raschelte leise. »Und wen beobachten wir?«

»Elvy!«, zischte ich und zog sie wieder zu mir hinter die Säule. Hitze flammte über meine Wangen.

»*Er* ist hier?« Elvy hatte die moosgrünen Augen aufgerissen, und ihr kleiner, herzförmiger Mund formte ein erstauntes *Oh*.

»Ja, aber ich rede nicht mit ihm.« Ich wedelte diffus mit einer Hand. »Aus Gründen, du weißt schon.«

Sie zog eine elegant geschwungene Braue steil nach oben. »Es sind gleich mehrere Gründe?«

»Natürlich. Du weißt doch, dass ...«

Ein elegant gekleidetes Paar flanierte vorbei und grüßte höflich. Wir neigten beide die Köpfe.

»Seit wann ist er hier?«, wisperte Elvy, kaum dass die Fae außer Hörweite waren. »Es ist fast Mitternacht, und beim Festmahl habe ich ihn nicht gesehen.«

»Keine Ahnung.« Dennoch war es typisch, dass Keon sich nicht ans Protokoll hielt. Es passte zu einem Prinzen der Unterwelt, erst kurz vor der Geisterstunde hier aufzutauchen.

Mein Gesicht brannte immer noch, und ich fächelte mir Luft zu. »Ist es warm hier?« Ich staunte mal wieder über meine eigene Verwandlung. In Reiterhosen und Lederwams kämpfte ich gegen jeden noch so großen Gegner. Aber kaum trug ich ein Ballkleid, das mich aussehen ließ wie eine Marzipanfigur auf einer Torte, mutierte ich zur Lady und fächelte mir Luft zu. Jacques und die anderen lägen am Boden, würde ich in ihrer Gegenwart jemals so eine alberne Handbewegung machen.

»Ich glaube, ich hole uns mal etwas zu trinken.« Elvy schien sich ein Grinsen zu verkneifen. »Du wirkst etwas erhitzt.«

»Haha«, machte ich noch, da war sie schon verschwunden. Erneut beugte ich mich zur Seite. Von Keon fehlte plötzlich jede Spur. Ich runzelte ärgerlich die Brauen und ließ meinen Blick über den Hofstaat von Sommerland gleiten. Paare drehten sich auf der Tanzfläche zur Musik eines Orchesters. Alle hatten sich für den Winterball herausgeputzt und passten perfekt in den Saal, der ganz in den eisigen Farben des Winters dekoriert war. Über mir an der meterhohen Decke funkelten Feenlichter und magisch tanzende Eiskristalle um die Wette. Ich hätte niemals gedacht, dass es in einem Reich namens »Sommerland« einen Winter geben würde. Es war überhaupt eine Überraschung, dass der Rhythmus der Jahreszeiten denen der Menschenwelt entsprach. Und keine Frage, der Hof von Sommerland war um einiges schöner als meine derzeitige Heimat.

Ich riss mich von dem Anblick los und ließ meinen Blick von den Tanzenden über die Besucher am Rande der Fläche bis zum Königspaar auf der Empore gleiten. Keon schien wie vom Erdboden verschluckt.

»Wo ist er denn bloß hin?«, murmelte ich und beugte mich nun zur anderen Seite der Säule.

»Guten Abend.« Diese dunkle Stimme würde ich unter Tausenden erkennen. Ertappt schwang ich herum.

Keons Blick verriet, dass er meine letzten Worte gehört hatte. »Du suchst nach mir?« Er klang spöttisch, obwohl er lächelte.

»Nein.« Besser eine Notlüge als eine allzu peinliche Wahrheit.

»Hm«, machte er bloß. Er überwand die letzte Distanz zwischen uns und drehte mich dann sanft an den Schultern um, sodass ich wieder Richtung Tanzfläche blickte.

Keon beugte sich über meine Schulter, und sein Mund kam meinem Ohr so nah, dass ich seinen warmen Atem an der empfindlichen Haut meines Halses spüren konnte. »Ich merke es, wenn mich jemand beobachtet …« Raue Fingerkuppen strichen sanft meine nackten Unterarme hinab. »… mag dieser Jemand sich auch noch so gut zu verstecken versuchen.«

In meinem Bauch stieg ein Schwarm Schmetterlinge auf. Der schwache, nachgiebige Teil in mir wollte sich an ihn lehnen, wollte, dass seine Fingerspitzen ihre Wanderung fortsetzten, wollte alles vergessen. Doch der rationale Teil in mir konnte das nicht.

»Bitte geh, Keon«, sagte ich im gleichen Moment, in dem er »Tanz mit mir« in mein Ohr flüsterte.

Ich schloss die Augen. Verdammt, er war so gut darin. Seine Fingerspitzen spielten mit meinen, sein großer Körper berührte mich nur ganz leicht.

»Ist das ein Befehl, mein Prinz?«

Er lachte leise. »Du gehorchst meinen Befehlen doch sowieso nicht.«

Punkt für den Thronfolger. Ich drehte mich ihm wieder zu und sah zu ihm hoch. Keon wich nur so weit zurück wie eben nötig. Nicht mal eine Zeitung hätte zwischen uns gepasst, doch ich bewegte mich nicht, konnte mich ihm einfach nicht entziehen. Sollte ich mit ihm tanzen? Elvy war noch nicht zurück, doch wenn sie mich mit Keon sah, war ich mir sicher, sie würde mir diese Unhöflichkeit verzeihen.

Ich ließ meinen Blick über sein gut geschnittenes Gesicht wandern. Die dichten geraden Brauen, die seine schwarzen Augen überdachten. Diese absurd langen Wimpern. Die gerade Nase, der sinnlich geschwungene Mund und die kleine silbrige Narbe über dem linken Wangenknochen.

Ich sollte mit ihm tanzen, einfach nur, weil ich es in diesem Moment wollte. Um ein letztes Mal in diesem Chaos aus Gefühlen zu versinken.

Nein, sagte mein Verstand energisch. *Verschwinde, solange du noch klar denken kannst.* Ich wich zurück.

»Ich muss gehen.«

Keon zog ein amüsiertes Gesicht. »Musst du nicht.«

»Doch.« Noch während ich sprach, machte ich ein paar Schritte von ihm weg. »Dringende Angelegenheit.« Die darin bestand, mein Gehirn zu rebooten und meine Hormone in den Griff zu bekommen. Ob ich hier irgendwo eine kalte Dusche bekommen könnte? Ich zog mich noch ein paar weitere Schritte zurück.

Keon lachte, bis er sah, in welche Richtung ich mich bewegte. »Du solltest den Saal nicht verlassen.«

Doch, das würde ich. Ich brauchte einen Moment für mich, und das bitte ohne neugieriges Fae-Publikum.

»Remy!« Er rief meinen Namen, als ich davoneilte, doch ich sah mich nicht mehr um. Die Umgebung veränderte sich schnell. War im Thronsaal noch alles hell erleuchtet und von klaren Konturen beherrscht gewesen, gewann in den Korridoren, die davon wegführten, eine seltsam trübe Dunkelheit bald die Oberhand. Ich schlich an Wachen vorbei, die sich über den Ball unterhielten, während helle Steinplatten einem dunklen, erdigen Boden wichen und die Architektur des langen Gangs, dem ich folgte, keine Winkel mehr zu haben schien. Jetzt wirkte er mehr wie ein Tunnel, der zum Leben erwacht war. Leuchtende Pollen schimmerten in den Wänden, die von kräftigen Wurzeln durchzogen waren, die sich hin und wieder bewegten. Rechts von einer Tür, deren dunkles Holz mit der Erde drumherum verschmolz, wuchs ein über drei

Meter hoher Rosenstrauch. Seine Blüten waren so tief violett, dass sie fast schwarz wirkten. Ich wurde langsamer und blieb dann fasziniert davor stehen. Die Blüten waren wunderschön, und ihr schwerer Duft hatte etwas Hypnotisches.

Ich sah den Angriff kommen und war doch zu langsam. Dornen bohrten sich in meine Haut, als die kräftigen Rosenranken mich packten. Es tat weh, und dennoch gab ich keinen Laut von mir. Silbrig glitzernde Pollen rieselten zwischen fallenden Blütenblättern auf mich herab und machten mich ganz benommen. Ich fluchte, weil ich meine Messer zu Hause gelassen hatte. Die langen Ranken zogen mich näher, und je verbissener ich an ihnen riss, desto tiefer gruben sich die Dornen in meine Haut. Die Wunden brannten jetzt wie Feuer. Ich trat nach ihnen, doch mein Kleid war wie ein Gefängnis. Jetzt endlich konnte ich sehen, warum die Ranken mich zu sich zogen. Dort, wo die Wurzeln wuchsen, klaffte der Boden auf. Wurzelspitzen so scharf wie Reißzähne reckten sich mir entgegen. Der verdammte Busch wollte mich fressen!

Ich boxte und trat, doch der Blütenstaub lähmte mich immer mehr. Aufgeben war keine Option, aber meine Muskeln machten einfach nicht mehr mit.

Hinter mir erklang ein tiefes gutturales Zischen. Im nächsten Moment fiel ich in ein Paar starke Arme, während der bissige Busch wie ein getretenes Tier zurückwich.

»Warum hörst du nie auf mich?« Keon wirkte besorgt, doch seine Stimme klang tadelnd. »Nur ein Mal, Remy?«

»Ein Rosenbusch …«, murmelte ich und klang so fassungslos, wie ich mich innerlich fühlte. Konnte mich mal jemand kneifen? Tod durch Rosen. Es war so peinlich.

Keon strich über meine nackten Arme, und fasziniert beobachtete ich, wie die aufgerissene Haut sich schloss. Langsam klarte auch mein benebelter Verstand auf. Ich zappelte in seinen Armen, bis Keon mich zurück auf die Füße stellte.

»Dämliches Unkraut.« Mir war klar, dass ich eine Pflanze beschimpfte, doch es war mir egal.

Hinter mir zischte Keon wieder etwas in Fae-Sprache.

Alle Blütenkelche neigten gleichzeitig den Kopf. Es war ein verstörender und zugleich faszinierender Anblick. Keon strich mir jetzt sanft über die Wangen. »Die Schattenrosen stammen ursprünglich aus meinem Reich. Deshalb habe ich Macht über sie.« Die Wunden in meinem Gesicht schlossen sich, und jetzt hatte ich keine Schmerzen mehr.

»Geht es wieder?«

Ich nickte. Niemals hätte ich gedacht, dass er auch heilende Kräfte besaß. »Mir geht es wieder gut. Ich danke dir.« Etwas kleinlaut sah ich zu ihm hoch. Um von der peinlichen Situation abzulenken, sagte ich: »Ich glaube, ich schulde dir einen Tanz.«

»Das würde mich freuen.« Keon lächelte und reichte mir seinen Arm. Ich hakte mich bei ihm unter.

Er führte mich zurück in den beleuchteten Teil des Schlosses, doch als wir nicht zur Tanzfläche gingen, blieb ich abrupt stehen.

»Ich will kein Publikum.« Keons Blick war ernst, als ich fragend zu ihm hochsah.

Mein Herz begann erneut, wie wild zu klopfen. Er wollte mit mir allein sein. Aber wollte ich das auch, jetzt, da Herz und Verstand so gar nicht einer Meinung waren?

Keon führte mich zu einem der Balkone, die vom Thronsaal abgingen. Hier tummelten sich Gäste, um die Aussicht über das verschneit daliegende Sommerland zu bewundern. Der Prinz der Unterwelt warf einen Blick in die Runde, und die anderen Fae flüchteten mit eingezogenen Köpfen. Schon waren wir ganz allein.

Ich löste mich von ihm und schüttelte den Kopf. »Du hast diesen bösen Blick wirklich drauf. Anfangs hat er sogar mich eingeschüchtert, und ich bin nicht einmal Teil eurer Monarchie.«

Der Sarkasmus in meiner Stimme schien Keon nicht zu beeindrucken. Er grinste schief und ging dann bis zur Brüstung, wo er sich mit den Unterarmen auf dem Stein abstützte. »Komm, sieh dir das an.«

Ich folgte ihm und war überrascht, dass selbst so weit vom Ballsaal entfernt die Luft angenehm warm war. Es hatte wirklich Vorteile, wenn man Magie wirken konnte wie die Fae.

Kaum, dass ich mich neben Keon stellte, rückte er näher. Er berührte mich nicht, legte jedoch die Handflächen links und rechts von mir auf der Brüstung ab, sodass ich geschützt zwischen seinen Armen stand. Ich war mir sicher, dass hier keine Gefahr eines Angriffs drohte. Aber Keon hatte sein Kriegerdasein so verinnerlicht, dass er vermutlich automatisch so handelte. Ich ließ meinen Blick über das tief verschneite Sommerland wandern. Die vereisten Seen, die weiß gepuderten Spitzen der Tannenwälder, die wie Spielzeughäuser wirkenden Burgen der Adligen in der Ferne. Alles wirkte so still und friedlich, und die dichte Haube aus Schnee hatte sämtliche Ecken und Kanten weichgezeichnet.

»Es ist wunderschön.«

»Ja.« Keons Stimme klang rau, und als ich leicht den Kopf drehte, bemerkte ich, dass er nicht die Landschaft, sondern mich betrachtete. Ich lächelte und senkte den Blick. Er konnte so wahnsinnig charmant sein, wenn er wollte. Aus dem Ballsaal drang die Musik des Orchesters bis zu uns, und gerade jagte eine Sternschnuppe wie eine fallende Silbermünze über das dunkelblaue Firmament. Dieser Moment, er war einfach perfekt.

»Lass uns tanzen.« Keon nahm meine Hand und führte mich ein Stückchen von der Brüstung weg.

Ich hatte nie eine Tanzschule besucht, und einen Moment

lang fürchtete ich, das hier könnte in einem Desaster aus Gelächter und platt getretenen Füßen enden. Doch als Keon die
andere Hand an meinen Rücken legte und sich mit mir zu
drehen begann, war alles ganz einfach.

Ich hätte niemals gedacht, dass er so ein guter Tänzer war.
Ich kannte ihn als gnadenlosen Kämpfer, der aus einer Kindheit voller Strenge und Entbehrungen als Anführer hervor-
gegangen war. Und sonntagsnachmittags hatte er dann Tanz-
unterricht gehabt?

Ich musste ihn einfach danach fragen. Sein Lächeln hatte
etwas Verschlagenes und zeigte seine zwei leicht spitzen Eck-
zähne. »Die Köchin hat es mir beigebracht, als ich vierzehn
Jahre alt war. Sie war der Meinung, dass ein echter Prinz tanzen können sollte. Es war ein großer Spaß, und immer mehr
Dienstboten kamen abends in die Küche, um mir zuzusehen.
Es ging so lange gut, bis Vater davon Wind bekam. Die Köchin,
die er sehr schätzte, bekam eine Standpauke. Mich hat er zwei
Wochen lang nur mit Wasser und Brot in eine Zelle geworfen.«

Ich legte den Kopf schief. »Das tut mir leid.« Ich löste
meine Hand von seinem Oberarm und strich ihm die Wange
hinab. Keon wurde ganz still, sein Blick ernst und überrascht
zugleich, während wir uns immer noch drehten.

Ich sah, was meine zärtliche Berührung in ihm auslöste.
Wie sehr diese unschuldige Geste ihn innerlich zum Wanken
brachte. Seine dunklen Augen loderten auf, als sein Blick zu
meinem Mund glitt.

Und wieder verjagte ich die Funken, die zwischen uns hin-
und herflogen. *Sei vernünftig und denk an das, was geschehen ist.
Vergiss nicht, was zwischen euch steht.* »Jetzt müsste es nur noch
schneien, dann wäre es perfekt.« Meine Stimme klang belegt
und fremd. Ich plapperte belangloses Zeug, ich sagte irgendetwas, um nur nicht die Arme um seinen Hals zu schlingen
und ihn zu küssen. Ich wollte es genauso sehr wie er.

Keon löste kurz die Hand von meinem Rücken, und ich hörte, wie er mit den Fingern schnippte. Sekunden später schmolz ein winziger schneeweißer Eiskristall auf dem schwarzen Stoff seiner Uniform. Und dann wurden es immer mehr. Zarte Flocken fielen vom Himmel und wirbelten um uns herum.

Ich legte den Kopf in den Nacken und lachte glücklich, während ich mich in Keons Armen drehte. Der leichte Schwindel in meinem Kopf war nicht nur auf das Tanzen zurückzuführen.

Die Flocken waren kühl, dennoch fröstelte ich nicht. Ich hob den Kopf, um Keon erneut anzusehen. Dieser hübsche Mund mit dem harten Zug, diese hohen Wangenknochen, der eine durch die silbrige Narbe etwas weniger perfekt als der andere.

Das Kraftfeld zwischen uns baute sich erneut auf. Funken sprühten in die Nacht um uns herum, als ich stehen blieb. Keon atmete schwer, aber bestimmt nicht, weil er wegen des Tanzens aus der Puste war. Im nächsten Moment bewegten wir uns gleichzeitig aufeinander zu.

Ich ging auf die Zehenspitzen, er zog mich an sich. Unsere Lippen berührten sich, erst nur ganz zart, suchend und erforschend. Doch dann flammte der Kuss auf, wurde tiefer und inniger, und Keon stöhnte leise in meinen Mund. Ich schmiegte mich an ihn, während er seine Hände enger um meine Taille schlang.

Ich spürte den Kuss bis in die Zehenspitzen. Ich schmolz in seinen Armen, und als Keons Hand in den Rückenausschnitt meines Kleides glitt und sich auf meine nackte Haut legte, presste ich mich an ihn.

Keon löste seinen Mund von meinem und wanderte mit seinen Lippen zu meinem Hals. Er küsste die weiche Haut dort und glitt dann hinauf zu der empfindlichen Stelle hinter meinem Ohr. Ich keuchte auf, und wieder fanden sich unsere Lippen. Seine Zunge glitt in meinen Mund, und ich spürte den sanften Druck seiner Finger auf meiner nackten Haut. Unsere Körper bewegten sich in einem gemeinsamen Takt, als der Kuss noch mal tiefer wurde. *Wie würde es sich anfühlen …?*

Ich erstarrte. Mein Verstand gewann die Oberhand, und die Realität war wie eine kalte Dusche.

»Nein.« Ich löste mich abrupt von ihm und wich einen Schritt zurück. Mein Herz raste, und jede Zelle meines schwachen Körpers verlangte nach ihm. *Du hast nicht damit gerechnet, ihn heute hier zu treffen,* versuchte ich, mir mein Verhalten zu erklären. *Du warst unvorbereitet. Auf ihn … und seine Wirkung auf dich. Du wolltest dich ein letztes Mal in diesen Wirbel aus Emotionen werfen, einfach nur fühlen, einfach nur leben.*

Doch da war zu viel, das uns trennte. Zu viel, das wie eine unüberwindbare Mauer zwischen uns aufragte. Nicht zuletzt, dass er bald König der Unterwelt sein würde und ich nur eine geduldete Außenseiterin war.

»Remy.« Keon flüsterte meinen Namen.

Ich sah ihn an, zitterte und rang um Beherrschung.

Du gehörst mir, sagte sein Blick.

Es fiel mir schwer, mich seiner Macht zu entziehen. Ein Teil von mir wollte sich zurück in seine Arme werfen, wollte vergessen, verzeihen. *Ach Keon, mein liebster Feind.*

Ein letztes Mal betrachtete ich ihn, seine breitschultrige Gestalt, die aufrechte Haltung, seinen eindringlichen Blick.

Es kostete mich Kraft, zu lächeln. »Wir sehen uns bald wieder.« Durch den tanzenden Reigen der Schneeflocken verließ ich den Balkon und blickte nicht mehr zurück.

MAGISCHE GEWÜRZ-IGELCHEN
– EIN REZEPT MEINER GROSSMUTTER

ZUTATEN:
- ★ 100 g Margarine
- ★ 80 g Zucker
- ★ 1 Pck. Vanillezucker
- ★ 1 Prise Salz
- ★ 2 TL Honig
- ★ 1 Eigelb

- ★ 1 TL Lebkuchengewürz
- ★ 40 g fein gewürfeltes Orangeat
- ★ ½ TL Backpulver
- ★ 150 g Mehl

ZUM VERZIEREN:
- ★ 80 g Mandelstifte
- ★ 1 Eiweiß

- ★ Backzeit: 10–12 Minuten
- ★ Elektroherd: 175–200 °C
- ★ Gasherd: Stufe 2–3

ZUBEREITUNG:

Die Margarine mit Zucker, Vanillezucker, Salz, Honig, Eigelb und dem Lebkuchengewürz schaumig schlagen. Das Orangeat und einen Teil des mit Backpulver gemischten Mehls unterrühren, den Rest unterkneten. Den Teig abgedeckt im Kühlschrank etwa eine halbe Stunde ruhen lassen. Dann haselnussgroße Kugeln aus dem Teig formen. Die Oberfläche in aufgeschlagenes Eiweiß tauchen und in die Mandelstifte drücken. Dann auf ein gefettetes Backblech legen. Im vorgeheizten Backofen backen.

Ich wünsche euch eine wunderbare Weihnachtszeit
und guten Appetit!
Eure Kira

14

ANDREAS SUCHANEK

Berlin Kisses

Eine queere Lovestory

ANDREAS SUCHANEK, 1982 geboren, veröffentlicht seit mittlerweile zehn Jahren in den Genres Science-Fiction, Fantasy, Krimi, Kinderbuch und New Adult. Der in Karlsruhe lebende Autor verfasste schon in seiner Jugend eigene Geschichten und Romane. Zuletzt erschien von ihm die queere Romance »Stolen Kisses«. Auf Instagram informiert er immer wieder über seine neuesten Projekte (@gesuchanekt).

Jannis

Mit schreckgeweiteten Augen starrte Ilyas mich an. »Was ist passiert? Woher kommt das Blut?« Mein bester Freund stand in der Eingangstür, die eisige Luft wirbelte bei jedem Wort in Wölkchen vor seinem Mund auf.

»Blut?« Ich betastete meine Stirn an der Stelle, auf der sein Blick ruhte. »Oh, das ist Marmelade. Und bevor dich das weiße Pulver auf irgendwelche Gedanken bringt, es ist Mehl.« Ich trat zur Seite.

Ilyas ließ die Winterkälte von Berlin-Kreuzberg hinter sich und betrat unseren Hausflur. Wie jeden Monat hatte die Tür ihre obligatorische Wandlung hinter sich gebracht, als Mom, Becks, Kai und ich sie frisch bemalten. Es war ein Blau mit weißen Tupfen, dazwischen flatterten Schmetterlinge, und am unteren Ende waren ein Paar Stiefel dargestellt. Der Freundeskreis rätselte noch, wer wofür zuständig gewesen war.

Ilyas schälte sich aus dem Mantel, der seinen Platz an der hölzernen Garderobe fand. Meine Mutter hatte diese in einem Anflug von kreativem Holzbearbeitungswahn zusammengefriemelt. »Moderne Kunst« war die positive Beschreibung, »mutierter Holzigel« traf es besser. »Dir ist schon klar, dass

197

ich bereits in der Bahn zu eurer Wohnung saß.« Er verschränkte die Arme und schenkte mir einen ›das war mal wieder ein typischer Jannis-Stunt, aber ich mag dich trotzdem noch‹-Blick.

»Es tut mir leid«, sagte ich kleinlaut. »Möglicherweise war ich in meiner Panik einen Hauch diffus.«

Außerdem musste ich mich noch daran gewöhnen, dass ich jetzt zwei Zuhause hatte. Einmal das Zimmer im oberen Stockwerk, das mich die letzten fünfundzwanzig Jahre meines Lebens beherbergt hatte. Hierher konnte ich immer zurückkommen. Dazu kam Kais Wohnung, die mittlerweile zu unserer Wohnung geworden war. Ilyas war also auf meine panische erste Message in die falsche Richtung gedüst, bis ich meinen Fehler realisiert und korrigiert hatte.

Auf dem Weg zur Küche blickte ich in den personengroßen Spiegel an der Wand. Was einmal gebändigte rote Locken gewesen waren, stand in alle Richtungen ab und war von Mehl bestäubt. Zwei weitere Marmeladenkleckse hatten ihren Weg auf mein Gesicht gefunden. Am Mundwinkel gab es Rückstände von Nutella, die allerdings nichts mit dem Backen per se zu tun hatten, das war täglich so.

»Ach du Sch…« Ilyas stoppte im Eingang zur Küche.

Ich fuchtelte mit meiner Hand herum. »Du übertreibst.« Zugegeben, auf der Ablagefläche türmten sich all die Küchengeräte, die wir das Jahr über wohlweislich vor Mom versteckten. Zu unser aller Sicherheit.

»Wolltest du eine Bäckerei aufmachen?«, fragte Ilyas.

»Marzipanplätzchen«, erwiderte ich. »Sonst nichts. Bisher habe ich die ja immer gekauft, aber dieses Jahr wollte ich sie selbst erschaffen und mit Nutella überziehen.« Ich lächelte zufrieden.

»Du bist unersättlich«, kommentierte Ilyas.

Das Nudelholz lag in der Spüle, drei verschiedene Schüsseln standen auf der Ablage. Marmeladenkleckse bedeckten alles, dazwischen Nutella. Backpapier lag zerknüllt an der Seite, daneben Margarine und ein Silikonpinsel. Nachdem mein ursprünglicher Plan nicht so richtig geklappt hatte, war ich dazu übergegangen, doch nur Marmelade für die Plätzchen zu benutzen. Das gekaufte Nutella hatte ich einfach so gefuttert – mit einem Esslöffel.

»Wusstest du, dass das Backblech wirklich in die Mitte des Ofens muss?« Ich deutete auf die schwarzbodigen Briketts, die einmal knuffige kleine Plätzchen hätten werden sollen. »Und mit dem glutenfreien Mehl schmeckt das eher pulvrig.«

Ilyas schüttelte in stillem Entsetzen den Kopf.

»Du hilfst mir, ja?« Ich nahm seinen überdimensionierten Brocken von einem Arm und rüttelte daran. Dass mein bester Freund neben seinem Hobby als Drag Queen auch ab und an als Türsteher jobbte, war seinen breiten Schultern und seiner Dunkler-Ritter-Statur geschuldet.

»Jannis ...«

»Ach, jetzt komm mir nicht so.«

»Ich bin nicht so der große Bäcker«, erklärte er mir ganz ruhig. »Wieso kaufst du nicht wieder welche?«

»Es ist das erste Weihnachtsfest von Kai und mir. Als richtiges Paar. In unserer eigenen Wohnung.« Allein der Gedanke schickte mir noch immer ein Kribbeln durch den Körper.

»Ich dachte, es läuft gut.«

»Tut es doch auch«, bestätigte ich.

»Wieso willst du ihn dann vergiften?«

Dafür bekam Ilyas einen Schlag auf den Oberarm. Fühlte sich an wie ein Hieb gegen Stein. Aua. »Das hast du verdient.« Er schenkte mir nur ein müdes Lächeln und schnippte ein imaginäres Staubkorn davon. Da ging es hin, mein Ego.

»Wo ist deine Mutter?«, fragte er.

»Bei Moni. Vermutlich dezimieren sie deren Gras-Vorrat.

Oder sie bauen wieder diese kleinen Teelichter, die deine Stimmung auf magische Weise heben sollen, wenn sie angezündet werden und ihr Rauch sich in der ganzen Wohnung verteilt.« Was bei mir aber ganz und gar nicht funktioniert hatte, als Mom das einmal probierte. Mir war nur übel geworden, und die Weihnachtsplätzchen hatten ihren Weg zurück ans Tageslicht gefunden. Kalorienzufuhr Jannis Maikowski: 0.

»Becks?«

»Meine Schwester ist endgültig zur Streberin mutiert, frag nicht.« Es war eindeutig besser, dass meine Schwester nicht hier war. Bei unserer letzten gemeinsamen Backsession hatten wir zuerst mit Kochlöffeln aufeinander eingeschlagen und uns später lachend mit Mehl bestäubt – da waren wir allerdings zehn Jahre alt gewesen. In ihrer unnachahmlich antiautoritären Art hatte Mom uns gewähren lassen. Danach waren keine Backzutaten mehr übrig gewesen.

»Wo ist das Rezept?«, fragte Ilyas. Ich deutete mit dem Finger auf das einseitig beschriebene Papier. Natürlich hatte ich die einzelnen Punkte darauf abgehakt, ich liebte Listen. »Amaretto, Marzipanrohmasse …«, Ilyas linste bei jedem Wort zu der entsprechenden Zutat, »das ist doch viel zu viel.«

»Marzipan kann man nie genug haben. Das ist wie bei Nutella.«

Er klatschte sich die Hand gegen die Stirn. »Na ja, wenigstens haben wir so auch nach deinen Fehlversuchen noch ausreichend übrig.«

»Siehst du.« Ich triumphierte.

Mein Lächeln hielt allerdings nur so lange an, bis ich hörte, dass jemand die Haustür aufschloss. Da Becks zweifellos in der Bücherei klebte und ohne Erinnerung sogar das morgige Weihnachtsfest vergessen würde, konnte das nur eine gewisse Modedesignerin sein. Mit einem Summen schwebte meine Mom in die Küche. Sie trug schwarze Jeans, eine weite Bluse in

Pink und Kreolohrringe. Ihr glasiger Blick ließ zahlreiche Interpretationen zu. Aktuell verdächtigte ich sie, verliebt zu sein. Spezialkekse von Moni waren aber auch eine Möglichkeit. Ihr Blick erfasste zuerst das Chaos, dann mich.

»Mutter«, sagte ich drohend.

»Ohhhhhh. Das ist so süß.« Sie legte beide Hände zusammen und betrachtete mich wie einen Achtjährigen. »Und ich dachte, nach dem Debakel von letztem Mal versuchst du es nie wieder.«

Ich verdrehte innerlich die Augen. Eigentlich tat ich es auch äußerlich. Wir hatten uns darauf geeinigt, nie wieder über das Back-Debakel zu sprechen, bei dem es so rauchig zugegangen war, dass am Ende die Nachbarn die Feuerwehr alarmiert hatten. Normalerweise war meine Mutter die Katastrophe in der Küche. Das hatte irgendwann dazu geführt, dass Becks und ich einen Kochkurs machten, wodurch wir einigermaßen überlebten. Backen war aber eine andere Sache, besonders, wenn es um neue Rezepte ging.

Meine Gedanken kehrten zurück ins Hier und Jetzt, als Ilyas an den Plätzchen-Briketts roch und das Gesicht verzog. Weihnachten entwickelte sich nicht einmal ansatzweise in die richtige Richtung. Kai war schon wieder nach München gefahren, um irgendwelche ultrawichtigen Dinge für die Arbeit zu klären, würde aber wenigstens heute irgendwann zurückkommen. Mein Backmarathon war eine Katastrophe, und Mom trug eine Stofftasche, aus der mir ein grasiger Geruch entgegenwehte. »Die«, ich deutete auf die Tasche, »zündest du nicht an!«

»Warum sollte ich eine Stofftasche anzünden?« Sie zwinkerte mir zu. Damit schwebte sie in ihr Zimmer davon und ließ uns allein.

»Den Inhalt«, rief ich ihr hinterher. Meine Schultern sanken herab.

»Ach komm.« Ilyas legte seinen Arm um mich. »Wir kriegen das schon hin. Bis heute Abend haben wir mindestens drei Bleche Marzipanplätzchen.«

»Es *ist* Abend«, sagte ich und deutete in Richtung Fenster. Schneeflocken wirbelten in der Dunkelheit umher.

»Dann wird es wohl nur *ein* Blech«, entgegnete Ilyas mit einem Schulterzucken. »Legen wir los.«

Kai

Mittlerweile hatte sich ein ordentliches Schneegestöber zusammengebraut, wie es in Berlin zu Weihnachten normalerweise nicht geschah. Aber ich konnte mich nicht beschweren. In unserer gemütlichen Wohnung hatte ich mich in einen Sessel gekuschelt, trank einen Tee und betrachtete die Flocken. Im Zimmer brannten ein paar Kerzen, und eine Schale mit Gebäck stand bereit. Ein gewisser kleiner Höhlentroll konnte also jederzeit kommen. Und von der größten Überraschung ahnte er nicht einmal etwas.

Gegen 10 Uhr hörte ich endlich, wie der Schlüssel ins Schloss gesteckt und gedreht wurde. Die Tür wurde geöffnet, fiel wieder ins Schloss. Schuhe wurden in die Ecke gekickt. Ganz langsam stand ich auf. Hier zu Hause trug ich zwanglose schwarze Sweatpants und ein Shirt, eine angenehme Abwechslung zu den sonstigen Chinos und Hemd. Jannis' Wangen waren gerötet vor Kälte. Seine Sommersprossen schienen im Dunkeln zu leuchten. Er reckte den Arm nach vorne, streckte mir eine Box entgegen. »Ich habe Marzipanplätzchen gebacken. Fast allein.«

Ich zog ihn in die Arme und hauchte ihm einen Kuss auf die Lippen. »Schön, dass du wieder da bist.«

»Schön, dass *du* wieder da bist. Wie war es in München?«

Bevor ich etwas erwidern konnte, fand Jannis' Blick den Tannenbaum, den ich besorgt hatte. Und natürlich glitten seine Augen wie magnetisch in die Höhe.

»Ein Tannenbaum?! Ist das da oben eine Enterprise?«

Es war natürlich klar, dass die ihm als Erstes auffiel. Mein kleiner *Star-Trek*-Nerd. »Ich dachte mir, dass dir das lieber ist als eine Tannenbaumspitze. Der Verkäufer im Comicladen hat erklärt, dass diese Enterprise-D total robust ist und beim Absturz nicht geschrottet wird und durch eine Enterprise-E ersetzt werden muss. Ich habe keine Ahnung, was er damit gemeint hat.«

»Ich liebe dich.« Jannis riss mich in eine Umarmung.

»Ich dich auch. Und da ist …« Bevor ich aussprechen konnte, versteifte sich Jannis in meinen Armen. »Die Decke auf der Couch hat sich bewegt! Haben wir Mäuse? Oder Ratten?«

»Nicht wirklich.«

Eine Schnauze schob sich hervor. Im nächsten Augenblick schoss ein kleines Wesen mit schwarzem Fell auf vier Beinen über den Boden. Es rannte einmal um Jannis herum, beschnüffelte ihn und sprang schwanzwedelnd an ihm empor. »Das ist ein Dackelbaby!« Er ging in die Hocke und nahm den Winzling auf.

»Welpe, Schatz. Ein Dackelwelpe.«

»Du bist ja ein süßes Baby.« Er berührte die Nase des Kleinen mit seiner eigenen und ignorierte meine Einwürfe. Der Winzling stupste zurück. Das Schwanzwedeln wurde so stark, dass es mich keinen Augenblick verwundert hätte, wenn der Mini-Dackel samt Jannis durch die Decke gesaust wäre.

»Welpe«, sagte ich erneut.

»Ein Welpenbaby«, stellte Jannis klar. »Hast du mir deshalb die letzten Tage Bilder von Hunden gezeigt? Und total zufällig sind die in deinem Social-Media-Stream erschienen?«

Meine Wangen wurden dezent heiß. Es war aber auch schwierig, das Thema Hund anzuschneiden und ihn am Ende trotzdem noch als Überraschung zu präsentieren. Und dass mein Freund sich schon immer einen Hund gewünscht hatte (genau wie ich), hatte es besonders schwer gemacht. Doch es war mir eindeutig gelungen. Da ich aktuell tatsächlich eine Menge arbeitete, war der zusätzliche Trip nach München für Jannis nicht überraschend gewesen.

Jannis blinzelte mich an. Mini-Dackel machte mit. »Bist du etwa gar kein Workaholic?«, fragte er rotzfrech. »War das die ganze Zeit gespielt?« Er versuchte, mich aktuell davon zu überzeugen, meine Work-Life-Balance nachzujustieren.

Ich streckte langsam meinen Finger aus und stupste ihn in die Seite. »Das«, ich lächelte süffisant, »hast du jetzt verdient.«

»Wie heißt er denn?«, fragte Jannis.

»Du brauchst gar nicht so hoffnungsvoll zu schauen, wir nennen ihn nicht Spock.«

»Ich hatte da jetzt eher an Nummer 1 gedacht oder so.«

»Der Züchter hat ihm bereits einen Namen gegeben.« Ich war froh, dass mir *diese* Star Trek-Diskussion erspart blieb. »Das hier war der M-Wurf. Deshalb heißt er Milo.«

Jannis kräuselte die Stirn und dachte angestrengt nach. »Na gut, das ist okay.«

»Er ist geimpft, gechippt, und wir haben alle Papiere.«

»Du bist ein süßer kleiner Bürokrat.«

Ich grinste ihn böse an. »Du hättest doch liebend gerne eine deiner Listen gemacht, um alles abzuhaken.«

Jannis streckte mir die Zunge raus. »Die mache ich trotzdem. Sicher ist sicher. Vielleicht hast du ja etwas vergessen.«

Wir gingen zur Couch und ließen uns darauf nieder. Milo kuschelte sich in Jannis' Armen ein. Er genoss die Wärme und Geborgenheit. Das taten wir alle. Ich legte meinen Kopf an die Schulter meines Freundes. *Meines Freundes.* Der Satz hallte in mir wider und klang noch immer zu schön, um wahr zu sein.

Ich aktivierte über unseren Smart-Speaker eine Enya-Playlist. Im Schein der Kerzen, die Kälte ausgesperrt, saßen wir unter der Decke auf der Couch. Drei Herzschläge, drei gleichmäßige Atemzüge. Es war das erste Weihnachten, an dem ich mich nicht einsam fühlte.

Die Türklingel unterbrach die Stille. Milo sprang auf und sauste davon.

»Wir müssen hier jetzt alles kindersicher machen«, entschied Jannis. Es gelang ihm, den Winzling wieder einzufangen, bevor wir die Tür öffneten. Davor standen Ilyas, Nico und dessen Frau Steffie. Alle drei strahlten mich an.

»Wir wollen Milo sehen«, sagte Nico. Ich hatte sie auf die heutige feierliche Enthüllung vorbereitet.

Was folgte, war ein aufgeregter Dackelwelpe, der mit jeder Minute noch aufgeregter wurde. Er warf sich auf den Rücken, schwänzelte und bewegte sich immer mal wieder verdammt nah am Teller mit den Plätzchen vorbei. Irgendwann stellte ich diesen beiseite, was mir einen sehr skeptischen Blick einbrachte. Damit war klar, dass Jannis der gute Hundepapa sein würde, der alles erlaubte, und ich der böse, der die tollen Dinge verbot. Ich wollte gar nicht an die Pubertät denken.

Der Schneesturm wurde eine Stunde später zu einem *richtigen* Sturm, der Berlin in einen weißen Wirbel tauchte. U-Bahn und Straßenbahn mussten wegen Vereisung den Betrieb einstellen. Das führte dazu, dass Ilyas, Nico und Steffie sich von uns Pyjamas ausliehen und wir um Mitternacht alle gemeinsam bei Kerzenschein Plätzchen futterten. Jannis hatte längst einen kugelrunden Bauch und schwor, dass er nie wieder

Marzipan, Nutella und Zucker zu sich nehmen würde. Wir tranken Tee, weil niemand heiße Schokolade (noch mehr Zucker) wollte. Nach so einem Abend hatte ich meist auch Lust auf etwas Deftiges. Irgendwann fanden also Pizzastücke den Weg in unseren Mund (ein Hoch auf Tiefkühlpizza).

»Was für ein Jahr«, sagte Ilyas versonnen.

Jannis kuschelte sich in meine Arme, und ich gab ihm einen Kuss auf den Haarschopf. Milo lag zwischen uns beiden, nicht mehr als ein Kringel. Ständig schob er sich unter die Decke, Höhlen liebte er eindeutig. »Ihr seid eine richtige kleine Familie.« Ilyas schaute lächelnd zu uns herüber. Die Worte ließen ein Gefühl der Wärme in mir aufsteigen. Das hier war mein echtes, hart verdientes Glück.

Ich würde es nie wieder loslassen.

MARZIPANPLÄTZCHEN
NACH JANNIS' ART

ZUTATEN FÜR 25–30 STÜCK:

* 240 g Marzipan *(+ Nutella?)*
* 2 Eier
* 100 g Puderzucker
* 135 g Mehl *(Achtung: Mit glutenfreiem Mehl wird es pulvrig)*
* 120 g gemahlene Mandeln
* 2 TL Zimt
* 2 ½ EL Amaretto *(doppelte Menge?)*
* 1 Prise Salz
* 1 ½ EL gehackte Mandeln *(Smarties?)*

ZUBEREITUNG:

Marzipan mit den Fingern auseinanderrupfen, richtig große Fetzen daraus formen und mit Puderzucker, Mehl und Mandeln vermengen. Alles in eine große Schüssel werfen *(werft es nicht wirklich, das gibt eine Sauerei).*

Das Ei trennen *(achtet auf die Schale)*. Eiweiß, Zimt, Amaretto und Salz werden intensiv mit der Marzipanteigmasse verknetet *(tolle Übung für Massagen).*

Beim Ofen hängt es davon ab, ob ihr einen alten oder neuen habt *(ein alter hat nämlich öfter einen Wackelkontakt, deshalb braucht ihr da mehr Geduld und Aufmerksamkeit)*. Den heizt ihr auf 175 °C (Umluft 155 °C) vor.

Aus dem Teig formt ihr Kugeln *(oder andere lustige Dinge)* und legt diese auf das Backblech *(Achtung: Nach dem ersten Flopp kann ich sagen, ihr benötigt Backpapier).*

Mit einer Gabel ein hübsches Muster eindrücken. Wenn ihr jetzt Eigelb darauf verteilt, könnt ihr die Mandeln darauf streuen *(oder Smarties oder andere Dinge).*

Im Ofen dann 12–15 Min. backen *(denkt dran, dass so was wie Smarties oder andere Dinge schmelzen können)*. Nehmt die mittlere Schiene. Zu tief unten wird der Boden schwarz, weiter oben die Oberfläche.

Änderung nach spezieller Jannis-Art: Ihr drückt mit einem Löffel kleine Löcher in den Teig und füllt diese mit Nutella. Nach dem Backen am besten sofort verzehren *(lasst es vorher abkühlen, meine Zunge tut jetzt noch weh)*.

15

SOPHIA COMO

Winter honey love

SOPHIA COMO wurde 1996 in Hessen geboren. Sie lebt mit ihrer Familie, ihren Hunden und Pferden in einer Kleinstadt bei Frankfurt und liebt es, in der Natur zu sein, lange Spaziergänge oder Ausritte zu machen, und Tage, an denen sie nur lesen oder schreiben kann. Im Sommer erschien ihre Wohlfühl-Romance »Dreams so golden« rund um Selbstfindung, Naturschutz und Social Media.

Amelia

Das Winterkleid umhüllte die Behausungen der Bienen. Man hätte meinen können, dass es Papas Völkern bei diesen eisigen Temperaturen zu kalt war, in Wahrheit herrschten im Inneren der Beuten aber bis zu dreißig Grad. Bienen erzeugten durch Vibration Wärme. Dann kuschelten sie sich aneinander, schlangen ihre kleinen Ärmchen umeinander, so wie ich es nun bei mir tat und mir wünschte, dass es Nicks Arme wären.

»Ich hoffe, wir schaffen es noch rechtzeitig. Der Schneesturm hier wird immer heftiger.« Ich krallte mich an mein Smartphone, aus dessen Hörer noch vor wenigen Minuten Nicks Stimme ertönt war. Dabei sah ich aus dem Fenster des Bienenschuppens in den sonst so farbenübersäten Garten meiner Eltern. Lampions und Lichterketten waren an Bäumen und Sträuchern befestigt, ein großer Pavillon an der Terrasse aufgebaut, unter dem sich diverse Bewohner Engelsbergs tummelten. Meine Eltern veranstalteten jedes Jahr am dritten Advent ihren eigenen kleinen Weihnachtsmarkt. Der Hintergedanke davon war, dass man mit seinen Nachbarn noch mal zusammenkam, zurückblickte, für den Zusammenhalt dankte und vor allem Spenden sammelte, die dann an diverse Vereine oder Initiativen für Kinderheime oder Obdachlosenhilfen gegeben wurden. Sanfte Töne von alten Weihnachtsliedern drangen zu mir, der Duft von Zimt lag in der Luft. Ich liebte Weihnachten, und ich liebte diesen Weihnachtsmarkt. Die Zeit, in der es ruhiger wurde, die Menschen irgendwie bedachter miteinander umgingen, man Wehmut, aber auch Dankbarkeit, dass das Jahr rum war, in ihren Augen erkennen konnte. Normalerweise würde ich mich nun zu meinen Liebsten gesellen, mit ihnen Glühwein trinken und leckere Honigplätzchen essen.

Heute nicht. Heute hasste ich dieses Fest und alles, was damit zu tun hatte, denn Nick war nicht da, und ich hatte die schreckliche Vorahnung, dass er mich belog.

»Ist alles in Ordnung?« Die Tür des Schuppens wurde geöffnet, Eiseskälte drang herein, woraufhin ich mir fester über die Arme rieb. Papa trat in den Raum und sah mich besorgt an.

»Nick sagt, dass es schwierig wird, heimzukommen, weil ein Schneesturm bei Thun herrscht.«

»Ein Schneesturm?« Papa hob überrascht die Brauen, lächelte und schloss mich in seine Arme.

»Ich habe nachgesehen«, murmelte ich in seine Jacke. »Es gibt gar keinen Schneesturm. Er hat gelogen. Und wo er sich wirklich rumtreibt, weiß ich auch nicht. Was ist, wenn wieder irgendetwas passiert ist? Wenn er wieder zurück nach Bern ist?«

Heiße Tränen brannten mir in den Augen, während Papa mit seinen in dicke Handschuhe gepackten Hände in Kreisen über meinen Rücken strich. Nick und ich waren nun schon ein Jahr zusammen. Er war Mitarbeiter in der Imkerei meiner Eltern und wohnte mit seiner kleinen Schwester Caja im Ort. Zu Beginn war es schwierig gewesen, an ihn ranzukommen, nach allem, was er in seiner Heimat Bern erlebt hatte. Doch ich hatte gedacht, die Phase aus Angst, Lügen und Misstrauen hätten wir hinter uns gelassen.

»Mach dir nicht so einen Kopf. Ich bin mir sicher, dass es einen Grund für sein Handeln gibt.«

Ein Grund dafür, dass er heute ganz plötzlich mit seiner neunjährigen Schwester Caja aufgebrochen ist und mir nicht genau sagen konnte, warum? Er war total in Eile gewesen, hatte panisch seine Sachen zusammengesucht.

»*Ich muss etwas erledigen, in …*«, hatte er gestammelt, eine Pause gemacht und sich eine Ausrede einfallen lassen, »*in Thun! Für deinen Vater etwas abholen. Ich bin bald wieder da.*«

Seitdem verhielt er sich seltsam, und ich ahnte Schreckliches. Ich ahnte, dass er zurück nach Bern gegangen war, dass ihn dort doch noch mal irgendetwas eingeholt hatte, das er nun klären musste. Aber warum belog er mich? Warum ließ er sich noch immer nicht von mir helfen?

Ich drückte mich von Papa ab. »Du musst doch auch zugeben, dass er sich seltsam verhält«, sagte ich mit einem Seufzen und blickte, um seine Zustimmung flehend, zu ihm auf. Stattdessen lächelte er mich aber nur belustigt an, ganz nach dem Motto *Du machst dir zu viele Sorgen.*

»Er hat dir doch gesagt, dass er etwas für mich erledigen muss.« Er bemühte sich sichtlich um einen neutralen Tonfall.

»Das sagst du nur, damit ich mir keine Sorgen mache.«

Nicht selten wachte Nick nachts schweißgebadet auf, schrie hilflos nach Caja und dachte noch immer, die Polizei würde ihn gleich mitnehmen und ihm alles entziehen, was er liebte. Als er heute Morgen aufgebrochen war, hatte ich die Angst in seinen Augen gesehen. Es schmerzte mich ebenfalls, über seine Vergangenheit nachzudenken.

»Ich … Ich habe einfach Angst, dass …«, schluchzte ich, woraufhin Papa mich erneut an sich zog. »Dass es noch mehr

Dinge gibt, von denen er mir nichts erzählt hat und die ihn aus Bern bedrohen.«

»Shh«, machte mein Vater und fuhr mir über den Rücken. Seine Jacke war kalt, und er roch nach Kamille, Honig und Glühwein. »Ich bin mir sicher, dass ihr das klären könnt, sobald er wieder hier ist. Ihr habt schon so vieles überstanden. Nick ist eben ein Einzelgänger, er musste sein Leben lang seine Probleme selbst lösen. Erinnere ihn einfach daran, dass du da bist und zuhörst.«

Papas Worte waren wie Balsam für die Seele. Er hatte recht. Nick und ich hatten schon so einiges überstehen können. Sobald er wieder in Engelsberg sein würde, würden wir darüber reden. Nur, was war, wenn er gar nicht mehr zurückkam … wenn es da draußen noch weitere Dämonen gab, die ihm Probleme bereiteten? Ich kannte Nick, ich wusste, dass er uns vor seiner Vergangenheit beschützen wollte, und dieses Beschützen hatte einst so ausgesehen, dass er sich eben einfach von uns fernhielt, um uns von seinen Problemen abzuschirmen.

»Ich bin mir trotzdem sicher, dass es da nicht viel zu bereden geben wird.« Papa drückte mich von sich, fuhr mir über die nassen Wangen und lächelte mich wissend an. Manchmal brannte mir die Frage auf der Seele, wie mein Vater seine Sorgen vor uns so gut verbergen konnte.

»Bestimmt gibt es eine ganz plausible Erklärung für sein Verhalten, und morgen lachst du darüber, dass du dir solche Sorgen gemacht hast. Jetzt komm aber erst mal wieder mit vor.« Er legte seinen Arm um mich, schob mich aus der Scheune und zurück in Richtung Fest. Und bei seinen Worten bekam ich das flaue Bauchgefühl, dass er mehr wusste als ich. Ich fragte mich, ob seine Zuversicht daher rührte, dass er mir einfach keine Angst machen wollte, oder ob er mir wie Nick irgendetwas verheimlichte …

Nick

Ausgerechnet Bern.

Ich krallte mich angespannt an das Lenkrad, als wir an einer roten Ampel mitten in der Stadt stehen blieben und ich dazu gezwungen war, die Umgebung genauer in Augenschein zu nehmen. Bern war übersät mit Altbauten. Hier und da kam man an einer menschendurchfluteten Gasse vorbei oder konnte sich im Sommer am Ufer der Aare niederlassen. Jeder normale Mensch hätte Bern als wunderschön bezeichnet, vor allem jetzt, wo es schneebedeckt war. Ich hasste es, denn hier sah ich nur *sie* und das Leid, das *sie* bei Caja und mir hinterlassen hatte.

»Wann sind wir endlich fertig?«, jammerte Caja auf dem Beifahrersitz. »Ich will rechtzeitig zum Weihnachtsfest zurück sein.« Mein Blick fiel zu meiner Rechten, und als ich meine Schwester sah, wurde ich direkt etwas ruhiger. Hier in Bern zu sein, war für mich die Hölle auf Erden. Ich hatte Panik, Herzrasen, Schweißausbrüche. Doch zu wissen, dass meine kleine Schwester bei mir war – dass man sie mir nicht genommen hatte –, war wie ein Beruhigungsmittel. Ohne sie hätte ich es heute nicht noch mal her geschafft.

»Gleich, ich muss nur noch kurz in den Laden dahinten.« Ich deutete aus der Frontscheibe zum Tattoostudio. Im Hinterraum lag das, was ich brauchte, was ich unbedingt abholen musste, bevor ich zurück nach Engelsberg fuhr. Ich hatte Amelia angelogen, damit sie sich keine Sorgen machte und keinen Verdacht schöpfte. So wie sie am Telefon klang, hatte ich allerdings eher das Gegenteil davon ausgelöst. Sie schien krank vor Sorge.

Meine Freundin durfte nicht wissen, was ich wirklich hier

tat. Auch wenn ich mich schrecklich fühlte, sie anzulügen und ihr solche Angst zu machen, musste es sein. Für Amelia.

Ich parkte den Wagen meines Chefs, den er mir geliehen hatte, am Straßenrand. *Inkvictus* stand in verschnörkelter Schrift am Schaufenster. Im Inneren sah ich ihn, meinen alten Nachbarn. Victor war älter geworden, sah aber immer noch genauso aus, wie ich ihn von damals in Erinnerung hatte. Sein ganzer Hals war voller Tattoos. War er schon immer gewesen. Jetzt ragte die Tinte bis in sein Gesicht. Auch wenn er in einer schrecklichen Zeit in meinem Leben gewesen war, zu der ich nicht gern zurückblickte, war ich doch froh, ihn mal wiederzusehen. Er war stets gut zu uns gewesen.

Ich fuhr über meine Hosentasche, fühlte nach der kleinen Dose, die darin lag, und raffte mich schließlich zum Aussteigen auf.

»Ich bin gleich wieder da, warte solange hier.« Caja ließ sich tiefer in den Sitz sinken und nickte. Im nächsten Moment stand ich auch schon in der Eingangstür, die beim Öffnen ein Läuten von sich gab. Victor sah von dem Arm des Kunden auf, den er gerade tätowierte, legte die Nadel fort und kam auf mich zu.

»Nick«, sagte er fast flüsternd und musterte mich, ehe er mir brüderlich auf die Schulter klopfte. »Ich fasse es nicht, dich nach all den Jahren wiederzusehen. Habe mich richtig gefreut, als du mich angerufen hast.«

Hastig schüttelte ich das beklemmende Gefühl ab, schenkte ihm ein Lächeln.

»Freut mich auch, auch wenn es noch etwas seltsam ist … hier zu sein.«

Er nickte, weil er ganz genau wusste, was ich meinte. »Ja … ich habe das von Eva gehört. Ist bestimmt nicht einfach für dich, hier zu sein, oder?«

»Es geht«, antwortete ich. »Aber ich muss das hier überwinden … Außerdem meintest du damals ja, wenn du etwas für mich tun kannst, soll ich mich melden.« Er grinste, und etwas flackerte in seinen Augen auf. »Jetzt kannst du etwas für mich tun. Ich brauche deine Hilfe.« Meine Hand wanderte in meine Hosentasche, ich griff nach der Dose und hielt sie ihm entgegen.

Zögerlich nahm er sie an sich, öffnete sie und studierte den Inhalt einen Moment. Schließlich machte sich ein schelmisches Grinsen auf seinen Lippen breit.

»Ich nehme an, deine Liebste weiß nicht, dass du hier bist?«

Amelia

»Amelia, ich glaube, ich habe mein Handy im Schuppen vergessen, kannst du mal bitte nachsehen?«

Wir hatten kurz vor halb zwölf, als meine Eltern und ich begannen, aufzuräumen. Ein paar Nachbarn halfen mit, spülten Tassen, bauten den Pavillon ab oder stöpselten die Lichter aus. Von Nick war noch immer keine Spur, und auf meine vielen SMS und Anrufe reagierte er auch nicht. Nun, wo das Fest zu Ende war und sich die Nacht breitmachte, zog sich der Knoten aus Sorgen in meiner Brust enger, und ich musste Tränen unterdrücken.

»Ja, mache ich«, krächzte ich und nickte meinem Vater zu. Als ich mich von der Menge entfernte und in den dunklen Garten lief, konnte ich es nicht mehr aufhalten. Tränen pressten sich durch meine Lider, und ich schluchzte auf. Die Vorstellung, dass ihm etwas passiert sein könnte, nahm mir jegliche Luft zum Atmen. Vielleicht war es besser, wenn ich gleich noch mal losfahren und nach ihm und Caja suchen würde. An Schlaf war sowieso nicht zu denken.

Ich öffnete die Tür zum Schuppen und stockte. Schwaches Licht kam mir aus dem Inneren entgegen. Kurz überlegte ich, ob ich vorhin irgendetwas angelassen hatte, war mir aber sicher, dass dem nicht so war. Skeptisch folgte ich also dem Schein, trat um die Honig-Abfüllmaschine meiner Eltern und entdeckte im hinteren Teil des Raumes ein Meer aus Kerzen. Ich schreckte auf, denn in der Ecke machte ich eine Bewegung aus. Dabei fuhr ich mir über das tränennasse Gesicht und musste ein paarmal blinzeln, um zu realisieren, wer dort vor mir stand.

»Nick?« Meine Stimme war nur ein Krächzen. Ich fiel ihm in die Arme und drückte ihn an mich. In seinem Blick lag Freude, Aufregung, *Angst?* Meine Erleichterung verflog, also stieß ich ihn wieder von mir und verschränkte die Arme. »Was sollte das? Wo warst du wirklich? Du hast mich angelogen!«

»Amelia«, seufzte er mit zittriger Stimme, was meine Panik nur verstärkte. Warum zur Hölle zitterte er?

»Es gibt gar keinen Schneesturm! Was hast du wirklich gemacht? Du warst in Bern, oder? Ich habe es heute Morgen an deinem Blick erkannt. Und wieso bist du nicht an dein Handy gegangen? Ich sitze hier seit Stunden und mache mir Sorgen, ich ...«

»Ja, ich war in Bern. Ich musste etwas erledigen«, unterbrach er mich mit leiser Stimme. Mein Atem setzte aus. Es war also wirklich wahr, es gab immer noch Dinge, die ihn dort heimsuchten.

»Was erledigen? Gibt es dort also immer noch Dinge, die geklärt werden müssen? Verfolgt oder bedroht dich jemand?«

Er schüttelte den Kopf. Ängstlich zog er Luft in seine Lunge. »Nein, es ...«

»Und Caja? Wo ist Caja? Geht es ihr gut? Wir hatten doch ausgemacht, dass wir ehrlich zueinander sind. Dass du mich nicht mehr anlügst, dass …«

Weiter kam ich nicht. Denn in diesem Moment griff Nick plötzlich nach meiner Hand und fischte mit der anderen eine Dose aus seiner Tasche.

»W-was ist das?« Die Wut in mir wurde von einem anderen Gefühl verdrängt, das ich noch nicht einordnen konnte.

Nicks Mundwinkel zuckte, in seinen Augen flackerte etwas Warmes, etwas Vertrautes auf. »Du machst es mir nicht gerade leicht, dir einen Antrag zu machen, wenn du mich nicht ausreden lässt.«

Und wieder blieb mir die Luft weg. Auch wenn ich seine Worte verstand, realisierte ich ihre Bedeutung noch nicht ganz. Vollkommen entgeistert starrte ich ihn an, ehe er das Döschen öffnete und ein goldener, schlichter Ring mir entgegenstrahlte.

Er schmunzelte. »Das ist der Ring deiner Urgroßmutter. Dein Vater hat ihn mir gegeben. Deswegen war ich in Bern.« Er nahm den Ring an sich, zeigte mir eine Gravur. »Viktor, ein alter Freund von mir, fertigt Gravuren in Bern an. Er ist nur ein paar Jahre älter als ich, und als wir noch Teenager waren, habe ich ihm bei einem Ladendiebstahl aus der Patsche geholfen … er schuldete mir also noch etwas. Weißt du, so lange habe ich darüber nachgedacht, ob ich wirklich zu ihm fahre, ob ich mir Bern wirklich antun soll. Aber in mir war dieser Drang, es noch mal zu versuchen, noch mal hinzufahren und endgültig meine Angst zu besiegen und abzuschließen. Ich hatte mich vor Wochen bei ihm gemeldet, aber er … er hat erst heute Morgen auf meine Nachricht geantwortet und gemeint, er wäre dieses Jahr nur noch heute im Studio. Deshalb musste ich so plötzlich weg, deshalb der abrupte Aufbruch. Nach Weihnachten und Silvester geht doch der ganze Trubel auf der

Arbeit wieder los, ich wollte für den Antrag die ruhige Weihnachtszeit nutzen. Es tut mir leid, dass ich dich angelogen habe.«

Erst jetzt ergaben seine Worte einen Sinn. Erkenntnis machte sich in mir breit. Nick war für *mich* nach Bern gegangen. Er war für *mich* über seinen Schatten gesprungen, und ... er wollte mich tatsächlich heiraten.

»Amelia, du bist alles für mich. Bei dir bin ich vollkommen ich selbst, bei dir habe ich keine Angst vor morgen oder vor gestern. Du machst mich aus, nimmst mich, wie ich bin, und machst mich zu einem besseren Menschen. Mit dir möchte ich den Rest meines Lebens verbringen. Möchtest du ... möchtest du mich heiraten?«

Weil ich immer noch nicht imstande war, etwas zu sagen, nahm ich den Ring an mich, blinzelte die Tränen aus meinen Augen. Dann sah ich es.

»Ich habe ihn mit unserem persönlichen Traum versehen lassen, denn ... ich finde, *wir* sind ein Traum.«

Einfach wir sein war in verschnörkelter Schrift in den Ring graviert. Er erinnerte sich noch. Erinnerte sich daran, dass mein größter Traum einst, einfach ich selbst zu sein, gewesen war, ganz egal, was andere sagten. Nun wollte er dasselbe, nur mit mir zusammen. Aus einem *Ich* wurde ein *Wir*.

»Das ...«, krächzte ich und schluckte. In der Zwischenzeit hatten sich meine Tränen vermehrt. Nun weinte ich vor Freude. »Er ist wunderschön. Ich weiß gar nicht, was ich sagen soll.«

»Wie wäre es mit *Ja?*« Sein Grinsen wurde breiter, verwackelte anschließend etwas unsicher, weil ich noch nicht geantwortet hatte.

»Ja, ja, ja! Tausendmal ja!« Ich schüttelte lachend den Kopf und fiel ihm in die Arme. Der Duft seines Pullovers erinnerte mich an all die Dinge, die ich mit ihm erleben durfte und von nun an für immer bei mir haben würde. Sommerabende unter dem großen Apfelbaum, die gemeinsamen Stunden bei den Bienen, Ausflüge mit ihm und Caja.

Ich löste mich aus seinem Arm, damit er mir den Ring an den Finger stecken konnte. Im nächsten Moment befanden wir uns in einem innigen Kuss. Zwischen unseren Lippen ein Lächeln.

»Wurde aber auch Zeit.« Ein Klatschen ertönte hinter uns. Mama, Papa und Caja traten in den Raum und strahlten uns an. Ich ging in die Hocke, woraufhin Caja mir in den Arm fiel.

»Hast du mein Handy gefunden?«, fragte Papa und zwinkerte mir zu. Grinsend schüttelte ich den Kopf, weil ich erst jetzt verstand, dass er mich hierher locken wollte. Er hatte von Nicks Vorhaben die ganze Zeit gewusst. Er hatte gewusst, dass ich tatsächlich morgen über meine Sorgen lachen würde, denn von nun an gab es in meinem Gesicht nur noch ein Strahlen.

»Nick, ich würde dich ja gern in unserer Familie willkommen heißen, aber ...«, begann Mama, kam auf uns zu und fuhr Nick und mir über die Wangen, »du gehörst schon längst zur Familie. Caja und du.«

Nick bekam feuchte Augen, nickte meinen Eltern dankbar zu, als ein Lachen den Raum erfüllte. »Kommt, lassen wir die zwei jetzt mal in Ruhe.«

Papa zwinkerte mir herzlich zu, und einen Moment dachte ich, Tränen in seinen Augen erkennen zu können.

»Familie«, flüsterte Nick kaum hörbar, als meine Eltern und Caja aus der Scheune verschwunden waren. Ich wusste, was ihm durch den Kopf ging, während er beinahe geistesabwesend ins Leere starrte. Er hatte nie wirklich eine Familie besessen, war an keinem Ort jemals richtig angekommen und hatte nie ein ... »Ein Zuhause ...«

Nun hob er seinen Blick in meine Augen. Ein schwacher

Tränenfilm bildete sich vor seinen Iriden. Darin spielte sich alles ab, was er in seinem Leben durchmachen musste: das Gefühl, nicht willkommen zu sein, die Fehler, die er begehen musste, um zu überleben, seine Flucht und die ständige Panik, gefunden zu werden und niemals zur Ruhe zu kommen.

Ich fackelte nicht lang, zog Nick an mich und fuhr ihm über den Rücken. Er krallte sich an meine Schulter, als würde er sich für immer an mir festhalten wollen – und irgendwie ahnte ich, dass er auch genau das tun würde. Seine Brust an meiner, sein Herzschlag gegen meinen, unser Atem in einem Takt, dann ein Flüstern an sein Ohr. »Hier in meinen Armen ... das ist dein Zuhause.«

HONIG-LIPPENBALSAM
BEI TROCKENEN UND SPRÖDEN LIPPEN SOWIE HAUTSTELLEN, DIE AUFGERISSEN SIND

ZUTATEN:

- ★ 2 Tiegel (zum Beispiel leere Mini-Marmeladengläser, alte Cremedosen, verschließbare Döschen)
- ★ 10 g Bienenwachs (gibt es bei jedem Imker in eurem Umkreis, alternativ in Drogeriemärkten, Apotheken oder im Internet)
- ★ 3 EL Olivenöl
- ★ 1 TL Honig
- ★ (5 Tropfen Pfefferminzöl – kein Muss, wenn man Minze nicht so gern hat)

WIE ES HERGESTELLT WIRD:

1. Das Olivenöl mit dem Bienenwachs in einer hitzebeständigen Schüssel mischen und diese in einem Wasserbad erhitzen. Immer wieder umrühren, bis das Bienenwachs geschmolzen ist.
2. Nun wird der Honig untergerührt.
3. Die Schüssel aus dem Wasserbad nehmen und das Pfefferminzöl dazugeben (optional).
4. Mischung mit einem Löffel in sterile Tiegel geben und abkühlen lassen. Innerhalb von drei Monaten verbrauchen.

16

LIANE MARS

Selbst ist die Magd

LIANE MARS ist Jahrgang 1984 und lebt mit ihrer Familie und ihrem Hund im Sauerland. Sie schreibt seit Jahren Fantasy- und Liebesromane, liebt überraschende Wendungen und wechselt gerne von düsteren Geheimnissen zu Dialogen zum Schmunzeln – Wohlfühlbücher, die gleichzeitig fesseln und die Zeit vergessen lassen. In ihrem neuen Märchen-Fantasy-Roman »Selbst ist die Fee« beantwortet sie die Frage, was eigentlich passiert, wenn statt Cinderella die gute Fee sich in den Prinzen verliebt ...

Als ich den Ballsaal betrat, blieb ich so abrupt stehen, dass die hinter mir gehende Debütantin mir mit Wucht in die Hacken trat. Sie gab einen wenig damenhaften Fluch von sich, den ich geflissentlich ignorierte. Ich war viel zu sehr mit Staunen beschäftigt.

Noch nie in meinem Leben hatte ich solche Opulenz gesehen. Kronleuchter so groß wie Pferde schwebten über meinem Kopf. Darüber türmten sich goldfunkelnde Wolkenberge, aus denen schneeweiße Flöckchen hinunter auf den vor Eiskristallen blitzenden Boden segelten. Dazu die vielen Menschen in ihren wunderschönen Kleidern. Ich war wie verzaubert.

»Geh weiter«, zischte mich die Hackentreterin erbost an. »Du ruinierst meinen Auftritt.«

Ups. Da war ja was. Wir Debütantinnen sollten in einer langen Reihe möglichst grazil den Ballsaal durchqueren und zum Prinzen gelangen, vor dem wir als Teil unserer Einführung in die Gesellschaft knicksen mussten. Ich hatte durch mein abruptes Stehenbleiben die gesamte Formation durcheinandergebracht.

Die Debütantin hinter mir schob mich energisch nach

vorne, und meine Füße berührten den kristallinen Fußboden des Ballsaals. Unwillkürlich bereitete ich mich auf einen Sturz vor. Doch nein. Das, was wie ein zugefrorener See aussah, war keineswegs glatt, sondern dank verschiedener Zauber warm und Halt gebend. Unter dem Eis entdeckte ich dunkle Schemen. War das etwa ein echter Wal?

»Du verhältst dich zu auffällig«, raunte mir Nicolettas Märchenfee ins Ohr. Sie hatte sich auf die Größe einer Maus geschrumpft, um mich heimlich bei der Mission meines Lebens zu begleiten. Sie flog so dicht neben meinem Hals, dass man sie kaum bemerkte. »Wenn jemand herausfindet, dass du nicht Nicoletta, sondern lediglich ihre Zofe bist, sind wir geliefert. Also konzentrier dich und geh weiter.«

Hastig beeilte ich mich, die viel zu große Lücke zu meiner Vorderfrau zu schließen. »Nicht rennen«, zischte mir prompt die Märchenfee ins Ohr, woraufhin ich mich zügelte. Jetzt machte es sich bemerkbar, dass mir die jahrelange Ausbildung einer Adelsdame fehlte. Als Zofe hatte ich solchen Bällen oft genug beigewohnt, doch sich unauffällig im Hintergrund aufzuhalten, war etwas anderes, als sich höchstpersönlich durch dieses Labyrinth aus Vorgaben und Fallstricken zu manövrieren.

Endlich hatte ich aufgeschlossen, und alle Debütantinnen blieben wie auf ein geheimes Zeichen stehen. Ich tat es ihnen gleich. Was kam jetzt? Ah, ja. Der Knicks. Die Mädchen vor mir versanken in eine tiefe Verneigung. So elegant. So wunderschön. Ich wackelte bei meinem Versuch nur ein wenig. Mit angehaltenem Atem zählte ich bis zehn, wie ich es geübt hatte, ehe ich mich wieder erhob. Applaus brandete auf, unterbrochen vom ersten Namen, der aufgerufen wurde.

»Prinzessin Eleganza Siebenstern«, rief ein Protokollzwerg von der Seite. Die genannte Debütantin durfte zum Prinzen vortreten.

»Gleich sind wir dran«, flüsterte die Fee mit zitternder Stimme, woraufhin ich den Kopf drehte, um sie besser sehen zu können. Tatsache. Sie war geradezu in Panik und hatte kleine, wie Sterne geformte Schweißperlen im Gesicht. Dazu vor Sorge verknotetes Haar und hochrote Wangen.

»Keine Angst, ich hab alles unter …« Eine gewaltige Niesattacke unterbrach mich. Nie im Leben hätte ich gedacht, dass so eine winzige Fee derart laut niesen konnte. »Ist alles in Ordnung bei dir?«, fragte ich besorgt.

»Ich kann so schlecht sehen, und mein Hals kratzt fürchterlich.«

Entsetzt sah ich, wie kleine Pusteln überall auf ihren Wangen entstanden. Sogar ihre Augen schwollen zu! Zeitgleich ließ sie sich erschöpft auf meiner Schulter nieder. Das Landen auf anderen Personen war normalerweise streng untersagt, doch offensichtlich verließen sie die Kräfte.

»Wirst du krank?« Panisch setzte ich sie auf meine Handfläche, musterte sie. Die Fee sah schlimm aus.

»Allergische Reaktion«, krächzte sie. »Siehst du hier irgendwo Yetis?«

Yetis? Suchend sah ich mich um, entdeckte jedoch nur Ballbesucher in meiner Nähe. Keine Yetis.

»Die beschneien häufiger solche Bälle. Wenn die Schneeflocken singen, dann ist ein Yeti am Werk«, keuchte die Fee.

Ich spitzte die Ohren, um über die leise Orchestermusik hinweg auf redselige Schneeflocken zu horchen. Mist. Die Schneeflocken *waren* das Orchester. »Yeti-Alarm. Und jetzt?«

»Luft … Schwellung … Eis!«, japste die Fee.

Was? Wo sollte ich denn hier Eis herbekommen, ohne die Reihe der Debütantinnen verlassen zu müssen? Ich sah nach unten, musterte den schimmernden Boden. War das echtes Eis? Vermutlich nicht. Da entdeckte ich einen gigantischen Eisbrunnen etwa zehn Schritte von mir entfernt. Goldfarbener Sekt floss von der Spitze hinunter in glitzernde Kelche. Drum herum ruhten Eiswürfel in verschiedensten Größen.

Das Problem war nur: Ich musste die Reihe verlassen, um hinzugelangen. Ich würde meine Mission gefährden. Ich …

Die Fee röchelte, und ich traf eine Entscheidung. Entschlossen versteckte ich sie in den Lagen meines schneeweißen Kleides und drängelte mich rücksichtslos durch die Menge zu dem Brunnen. Zunächst wollte ich sittsam einige Eiswürfel in ein Glas füllen, doch als ich die Fee sah, änderte ich meine Meinung. Sie war mittlerweile blau angelaufen. In meiner Not drückte ich sie komplett ins Eis. Es zischte und brutzelte, als ihre heiße Haut mit der Kälte in Berührung kam. Hoffentlich sah das niemand.

»Haben Sie da gerade eine Märchenfee in den königlichen Wunschbrunnen getunkt?«, sprach mich jemand leise von der Seite an.

Mein Herz setzte ein paar Sekunden lang aus, ehe ich den Mut aufbrachte, mich zu einem hochgewachsenen Mann umzudrehen, der direkt neben mir aufgetaucht war. Auch das noch. Er trug die Gardeuniform der Palastwachen inklusive Orden und Schwert. Allein das hätte schon ausgereicht, mich einzuschüchtern. Hinzu kam, dass er mich um mindestens zwei Köpfe überragte und die Stirn runzelte. Wenigstens hatte er freundliche braune Augen.

Erst als mich der Tritt eines kleinen Füßchens gegen die Hand traf, wurde mir klar, dass ich die Märchenfee in meiner Panik komplett ins Eis eingetaucht hatte. Sie strampelte verzweifelt, um zum Luftholen an die Oberfläche zu gelangen. Hastig zog ich sie hervor.

Etwa fünf Herzschläge lang sahen der Wachmann und ich der japsenden Fee dabei zu, wie sie Luft holte. Dann räusperte ich mich. »Ich bitte um Verzeihung für mein ungebührliches Benehmen, doch wie Ihr seht, war das ein Notfall.«

»Eindeutig«, murmelte der Wachmann. »Meine Güte, was ist mit Eurer Märchenfee?«

»Yeti-Allergie, sie …«

»Baroness Nicoletta Regentanz«, hörte ich die Stimme des Protokollzwergs zu mir hinüberschallen.

Die Märchenfee und ich sahen uns entsetzt an. »Du musst gehen!«, keuchte sie mit ersterbender Stimme.

»Du musst hier raus!«, protestierte ich.

»Denk an dein Versprechen«, entgegnete die Fee und verdrehte zeitgleich die Augen, driftete Richtung Ohnmacht. »Geh …!«

Ich wurde panisch. Auf keinen Fall konnte ich eine sterbende Märchenfee allein zurücklassen, bloß um ein Versprechen meiner Herrin gegenüber zu erfüllen. Allerdings stand auch für sie unglaublich viel auf dem Spiel …

»Baroness Nicoletta Regentanz?«, rief der Protokollzwerg erneut, diesmal eindeutig ungehalten. Die Leute sahen sich bereits suchend um.

Tu was, dachte ich. Entschlossen schnappte ich mir die riesigen Hände des Wachmanns, klatschte ihm eine tropfnasse Märchenfee hinein und deutete auf das Eis. »Tunken Sie sie weiterhin, bis ich wieder da bin!«

Dann rannte ich los. In letzter Sekunde erinnerte ich mich an meine tausend Lagen Tüll, zog sie unschicklich bis zum Knie hoch und wäre wegen der hochhackigen Schuhe beinahe ausgerutscht. In vollem Lauf schüttelte ich sie mir von den Füßen, rempelte eine Fürstin halb um, drückte einen Herzog zur Seite und gelangte auf diese Weise schnaufend zurück zur langen Schlange der Debütantinnen. Normalerweise hätte ich hoheitsvoll an ihnen bis zum Thron vorüberschreiten sollen. Stattdessen jagte ich in Richtung Prinz, als wären tausend Höllenhunde hinter mir her.

Der Wachmann direkt neben der königlichen Familie sah

mich heranstürmen. War das womöglich ein Angriff? Bevor er sein Schwert ziehen konnte, warf ich mich bereits auf die Knie und senkte mein Haupt. Zwar war ich für den sonst üblichen Knicks viel zu weit vom Thron entfernt, aber besser das, als von der Wache zweigeteilt zu werden.

Aus den Augenwinkeln sah ich, wie mich der Protokollzwerg entsetzt anstarrte. Jetzt sag schon dein Sprüchlein, damit ich zurück zur Fee kann, dachte ich verzweifelt, während es mucksmäuschenstill im Saal wurde.

»Eure Hoheit, darf ich vorstellen: Baroness Nicoletta Regentanz. Sie ist eine begnadete Stickerin und liebt Kammermusik. Zurückhaltung ist ihre größte Tugend, daher haben wir sie noch auf keinem Ball begrüßen dürfen«, leierte der Protokollzwerg seinen vorbereiteten Text herunter.

Ich fühlte unangenehm sämtliche Blicke auf mir. Über Nicoletta war zum Glück kaum etwas bekannt, sonst hätte ich unmöglich an ihrer statt zum Einführungsball gehen können. Wenigstens sahen wir uns ähnlich. Mit Schminke, viel Tüll und Schleier ging ich tatsächlich als sie durch. Hoffte ich.

»Baroness Nicoletta Regentanz, willkommen in unserer Gesellschaft«, mischte sich die Stimme des Prinzen ganz plötzlich in meine Gedanken. Ach, herrje, der war ja auch noch da! Bislang hatte ich nicht mal einen Blick auf ihn geworfen. Ich sah kurz auf und in gütige Augen. Zumindest er schien nicht verärgert zu sein. Der Protokollzwerg hingegen räusperte sich vernehmlich.

Ooooh, Mist! Ich musste was antworten. Aber was? »Danke«, hauchte ich in meiner Not und kam hastig auf die Beine. Ich musste zurück zur Fee! Sofort ging ein Raunen durch die Menge. *Danke* war wohl nicht das richtige Wort gewesen. Ich kam zwei Schritte weit, dann fiel mir der passende Satz ein. »Es ist mir eine Ehre, Euch dienen zu dürfen«, rief ich dem Prinzen zu, während ich unter aller Augen bereits zurück zum Eisbrunnen hetzte. Doch der Wachmann von vorhin war nicht mehr da. Panisch sah ich mich um.

»Ich soll Euch vom Hauptmann ausrichten, dass er mit Eurer Märchenfee hinausgegangen ist«, sprach mich eine ältere Dame an, während um mich herum alle Leute die Ohren spitzten. »Dort entlang.« Sie zeigte auf eine Seitentür, die offenbar nach draußen führte.

»Danke!«, rief ich, und Sekunden später stolperte ich bereits durch besagte Tür.

Die Kühle der Nacht empfing mich umgehend. Fackeln erhellten das Dunkel und blendeten mich. Ich musste mehrmals blinzeln, ehe ich den Schatten eines großen Mannes rechts neben mir entdeckte. Auf seiner offenen Handfläche saß ein winziges Wesen mit Flügeln.

»Stell... äh, Nicoletta!«, rief die Märchenfee und winkte.

Mit zwei Schritten war ich neben ihnen. »Geht es dir besser?«, keuchte ich. Tatsächlich waren die Pusteln weniger geworden, und sie atmete deutlich geräuschloser.

»Hast du geknickst?«, fragte die Fee statt einer Antwort.

»So in etwa.«

Das leise Lachen des Wachmannes unterbrach unser Gespräch. »Sie hat sich dem Prinzen regelrecht vor die Füße geworfen. Es war sehr eindrucksvoll«, sagte er amüsiert.

»Ihr habt es gesehen?« Sofort wurde mein Hinterkopf heiß und mein Gesicht vermutlich rot.

»Kurz bevor ich rausgegangen bin, wurde ich Zeuge Eurer bewundernswerten Knickstechnik. Hat der Prinz ihn als solchen erkannt?« In seiner Stimme schwang amüsierter Zweifel mit.

»Ich war erfolgreich«, bestätigte ich, schnappte mir umgehend die Märchenfee und wollte davonlaufen.

»Wo rennt Ihr so eilig hin? Der Ball beginnt doch erst!«, rief uns der Wachmann hinterher.

»Ich musste lediglich in die Gesellschaft eingeführt werden, um heiraten zu dürfen. Ziel erreicht«, antwortete ich und winkte ihm zu. Nur zu gerne wäre ich geblieben und hätte ein wenig mehr Zeit mit dem charmanten Wachmann verbracht. Doch leider musste ich dringend zurück. »Danke für Eure Hilfe!« Dann eilte ich zur Kutsche, um dem peinlichsten Abend meines Lebens zu entkommen.

»Du hast dich vor dem Prinzen auf die Knie geworfen?«, fragte Nicoletta nun zum dritten Mal leise lachend, während wir die mittlerweile schlafende Märchenfee bei uns zu Hause vor dem Kamin auf ein Kissen betteten. Die Arme sah noch immer recht mitgenommen aus, doch nachdem sie sich an ihren heiß geliebten goldenen Feenstreuseln gestärkt hatte, ging es ihr bereits deutlich besser. Wir waren alle froh, die Mission erfolgreich hinter uns gebracht zu haben, vor allem in Anbetracht der Umstände, was Nicolettas eigentliches Schicksal hätte sein können. Die Fee war zu uns gekommen, weil meine Herrin angeblich Teil des Märchens »Die Gänsemagd« sein sollte. In dieser Geschichte nahm die Zofe gegen den Willen der Prinzessin ihren Platz ein und heiratete den Prinzen. Unser Tausch hätte also übel für Nicoletta ausgehen können. Zum Glück mochte ich meine Herrin viel zu sehr, um ihr Böses zu wollen.

Liebevoll reichte mir Nicoletta einen Kuchenteller. »Ich danke dir«, sagte sie sanft.

»Für dich tue ich doch alles.« Erschöpft, aber zufrieden schob ich mir einen Bissen der Feenstreusel in den Mund, als die Türglocke bimmelte. Alarmiert richteten wir uns auf.

»Es ist mitten in der Nacht. Wer könnte das denn sein?«, fragte Nicoletta.

»Ich schaue nach.« Hastig stand ich auf, um durch den dunklen Flur zum Eingang zu eilen. »Wer ist dort?«, rief ich durch die geschlossene Tür.

»Hauptmann Ray Karwen. Bitte entschuldigt den späten Besuch, doch Eure Hausherrin hat beim Ball ihre Schuhe liegen lassen.« Er klang eindeutig amüsiert, mir hingegen sträubten sich sämtliche Nackenhaare.

Die Wache. Der Mann, der mir und der Märchenfee geholfen hatte. Der … Hauptmann. Er würde mich enttarnen! Was sollte ich denn jetzt tun? Zum Glück hatte ich die Tür noch nicht geöffnet, sodass er mich nicht sehen konnte. »Legt die Schuhe gerne vor die Tür. Ich hole sie später rein.«

Ein Seufzen antwortete mir. »Bitte macht auf. Sonst müsste ich zu Eurem seltsamen Benehmen auf dem Ball weitere Nachforschungen anstellen. Ich vermute, das wollen wir beide nicht.«

Nicoletta war neben mir aufgetaucht. »Wer ist das?«

»Hauptmann Ray Soundso. Er hat mir und deiner Fee geholfen«, flüsterte ich zurück.

»Ray?«, fragte Nicoletta nun deutlich lauter. Bevor ich sie daran hindern konnte, hatte sie bereits die Tür geöffnet. Und da stand er. Der Wachmann mit den schönen Augen. Er musterte erst mich, danach meine Herrin. »Du schickst deine Zofe auf deinen Debütantinnenball?«, fragte er trocken.

Der Satz ließ mich umgehend erstarren. Nicoletta hingegen blieb irritierend ruhig. »Du weißt, dass ich so viele Menschen in einem Raum nicht ertragen kann. Ich wäre vor Angst gestorben.«

»Ich weiß. Deshalb war ich auch mehr als überrascht, deinen Namen auf der Debütantinnenliste zu sehen.«

»Mir blieb keine Wahl. Um heiraten zu dürfen, muss ich in die Gesellschaft eingeführt werden. In meinem Leben gibt es einen sehr lieben, wunderbaren Mann, der um meine Hand angehalten hat. Nun kann ich ihn heiraten und die Zukunft meiner Familie absichern. Dank Stella. Meiner Zofe.«

»Stella«, sagte er leise, und die Art, wie er meinen Namen

aussprach und mich dabei ansah, klang und fühlte sich beinahe wie eine Liebkosung an.

»Bitte, Ray. Du darfst uns nicht verraten«, flehte Nicoletta nun. »Stella könnte deswegen im Kerker landen, und ich dürfte niemals heiraten.«

Wieder dieser Blick, der nur mir galt und mir durch und durch ging. Dann lächelte er. »Macht deine Märchenfee noch diese unglaublich leckeren goldenen Feenstreusel? Die ich als Kind so gerne gegessen habe, als meine Mutter bei euch Kammerdienerin war? Damit könntet ihr mich bestechen.«

»Aber ja«, sagte Nicoletta eilig. »Komm rein.« Sie wartete gar nicht erst sein Einverständnis ab, sondern lief direkt den Flur hinunter. Ich stand noch immer im Eingang, sodass Ray Karwen sich an mir vorbeidrücken musste, um ihr folgen zu können.

Dabei berührten wir uns. Nur ein klein wenig, doch das reichte, um meinen Herzschlag zu beschleunigen und ein kribbeliges Flattern tief in mir auszulösen. »Deine Schuhe«, sagte er und legte mir sanft Nicolettas Pumps in die Hände. Irrte ich, oder berührten seine Hände die meinen dabei absichtlich? Ein Blitz zischte über meine Haut.

Ihm schien es ähnlich zu gehen, denn er rührte sich nicht. »Mir war sofort klar, dass du nicht Nicoletta sein konntest. Ich habe sie zwar seit Jahren nicht gesehen, doch ein Satz aus deinem Mund hat gereicht, um dich zu überführen.«

»Was hab ich denn gesagt?«, fragte ich erschrocken.

»Es war nicht das *Was*, sondern das *Wie*. Du hast so kämpferisch ausgesehen. So energiegeladen. Ich kenne niemanden, der bei seinem Debütantinnenball gerannt wäre, um eine Märchenfee zu retten. Das hat mich beeindruckt und mich verzaubert. Du musst keine Angst haben. Ich werde nichts verraten, auch ohne Feenstreuselbestechung.« Er hob den Arm, als wollte er mich zu einem Tanz einladen. »Darf ich dich zum Tee geleiten? Und dich um einen Tanz bitten? Du schuldest mir noch einen.«

»Tue ich das?«

»Ja, denn wenn du nicht wie eine Furie vom Ball geflohen wärst, hätte ich dich darum gebeten.«

Wir blickten uns erneut auf diese ganz besondere Weise an, und das Flirren um uns verstärkte sich. »Ich hätte Ja gesagt«, antwortete ich mit einem Lächeln und nahm den dargebotenen Arm.

FEENSTREUSEL
DAS REZEPT FÜR SCHNELLE BACKFEEN!

FÜR DIE VORBEREITUNG DER ÄPFEL:

* 4 große Äpfel (etwa 1 kg)
* ½ Pck. Vanillinzucker
* Etwas Zimt
* 3 EL Apfelsaft mit einem Spritzer Zitronenextrakt oder 2 EL Zitronensaft

FÜR DIE KRÜMELIGEN FEENSTREUSEL:

* 150 g Mehl
* 75 g Zucker (nimm unbedingt braunen Zucker!)
* 100 g Butter
* ½ Pck. Vanillinzucker
* 1 Prise Salz
* Wer mag: eine Handvoll Mandelsplitter

FÜR DIE GARNIERUNG:

Schlagsahne, warme Vanillesoße oder Puderzucker schmecken dazu sehr lecker!

ZUBEREITUNG:

Schneide die Äpfel in schmale Scheiben. Die legst du dann in eine eingefettete kleine Auflaufform. Gerne ein wenig übereinander schichten, denn die Äpfel schrumpfen beim Backen. Über die Äpfel tröpfelst du dann den Apfelsaft beziehungsweise den Zitronensaft, in den du vorher das Vanillinpulver und den Zimt gerührt hast. Feen mögen es eher süß, daher wählen sie meistens die Apfelsaft-Variante mit dem Spritzer Zitronensaft.

Die Butter musst du einschmelzen. Mit einem Löffel verrührst du dann das Mehl, den Zucker und die Prise Salz, aber nicht wundern: Der Teig bleibt krümelig. Mit den Händen quetschst du ihn ein wenig zusammen und streuselst ihn dann über die Äpfel in der Auflaufform.

Alles zusammen dann für 30 Min. bei 160 °C in den Ofen. Die Feenstreusel schmecken warm besonders lecker!

VARIANTE:

Wahlweise kannst du die Feenstreusel auch als Tässchen-Kuchen anbieten. Dann musst du die Äpfel allerdings in kleine Würfel schneiden und in die Tassen füllen. Cappuccino-Tassen eignen sich besonders gut dafür. Über die Äpfel streust du wie gehabt die Streusel. Das Ergebnis sieht süß aus und ist super schnell fertig. Sobald deine Gäste eintrudeln, kannst du alles rasch in den Ofen schieben und hast einen leckeren, warmen Nachtisch. Guten Appetit wünschen deine Feen!

17

NENA TRAMOUNTANI

Stille Nacht,
hoffnungsvolle Nacht

NENA TRAMOUNTANI, geboren 1995 in Stuttgart, ist mit Büchern aufgewachsen und schreibt seit ihrer Jugend eigene Geschichten. Nach dem Studium der Linguistik und Englischen Literaturwissenschaft arbeitete sie als Journalistin, bevor sie nach Wien zog und zu kellnern begann, um sich aufs Schreiben zu konzentrieren. Inzwischen lebt sie als freie Autorin wieder in Stuttgart, wenn sie gerade nicht auf Inspirationsreisen ist. Weitere Informationen zu Nena Tramountani und ihren Büchern gibt es auf Instagram unter @nenatramountani.

24.12., 18:20 Uhr

Sie erkennt mich erst, nachdem ich – im pinkfarbenen Tüllkleid mit Schleppe – auf den Beifahrersitz geschlüpft bin und die Tür hinter mir zugezogen habe.

»Was tust du hier?«

»Ich brauche eine Fahrt.« Mit diesen Worten klappe ich den Sonnenschutz runter, schiebe den Spiegel auf und beginne, meine Lippen scharlachrot nachzuziehen.

Stille.

Innerlich beginne ich, bis zehn zu zählen. Bei sieben stöhnt sie auf. Meistens habe ich sie schon bei fünf. Es ist ihr also wirklich ernst.

»Wohin?«

»Zur nächsten Tankstelle.«

Das Taxameter läuft. Sie macht keine Anstalten, loszufahren. Gemächlich klettern die roten Ziffern aufwärts. Seltsam, normalerweise kommt es mir vor, als würden sie rasen.

»Was willst du dort?«

»Fragst du das all deine Fahrgäste?«

Ich lasse den Lippenstift sinken, den sie mir an unserem ersten gemeinsamen Weihnachten geschenkt hat (»*Wir sind jetzt erwachsen. Wir müssen auch so aussehen.*«). Er sollte längst abgelaufen sein, aber ich kann mich nicht davon lösen, und außerdem tut er noch, was er soll. Unter anderem mich daran erinnern, dass ich mich noch nie weniger erwachsen gefühlt habe.

»Bitte, fahr los. Ich möchte den Anfang der Veranstaltung nicht verpassen.«

Die Veranstaltung könnte mir nicht egaler sein, und ich bin mir sicher, das weiß sie auch.

Sie fährt los.

Draußen fliegt die Stadt vorbei. Schlossgarten, irgendein Denkmal für irgendeinen Typen, Rathaus, Staatsgalerie. Die Umrisse verschwimmen hinter tanzenden Schneeflocken.

Seit wir uns kennen, hat es an Heiligabend nicht geschneit. Natürlich hat es sich der Himmel ausgerechnet dieses Jahr anders überlegt.

Ich taste nach dem Radio und schalte es an, ehe ich mich gegen die Fensterscheibe lehne und dem Schnee mit den Augen folge.

Ein Klassiksender. *Nussknacker.* Oder doch *Schwanensee?*

Abrupt endet das Stück.

Ich schaue zu ihr. Ohne hinzusehen, hat sie das Radio wieder ausgeschaltet.

»Es wird nicht funktionieren.« Ihr Blick ist stur nach vorn gerichtet. »Was auch immer du tust.«

»Ich muss einfach zur Tankstelle.«

Sie schnaubt. »Was trägst du da überhaupt?«

Meine Mundwinkel zucken. Sie muss mich nicht anschauen, um mich zu sehen. »Ich dachte, ich gönne mir mal was.«

Viel zu schnell hält das Taxi. Vor uns die blinkenden Neonlichter der Tankstelle.

»Wartest du?« Ich löse meinen Gurt. »Es dauert nur eine Minute.«

»Sechs achtzig«, gibt sie trocken zurück.

Seufzend lege ich meine Kreditkarte auf das Lesegerät, das sie mir – noch immer ohne mich anzuschauen – hinhält.

Es ist das erste Mal, seit wir uns kennen, dass sie mich zahlen lässt.

»Du wirst nicht warten, oder?«

Sie spannt ihren Kiefer an. »Es ist vorbei.«

Ihre Worte treffen mich kaum. Mir war klar, worauf ich mich einlasse.

Ich bücke mich nach meinem Rucksack und krame die Tupperdose und das Besteck hervor, halte ihr beides hin. »Hier, dein Trinkgeld.«

Sie rührt sich nicht. »Was ist das?«

Pastinakentrüffelmousse mit Pilzragout.

Ich lächle. »Die Vorspeise.«

Und damit öffne ich die Tür, steige aus und hinterlasse das Essen auf dem Sitz.

Der Wind peitscht mir ins Gesicht. Ich starre dem Taxi hinterher, bis es nur noch aus zwei Lichtpunkten in der Ferne besteht.

24.12., 21:45 Uhr

Diesmal erkennt sie mich durchs Fenster. Dabei habe ich mich umgezogen, und der dicke Strickschal verdeckt mein halbes Gesicht.

Das Beifahrerfenster fährt runter. »Nicht dein Ernst.«

Ich schenke ihr ein breites Lächeln. »Hi!«

Bevor sie protestieren oder mit quietschenden Reifen davonfahren kann, steige ich ein.

»Willst du mich verarschen?«

Statt einer Antwort schnalle ich mich an. »Zum Bärensee, bitte.«

»Was machst du mitten in der Nacht auf meiner Route?«, zischt sie.

Sie muss vor Kurzem gelüftet haben. Es ist kalt, obwohl die Heizung auf Hochtouren läuft. Doch der Essensgeruch klingt noch subtil nach.

»Bücher zurückgeben.« Ich nicke in Richtung Bibliothek. »Das war schon meine achte Verlängerung, und danach müsste ich Strafe zahlen.«

»Am vierundzwanzigsten Dezember. Ja, sicher.«

»Fahr einfach.«

Und sie fährt. Sie wird keinen Aufstand machen oder mich rausschmeißen. Das ist nicht ihr Stil.

Stattdessen wird sie mich mit Schweigen strafen, so, wie sie es die letzten Monate getan hat.

Darauf bin ich vorbereitet. Wenn ich etwas gelernt habe, dann, die Stille zu füllen.

»Das Ballettstück war deprimierend. Weniger als die Hälfte der Sitze war belegt, und ich hab's nicht mal bis zur Pause geschafft. Am Anfang dachte ich mir, cool, ich kann mich nach vorn schleichen, aber es hat sich herausgestellt, je näher man den Tänzern ist, desto trauriger sieht es aus. Von Weitem kann man wenigstens so tun, als hätten sie Spaß.«

Keine Reaktion.

»Und? Hat's geschmeckt?«

Sie wirft einen Blick an mir vorbei aus meinem Fenster. Unter ihrem rechten Auge zuckt es.

Eins, zwei, drei, vier ...

»Woher weißt du, dass ich es gegessen habe?«

Ich beiße mir auf die Unterlippe, um nicht zu lächeln. Wieder warte ich.

»Zu viel Salz«, murmelt sie dann.

Widerstand ist zwecklos – ein Grinsen zieht sich quer über mein Gesicht.

»Und ich hasse Trüffel.«

Da muss ich lachen. »Ich weiß.«

Das erste Mal, als ich für sie gekocht habe: Ich wollte unbedingt etwas Besonderes. Stundenlang stand ich in der Küche. Sobald sie den ersten Biss nahm, bekam ich Schweißausbrüche. Sie versuchte, Begeisterung vorzutäuschen, aber ihr Gesicht war schon immer ein offenes Buch für mich. Später, unter der Bettdecke, nachdem wir uns Pizza bestellt hatten, halb lachend, halb weinend: »*Es tut mir leid, es tut mir so leid, aber ich hasse Trüffel.*«

Für den Rest der Fahrt schweigen wir. Der erste Schritt ist getan.

Als sie auf dem verlassenen Parkplatz des Bärensees zum Stehen kommt, hinter dem verschneite Tannen in die Höhe ragen, umklammert sie das Lenkrad so fest, dass ihre Knöchel weiß hervortreten. Mein Herz hämmert los.

»Was willst du allein in dem Riesenpark?«

»Ich bin nicht allein. Es gibt eine Weihnachtsfeier. Mit Lagerfeuer und Musik.«

Ihre Augenbrauen wandern in die Höhe.

Genau wie ich Ballett hasse, finde ich kaum etwas schlimmer als Musik am Lagerfeuer.

Durchschaut sie meinen lächerlichen Versuch, so zu tun, als könnte ich jemand anders sein? Jemand, den sie nicht in- und auswendig kennt?

»Na dann, viel Spaß.« Sie zieht das Kartengerät vor. »Zwanzig dreißig, bitte.«

Wieder swipe ich meine Karte, wieder reiche ich ihr eine Tupperbox mit Besteck. Diesmal nimmt sie sie entgegen.

»Möchtest du mich vergiften?«

Nein, ich möchte dich erinnern.

In der Box befindet sich ein Miniaturpicknick. Weintrauben, drei Käsesorten, Cracker – und Oliven. Die überteuerten aus der Markthalle. Sie hat sich damals darüber lustig gemacht, dass Menschen mehr Geld für weniger Geschmack zahlen. Als ich heute Vormittag am Stand eine Olive probiert habe, um sicherzugehen, dass es die richtigen sind, musste ich weinen, und der Verkäufer wusste nicht, wohin mit seinen Blicken.

Ich öffne meinen Gurt. »Guten Appetit.«

Sie will noch etwas sagen, ich spüre es. Wenn man jemanden lang genug kennt, sind die Zeichen nicht zu übersehen.

War das unser Untergang? Als wir aufhörten, mit Worten zu kommunizieren, und stattdessen imaginäre Gespräche miteinander führten, ohne je die Stille zu durchbrechen?

Statt zu warten und dann enttäuscht zu werden, steige ich aus, schlage die Tür hinter mir zu und beginne, zu rennen. In einen Park, in dem wir gemeinsam waren. In eine Zeit, in der ein Picknick noch wie das Aufregendste der Welt klang, nicht wie eine weitere Gelegenheit, uns anzuschweigen.

Vielleicht liegt sie gar nicht so falsch. Vielleicht sind Erinnerungen Gift.

Und das Problem ist nicht sie, sondern ich, weil ich bereitwillig davon trinke.

Diese Gegend liegt nicht auf ihrer Route, aber ich weiß inzwischen, welche Nummer ich anrufen muss, damit sie kommt.

Durch das Fenster wirkt ihr Gesicht kein bisschen müde, ganz im Gegenteil zu meinem, was mir die Frontkamera meines Handys vor zwei Minuten bestätigt hat. Schon als Kind habe ich mich gefragt, ob die Welt bei Nacht anders ist. Jetzt frage ich mich, ob ich die Person vor mir aus diesem Grund nie ganz verstehen werde. Weil sie um diese Zeit aufblüht, während ich am liebsten tief und fest schlafe.

Am Anfang fühlt man sich wegen der Unterschiede von einem anderen Menschen angezogen, am Ende sind es ebendiese, die uns abstoßen. Aber ich bin hier. Scheiß auf Magnetismus.

Sie könnte wegfahren, doch sie beugt sich vor und stößt die Beifahrertür auf. Ich gleite ins Warme.

»Du siehst halb erfroren aus.«

»Danke, du mich auch.«

Für den Bruchteil einer Sekunde bin ich mir sicher, dass sie lachen wird. Der Moment vergeht so schnell, wie er gekommen ist. Wie ich ihr Lachen vermisse.

Erst nachdem ich mich angeschnallt habe, fährt sie los. Wir sind das einzige Auto auf der Straße. Nur noch vereinzelte Schneeflocken wirbeln vom Himmel, der Motor schnurrt, mein Herz klopft wieder schneller.

Stille Nacht, verzweifelte Nacht.

»Was willst du?«

Das ist einfach.

»Zum Teehaus.«

»Was, nicht wohin.«

Ich will zurück und alles anders machen. Ich weiß jetzt, was schiefgelaufen ist. Und wenn ich nicht zurückkann, dann will ich dich lieber anschweigen, als dich nicht kennen.

»Ich will mehr Zeit.«

»Zeit wird nichts ändern.«

So fest ich kann, presse ich meine Augen zusammen. »Okay. Dann diese Nacht.«

»Bis Sonnenaufgang?«

Wenn ich meine Augen nie wieder öffne, behalte ich vielleicht auch die Tränen in mir.

»Bis Sonnenaufgang.«

Als ich die nasse Hitze auf meinen Wangen spüre, ist es zu spät.

»Hör auf zu heulen«, sagt sie und schnieft. Aber ich habe nie gelernt, die Tränen zurückzuhalten. Genauso wenig, wie ich gelernt habe, jemanden nicht mehr zu lieben.

»Hör du doch auf.«

Sie heult nur noch heftiger.

25.12., 3:38 Uhr

Alles ist vereist. Für den Abstieg vom Hügel, auf dem sich eine Aussichtsplattform und ein Teehaus befinden, brauchen wir sogar noch länger als für den Aufstieg. Der Himmel ist wolkenverhangen, Sterne sind keine zu sehen. Unsere Tränen sind versiegt, doch die Worte wollen immer noch nicht kommen. Selbst oben, vor dem Teehaus, die schlafende Stadt zu unseren Füßen, die Vergangenheit in unseren Köpfen, bleiben wir still.

»Kein Nachtisch?«, fragt sie, als wir das Taxi wieder erreicht haben. Es steht im Parkverbot. »An Weihnachten schert sich niemand darum«, hat sie vorhin gemurmelt. Ich habe nur genickt — es grenzt schon an ein Wunder, dass sie überhaupt das Auto verlassen hat, wen interessieren da Verkehrsregeln?

»Doch.« Ich wage es nicht, sie anzusehen. »Zu Hause.«

Sie wird nicht wütend, weil ich ihr eine Falle gestellt habe. Oder es wage, diese Worte in den Mund zu nehmen.

»Dann los«, sagt sie.

Vermutlich hat sie mich vorhin schon durchschaut. Das Teehaus liegt nur fünf Minuten zu Fuß von der Wohnung entfernt, in der alles begann und schließlich alles den Bach runterging. Erst ihre, dann unsere, jetzt meine.

Wir wechseln kein Wort mehr, bis wir dort sind. Im Inneren nehmen wir unsere gewohnten Plätze ein. Ich an der Theke, beim Hantieren mit den Porzellanschälchen, sie im Schneidersitz auf der Fensterbank, den Blick nach draußen gerichtet.

Ich habe den Ofen vorhin vorgeheizt und Teig in die Formen gegeben. Auch die Zimtsahne und das Pflaumenkompott stehen schon bereit.

Sobald die Schälchen im Ofen sind, stelle ich einen Timer für zwölf Minuten.

Jetzt bleibt uns nichts mehr als Warten.

Nein.

Ich habe lang genug gewartet. Also setze ich einen Fuß vor den anderen, bis ich bei ihr angekommen bin.

»Du hast gesagt, Zeit ändert nichts.« Ich hole tief Luft. »Was, wenn ich mich ändere?«

Seufzend tastet sie nach meinen Händen. »Menschen ändern sich nicht.«

Ich halte ganz still, überlasse ihr die Führung. »Menschen ändern sich jeden Tag.«

»Du hast gesagt, du langweilst dich zu Tode.«

Jetzt bin ich diejenige, die seufzt. »Langeweile ist nicht das Schlimmste auf der Welt.«

Sie schnaubt. Verschränkt unsere Finger miteinander. »Was *willst* du?«

Die Luft riecht nach Schokolade und Gewürzen. Draußen beginnt es, wieder stärker zu schneien.

»Ich will mich mit dir zu Tode langweilen.«

Wir sehen uns an, zum ersten Mal in dieser Nacht richtig.

Sekunden vergehen, dann Minuten, vielleicht eine Ewigkeit.

Als wir uns zeitgleich vorbeugen, geht der Timer los.

Ich will sie küssen, aber Soufflé verzeiht keine Sekunde.

SCHOKOSOUFFLÉ MIT ZIMTSAHNE
UND PFLAUMENKOMPOTT

ZUTATEN FÜR 6 FÖRMCHEN:

* 150 g Zartbitter-Kuvertüre
* 2 EL (vegane) Nussnugat-creme
* 100 g (vegane) Butter
* 100 g Zucker
* 1 Pck. Bourbon-Vanille-zucker
* 4 Eier oder 1 Pck. Ei-Ersatz
* 90 g Mehl
* 1 Msp. Salz
* Etwas Pflanzenöl zum Fetten der Soufflé-Formen
* Etwas Puderzucker zum Bestreuen

ZIMTSAHNE:

* 250 g (vegane) Schlagsahne
* 1 EL Puderzucker
* ½ TL Zimt

PFLAUMENKOMPOTT:

* 500 g Pflaumen
* 80 g Wasser
* 50 g Zucker
* 1 Sternanis
* 1 Zimtstange
* 2 Nelken

ZUBEREITUNG:

1. Backofen auf 185 °C (Ober- und Unterhitze) bzw. 165 °C (Umluft) vorheizen.
2. Pflaumen waschen, entkernen und halbieren.
3. Wasser und Zucker in einem mittleren Topf aufkochen lassen. Pflaumen hinzufügen, Hitze reduzieren, Sternanis, Zimtstange und Nelken in einem Teebeutel dazugeben und alles köcheln lassen, bis die Pflaumen weich sind. Beiseitestellen.

4. Butter langsam in einem kleinen Topf zerlassen, vom Herd nehmen und kurz abkühlen lassen. Kuvertüre grob hacken und unter ständigem Rühren dazugeben. Nussnugatcreme ebenfalls unterrühren, bis eine homogene Masse entsteht. Porzellanförmchen fetten.

5. Eier, Zucker und Vanillezucker in einer großen Schüssel mit einem Handmixer schaumig rühren. Butter-Schoko-Mix unterheben. Mehl und Salz erst am Ende ganz kurz dazurühren. Den Teig auf die Förmchen verteilen und auf der unteren Schiene exakt 12 Min. (keine Sekunde länger) backen.

6. Während die Küchlein im Ofen sind, Schlagsahne in eine Rührschüssel geben, mit dem Handmixer ½ Min. lang mixen, Puderzucker und Zimt hinzufügen und weitere 2 Min. steif schlagen.

7. Die Küchlein aus dem Ofen holen, mit einem Buttermesser vorsichtig vom Rand lösen und auf einen Dessertteller stürzen. Mit Puderzucker bestreuen, Zimtsahne und abgekühltes Pflaumenkompott dazugeben. Guten Appetit!

18

NICOLE KNOBLAUCH

Ein Astronaut zu Weihnachten

NICOLE KNOBLAUCH ist fasziniert von romantischen Geschichten und starken Frauenfiguren. Sie ist Mitglied bei DELIA, der Vereinigung deutschsprachiger Liebesroman-Autor:innen, denn ihr Herz schlägt für die Liebe. Wenn sie nicht schreibt, näht die studierte Germanistin und Historikerin historische Kostüme. Zusammen mit ihrem Mann und zwei Söhnen lebt sie ihr persönliches Happy End im Rhein-Main-Gebiet. Mehr über Nicole Knoblauch und ihre Bücher erfährt man auf Instagram (@nicole.knoblauch).

»Hallo?«, sprach Anna in den altmodischen Hörer des Fest-
netztelefons ihrer Granny, es rief selten jemand an.

»Ähm.« Eine männliche Stimme räusperte sich vernehmlich. »Ryan hier, ist Conny zu sprechen?«

»Conny?« Das war ihre Granny.

»Ja, äh, Conny Stone? Vielleicht heißt sie inzwischen auch
anders, ich weiß nicht …«

»Ja, also, nein, das ist ihr Name. Ich hole sie, einen kleinen
Moment.« Umsichtig legte sie den Hörer so, dass die Geräusche nur noch gedämpft zu ihm dringen sollten, und ging
ins Nachbarzimmer.

»Granny, bist du da?«

Sie tauchte hinter dem großen Weihnachtbaum auf, den sie
gerade mit rot lackierten Holzäpfeln behängte. Auch mit über
achtzig ließ sie es sich nicht nehmen, selbst Hand anzulegen.
Besonders an Weihnachten. Schon heute, eine Woche vor dem
großen Ereignis, lag der verlockende Geruch von frisch gebackenen Plätzchen und Tannennadeln überall im Haus in der
Luft.

»Da ist ein Anruf für dich von einem Ryan.« Die alte Frau
erstarrte, runzelte dann die Stirn und ging erstaunlich flink in

Richtung Telefon. Ein Eimer kaltes Wasser hätte keine stärkere Reaktion hervorrufen können.

Anna folgte neugierig, doch ihre Granny hatte bereits die Tür geschlossen. Das entsprach gar nicht ihrer Art. Die beiden Frauen lebten seit Annas Scheidung vor zwei Jahren zusammen und verstanden sich prächtig.

Nun, jeder brauchte ein paar Geheimnisse, die wollte sie ihrer Granny gönnen. Sie würde noch früh genug erfahren, um wen es sich bei dem mysteriösen Anrufer handelte.

Inzwischen war der Heilige Abend gekommen, und Anna saß dem Mann vom Telefonat gegenüber. Granny hatte ihn eingeladen, aber nichts über ihn verraten, was Annas Neugierde natürlich verstärkte.

»Sie sind also Astronaut?« Sie musterte ihr Gegenüber und versuchte, ihren Besucher einzuschätzen. Nach wie vor wusste sie nichts von ihm. Nur, dass er Ryan hieß. Dem Aussehen nach war er etwa in ihrem Alter, Ende zwanzig, mit einer geraden Nase und schmalen Lippen.

Er nickte auf eine ruhige und besonnene Art. Vom ersten Moment an hatte sie eine Verbindung zu ihm gespürt, die auch er zu empfinden schien. Es war keine fünf Minuten her, dass sie sich zum ersten Mal getroffen hatten, und doch … Seine Augen mit dieser eigentümlichen Farbe, die ihren ähnelten. Das hatte ein Kribbeln in ihr ausgelöst, für das ihr die Worte fehlten. Fremde, die sich auf den ersten Blick sympathisch fanden, traf es. Allerdings hatte sie so etwas nie selbst erlebt.

»Ja, ich war das letzte Jahr auf Mission.« Sein Blick glitt aus dem Fenster, und für einen Moment schien er sich in den tanzenden Schneeflocken und der Weihnachtsbeleuchtung zu verlieren. Dann sah er wieder zurück zu Anna. »Es war ein Flug zum Wega-System.«

Anna nickte. »Es tut mir leid, dass meine Granny ausgerechnet jetzt eingenickt ist, sie hat sich sehr auf Ihren Besuch gefreut.« Sie deutete nach draußen. »Aber in dem Sturm können Sie eh nirgendwo hin. Wie wäre es, wenn Sie einfach warten? Sie können auch gerne über Nacht hierbleiben und Granny dann morgen früh sehen?« Das würde Anna einen ganzen Abend Gelegenheit geben, mehr über den geheimnisvollen Fremden herauszufinden. Gespannt hielt sie den Atem an.

»Wenn es keine Umstände macht?«

»Nein, überhaupt nicht. Granny war überglücklich über Ihren Besuch. Aber sie braucht ihren Schlaf, immerhin ist sie schon achtzig. Der Weihnachtsmorgen ist immer etwas ganz Besonderes für uns, und wir freuen uns, wenn Sie ihn mit uns verbringen. Da …« Anna brach ab. Sie hatte von ihrer Weihnachtstradition erzählen wollen, hielt sich aber dann doch zurück. Das war nichts, was einen Fremden etwas anging.

Jetzt zeichnete sich ein Lächeln auf seinem Gesicht ab. »Ja, ich erinnere mich.«

»Woher kennen Sie Granny?« Die Frage lag ihr auf der Zunge, seit sie das erste Mal von ihm gehört hatte. Vielleicht war er gesprächiger als Granny. »Und wie kommt es, dass ich bis zu Ihrem Anruf noch nie etwas von Ihnen gehört hatte?«

Konnte es sein, dass ihre Granny sie verkuppeln wollte? Das würde zu ihr passen. Dieser Ryan sah nicht schlecht aus, hatte einen guten Job, und er war ihr sympathisch. Wenn das hier ein Kuppelversuch war, könnte er funktionieren.

»Ihre Granny und ich kennen uns schon seit einer Weile.«

»Aber sie hat Sie nie erwähnt.« Dieser Punkt brachte Anna nach wie vor ins Grübeln.

»Wir haben uns länger nicht gesehen«, antwortete Ryan ausweichend. »Meine Mission.«

Schwang da Traurigkeit in seinen Worten mit? Eine ähnliche Traurigkeit hatte nach dem Anruf von Ryan auch in

Grannys Stimme gelegen. Anna würde schon noch dahinterkommen, was es damit auf sich hatte. Er schien genauso wenig darüber reden zu wollen wie Granny.

»Es ist in Ihrem Beruf sicher schwierig, Kontakt zu halten, oder? Sind Sie verheiratet?« In dem Moment, in dem sie die Frage stellte, spürte sie bereits die Röte ihre Wangen hinaufsteigen. Das wirkte jetzt vermutlich wie ein plumper Annäherungsversuch.

Sie wollte schon zu einer Entschuldigung ansetzen, als er antwortete: »Ich bin verlobt.«

Erst jetzt bemerkte Anna den schmalen Ring an seinem Finger, den er gedankenverloren hin- und herbewegte. Verlobt? Dann also doch kein Kuppelversuch?

»Oh!«, sagte sie, ohne dass es ihr gelang, die Enttäuschung zu unterdrücken. »Es war sicher nicht leicht für Ihre Verlobte, wenn Sie gerade ein Jahr weg waren.«

»Ich habe ihr täglich geschrieben und sie über alles auf dem Laufenden gehalten.« Ein trauriges Lächeln zog über sein Gesicht. »Wir haben uns erst drei Monate vor meiner Mission kennengelernt und wollten uns nicht verlieben. Aber wenn das Herz im Spiel ist, hat man nicht wirklich eine Wahl.« Er zuckte mit den Schultern. »Es ist einfach so passiert. Also haben wir uns verlobt. Uns war klar, dass es eine harte Zeit werden würde, aber gegen Gefühle ist man machtlos.«

»Hat die Beziehung gehalten?« Diesmal fragte sie ohne Hintergedanken, aus echtem Interesse. In seiner Stimme lag so viel Sehnsucht, dass sie ihm diese Liebe von ganzem Herzen gönnte.

Er schüttelte den Kopf und nickte dann. »Wie gesagt, ich habe ihr jeden Tag geschrieben, und sie hat geantwortet. Wenige Tage nach meiner Abreise war klar, dass sie schwanger war. Ich hätte sie so gerne geheiratet, bevor mein Sohn auf die Welt kam.«

Was für eine bewegende Geschichte. Anna traten beinahe die Tränen in die Augen. Sie gönnte diesem Mann sein Glück. Allerdings verstand sie mit jedem Wort weniger, was der eigentliche Grund für seinen Besuch war. Oder für das beinahe glückselige Lächeln, welches ihre Granny seit dem Telefonat auf den Lippen trug.

»Aber das können Sie ja alles nachholen«, versuchte sie, das Gespräch in Gang zu halten. »Wie alt ist Ihr Sohn jetzt? Drei oder vier Monate? Es ist doch heutzutage keine Schande mehr, erst später zu heiraten. Oder gar nicht. Sehen Sie sich meine Granny an. Sie hat nie geheiratet und trotzdem ein erfülltes Leben geführt.«

Er wischte sich mit der Hand über die Augen. »Es tut gut, das zu hören. Ich habe mich immer gefragt … aber das spielt jetzt auch keine Rolle mehr, nicht wahr?«

Was sollte das? Worauf wollte er hinaus? Dieses Gespräch wurde von Minute zu Minute merkwürdiger.

»Granny sagt, Sie seien ein Freund?«, fragte sie. »Waren Sie einer ihrer Schüler?«

»Nein. Unser Verhältnis war … ist anders.« Jetzt erschien ein schwaches Lächeln auf seinem Gesicht, und er sah sie wieder mit diesem eigentümlichen Blick an, der ihr durch und durch ging. »Entschuldigen Sie, aber Sie sehen ihr so wahnsinnig ähnlich. Ich kann nicht anders, als Sie ständig anzuschauen.«

Waren das Tränen in seinen Augen?

»Hat sie … also Ihre Granny … war sie glücklich? Hatte sie ein erfülltes Leben?«

Hatte sie das nicht eben gesagt? »Ja, sie ist glücklich.«

»Und sie hat nie geheiratet? Warum?«

Das geht Sie nichts an, hätte Anna beinahe geantwortet. Fast schien es, als würde sein Seelenfrieden davon abhängen, was sie auf diese Frage erwiderte.

Also sagte sie zögernd: »Mein Großvater ist gestorben, bevor sie heiraten konnten. Sie betont aber immer, dass die Zeit mit ihm sie für ein ganzes Leben glücklich gemacht hat.«

»Das ist gut.« Jetzt standen tatsächlich Tränen in seinen Augen. »Ich könnte mir nie verzeihen, wenn sie in Trauer versunken wäre.«

»Aber warum sollte sie …?« Anna unterbrach sich und sog scharf den Atem ein. Konnte es sein … Sie suchte Ryans Blick, sah sein trauriges Lächeln, und in ihrem Kopf fielen die Puzzleteile an die richtige Stelle.

Diese Vertrautheit, die Augen und der Mund, die bei ihr sofort das Gefühl ausgelöst hatten, ihn zu kennen. Ohne es zu merken, fuhr sie mit den Fingerspitzen ihre eigenen Lippen nach.

»Wohin ging Ihre Mission, sagten Sie?«

»Ins Wega-System«, seine Stimme brach.

»Das ist fünfundzwanzig Lichtjahre entfernt.« Sie schwankte zwischen Entsetzen und Unglauben. Leise fragte sie: »Sie waren ein Jahr unterwegs?«

»Ja.«

»Die Zeitdilatation. Wenn Sie mit annähernd Lichtgeschwindigkeit geflogen sind …« Auch ihre Stimme brach, als sie die ganze Bedeutung seiner Worte begriff. »Dann ist für Sie ein Jahr vergangen, aber hier auf der Erde …«

»Einundsechzig Jahre.« Die Stimme ihrer Granny trieb ihr die Tränen in die Augen. Anna drehte den Kopf und sah sie langsam näher kommen.

Sie trug ein weißes Nachthemd und eine silbergraue Strickjacke darüber. Die Weihnachtsbeleuchtung ließ ihr silberfarbenes Haar glänzen, und das glückliche Lächeln auf ihrem Gesicht sorgte dafür, dass sie beinahe aussah wie ein junges Mädchen. Unter dem Mistelzweig, der von der Wohnzimmerlampe herabhing, blieb sie stehen und strahlte Ryan an.

Der stand auf und ging die wenigen Schritte auf sie zu. Anna sah, wie seine Hände zitterten. Er überragte Granny um fast zwei Köpfe. Sie streckte ihm die Arme entgegen, und er schloss sie in seine, hob sie hoch und drehte sie einmal sacht im Kreis, bevor er sie wieder absetzte. Die Hände ineinander verschränkt, standen sie da und sahen sich innig an. Es lag so viel Liebe in ihren Blicken, dass Anna die Tränen in die Augen stiegen.

Vorsichtig hob Ryan eine Hand und fuhr sanft Grannys Wange entlang.

»Ich bin faltig geworden«, sagte sie, sah Ryan jedoch unverwandt an und lächelte.

»Das macht nichts«, antwortete er und ließ seine Hand wieder sinken. »Du bist immer noch so schön wie an dem Tag, an dem ich dich verlassen habe.«

Ihr Lächeln wurde breiter, aber sie schüttelte den Kopf. »Ach, Ryan.«

»Deine Briefe«, sprach er weiter. »Sie waren so wertvoll für mich. Durch sie konnte ich ein kleines bisschen an deinem Leben teilhaben.«

»Es war ein erfülltes Leben, dank dem, was du mir geschenkt hast.« Sie löste sich von ihm, doch er zog sie zurück in eine Umarmung.

»Glaub nicht, dass du mir so leicht entkommst. Wir stehen unter einem Mistelzweig.« Er deutete nach oben.

»Ryan«, sagte Granny und winkte ab. »Ich bin alt und faltig und …«

»Die Liebe meines Lebens«, unterbrach er sie und zog sie in einen sanften Kuss.

Anna legte ihre Hand aufs Herz und überlegte gerade, ob sie sich dezent zurückziehen sollte, als die beiden wieder voneinander abließen. Die Finger weiter miteinander verschlungen, sah Granny zu Anna: »Darf ich vorstellen? Dein Großvater.«

In Annas Innerem breitete sich eine unbeschreibliche Wärme aus. Sie hatte es geahnt, doch es jetzt von Granny zu hören, trieb ihren Herzschlag in unbekannte Höhen. Ihr Großvater. Jener rätselhafte Mann, von dem Granny nie hatte sprechen wollen. *Ihr würdet es ja doch nicht verstehen,* hatte sie gesagt und abgewunken.

Wie oft hatten Anna und ihr Vater trotzdem weitergefragt, aber nie eine Antwort erhalten. Kurz dachte sie an ihren Dad, daran, was er sagen würde, wenn er in zwei Wochen aus dem Urlaub zurückkam und endlich die Geschichte seiner Herkunft erfuhr. Es würde ihm viel bedeuten.

Doch jetzt war es erst einmal sie, die Ryan, ihren Großvater, kennenlernen durfte. Kurz schämte sie sich dafür, dass sie an einen Kuppelversuch ihrer Granny gedacht hatte.

Ryan hatte so verloren gewirkt, als er angekommen war. Anna konnte sich gar nicht vorstellen, wie es war, in eine Welt zurückzukehren, die so vollkommen anders war als die, die man kannte. Besonders, wenn man selbst sich kaum verändert hatte.

Sie war sich nie sicher gewesen, ob sie die Männer und Frauen, die solche Reisen unternahmen, für mutig oder dumm hielt. *Mutig,* entschied sie mit einem Blick auf Ryan.

»Es ist kurz nach Mitternacht«, sagte Granny gerade. »Also genau genommen schon der Weihnachtsmorgen.« Sie sah zu Anna. »Was hältst du davon, wenn wir zur Bescherung übergehen?«

»Gern, wir ...« Anna stockte. »Heißt das, wir können endlich ...?«

Granny nickte, und ihr Gesicht zeigte ein verschmitztes Lächeln. »Komm!« Sanft zog sie Ryan ins Wohnzimmer, in dem ihr hell erleuchteter Christbaum stand. Darunter lagen zwei liebevoll verpackte Geschenke und eine kleine, verschlossene Holzkiste.

Vor dem Weihnachtsbaum blieb Granny stehen, die Hand nach wir vor in Ryans.

Anna holte das Stativ und die Kamera, die schon bereitstanden, und platzierte sie so, dass sie die beiden im Fokus hatte. Dann programmierte sie den Selbstauslöser, stellte sich neben ihre Granny und wartete, bis das Foto geschossen war.

»Ich habe daraus eine Tradition gemacht«, sagte Granny an Ryan gewandt. »Seit sechzig Jahren schieße ich an jedem Weihnachtsmorgen ein Foto von meiner Familie und mir.« Sie deutete auf die Holzkiste. »Jetzt kannst du sie dir endlich ansehen.« Sie löste ihre Hand aus seiner, beugte sich nach unten und öffnete den Deckel.

Zum Vorschein kam ein säuberlich verschnürtes Bündel Fotos. Neugierig lehnte sich Anna darüber. Die Fotos hatten sie jedes Jahr aufgenommen, doch sie hatte nie eines davon gesehen. Da war Granny eigen gewesen. *Wenn der richtige Zeitpunkt kommt,* hatte sie immer gesagt. Jetzt verstand Anna, was sie damit gemeint hatte.

Vorsichtig nahm Granny das Bündel heraus und entfernte die Schleife. Das oberste Foto zeigte eine jüngere Version von Granny vor einem Weihnachtsbaum. Neben ihr stand Ryan. Beide sahen so verliebt aus wie eben unter dem Mistelzweig.

Das zweite Foto zeigte Granny vor einem ähnlichen Baum, die ein Baby im Arm hielt. So ging es weiter durch die Jahre. Der Junge wurde älter, genau wie Granny neben ihm.

Ryan schlug sich die Hand vor den Mund. »Du hast eine Tradition daraus gemacht?« In seiner Stimme schwang Freude, als er ein Foto nach dem anderen in die Hand nahm.

»Natürlich. So kannst du zumindest jetzt jedes Weihnachten mit uns nachholen.«

Er nickte, beugte sich zu ihr hinüber und hauchte einen Kuss auf ihre Wange. »Danke«, sagte er. »Das ist das schönste Weihnachtsgeschenk, das ich je bekommen habe.«

Annas Herz zog sich auf diese köstliche Weise zusammen, die ihr Tränen der Rührung in die Augen trieb und gleichzeitig einen wohligen Seufzer entlockte. Da waren sie, diese beiden Menschen, deren Liebe trotz aller Widrigkeiten die Jahre überdauert hatte. Ein Weihnachtswunder, wie man es nur aus Geschichten kannte. Jetzt liefen Tränen über Annas Wangen. Ihnen allen stand eine großartige Zukunft bevor. Gemeinsam.

ANISSTANGEN
(CA. 100 STÜCK)

ZUTATEN:

- ★ 250 g Butter
- ★ 1 Ei
- ★ 2 Pck. Vanillinzucker
- ★ 300 g Zucker
- ★ 5 TL gemahlener Anis
- ★ 150 g Mandeln
- ★ Ca. 500 g Mehl
- ★ 100 g Kuvertüre nach Wahl

ZUBEREITUNG:

1. Geschmolzene Butter, Zucker, Vanillinzucker und Ei schaumig rühren.
2. Backofen auf 180 °C (Umluft 160 °C) vorheizen.
3. Mehl mit Backpulver und Anis mischen und unterrühren. Zum Schluss die Mandeln zugeben (beim Mehl mit 400– 450 g beginnen und nach und nach so viel zugeben, dass der Teig nicht klebt. Eventuell auch mehr als 500 g).
4. Teig in einen Spritzbeutel mit Sterntülle füllen (oder den Fleischwolf mit Plätzchenaufsatz benutzen) und 6 cm lange Streifen auf ein Backblech spritzen (oder legen).
5. Anisstangen auf mittlerer Schiene ca. 10–12 Min. backen und auskühlen lassen.
6. Kuvertüre grob hacken und im Wasserbad schmelzen. Anisstangen an beiden Enden eintauchen und auf einem Kuchengitter trocknen lassen.
7. In einer luftdicht verschlossenen Dose sind die Stangen ca. 3–4 Wochen haltbar. (Bei meinen Männern schaffen sie es mit Glück 3 Tage)

19

ANNA DIETRICH

Weihnachts-
überraschungen

ANNA DIETRICH ist Literaturwissenschaftlerin und eine ausgemachte Leseratte. Liebesromane sind ihre absoluten Lieblinge. Sie lebt zusammen mit ihrem Mann und Sohn im beschaulichen Süden von Berlin. Zuletzt erschien ihr Regency-Roman »Plötzlich die perfekte Lady«. Ihre Liebe zur Epoche des Regency teilt sie auf Instagram unter @annadietrich_schreibt.

Großherzogliches Schloss

Verheiratet sein, das stellte Alexander von Baden bereits in den ersten Wochen nach seiner Hochzeit mit Jekaterina fest, hielt doch einige Überraschungen bereit. Selbstverständlich war nicht alles überraschend, die schönsten Aspekte des Verheiratetseins hatte er durchaus erwartet: jeden Tag mit der Liebe seines Lebens aufstehen zu dürfen, ihr verschlafenes Gähnen im Ohr, während ihre langen Haare seine Haut kitzelten. Dazu kamen die Gespräche, selbst die, die zu hitzigen Diskussionen auswuchsen, und natürlich die gemeinsamen Ausritte. Die Abende, die sie zusammen in seiner kleinen Bibliothek saßen und ein Glas Wein genossen. Die Nächte.

Das waren die schönsten Momente. Hinzu aber kamen die unerwarteten, die überraschenden. Wie die Freundschaft, die Jekaterina augenblicklich mit seinem Großvater, dem amtierenden Großherzog, geschlossen hatte. Eine Freundschaft, die wirklich für niemanden einen Sinn ergab, insbesondere weil Jekaterina eigentlich alle Eigenschaften auf sich vereinte, die Alexanders Großvater grundsätzlich ablehnte, unter anderem lärmende Fröhlichkeit, ein gewisses Maß an Hektik in all ihren Bewegungen und einen Hang zu Unordnung, dem selbst eine ganze Kompanie an Dienern nur schwer Herr werden konnte. Und doch war die Zuneigung in den Augen des alten Herren, wann immer er Jekaterina erblickte, unverkennbar.

Es machte das Leben im großherzoglichen Wohnsitz von Schloss Karlsruhe in jedem Fall sehr viel erträglicher, seit Jekaterina als Puffer zwischen Alexander und seinem Großvater existierte, und das hätte Alexander zuvor niemals vermutet. Genau genommen hätte er jeden ausgelacht, der ihm das prophezeit hätte. Doch das war nicht die größte Überraschung. Denn das waren Jekaterinas Zeichnungen.

Blätter und Blöcke voller Skizzen, Muster, Szenen und Porträts ließen sich neuerdings überall auffinden. Direkt nachdem die beiden Frischvermählten aus ihren Flitterwochen ins großherzogliche Schloss eingezogen waren, hatten diese sich im gesamten Wohntrakt ausgebreitet. Jekaterinas unermüdliche kreative Ader war eine Überraschung und gleichzeitig ein wahres Geschenk für Alexander, aber um das zu verstehen, musste man früher ansetzen.

Man musste ungefähr einen Monat in die Vergangenheit reisen, zur vorletzten Woche im November, einer wirklich tristen Woche voller Regen und tiefgrauer Wolken am Himmel, die nicht einen einzigen Sonnenstrahl auf die Erde fallen ließen.

Alexander und Jekaterina waren Anfang des Monats nach ausschweifenden acht Flitterwochen nach Karlsruhe heimgekehrt, und die Aufgabenlast von Alexanders Position als zukünftiger Großherzog hatte ihn wie eine Gerölllawine unter sich begraben. Ziemlich schnell war es Jekaterinas Umfeld anzusehen, womit sie ihre Tage verbrachte, wenn Alexander abwesend war: Lose Blätter, aufgeklappte Zeichenblöcke und herumkullernde Graphitstifte fanden sich plötzlich überall.

Wenn Alexander im Morgengrauen leise und ohne Kerze Richtung Ankleidezimmer tappte und seine Liebste in Ruhe weiterschlafen ließ, kam es durchaus vor, dass in seinem Wasserglas bereits ein Stift lehnte oder er sich auf dem Weg durch die Tür beinahe den Hals brach, weil ein rutschiger Stapel Blätter heimtückisch auf dem Boden lauerte.

An jenem Abend vor einem Monat, an dem sich Alexander müde und besonders spät in ihre privaten Gemächer schleppte, fand er Jekaterina bereits schlafend vor, eingenickt in ihrem Tageskleid auf einer schmalen Chaise, den Stift noch in der Hand. Offensichtlich hatte sie auf ihn gewartet, hatte sich noch nicht umkleiden lassen, obwohl es beinahe schon Mitternacht war. Alexander hatte sich voller Reue über ihre schlafende Gestalt gebeugt, ihr den Stift behutsam aus den Fingern gezogen und nach dem aufgeschlagenen Zeichenbuch in ihrem Schoß gegriffen, als er wie gebannt innehielt.

Jekaterina hatte einen eigenwilligen Stil. Noch dazu malte sie nicht, wie für Damen ihres Standes angemessen, liebliche Szenen mit Aquarellfarben. Nein, sie zeichnete mit Graphitstiften schroffe, graue Linien auf ihr blütenweißes Papier, die mehr Ähnlichkeit mit Zeitungskarikaturen aufwiesen als mit damenhafter Kunst. Doch die kleine Szene, die Alexander auf der aufgeschlagenen Seite erblickte, hätte genauso gut in sanften Pastellfarben gemalt sein können: Am Stamm einer Eiche lehnte ein groß gewachsener Herr (mit Sicherheit er selbst), halb über eine im Gras sitzende Dame (eindeutig Jekaterina) gebeugt, den Blick verträumt ihm zugewendet. Alexander war augenblicklich klar, auf was er da blickte: Sehnsucht.

Mochte sie es auch nicht ausgesprochen haben, so hatten die letzten Wochen, die sie beide so wenig Zeit miteinander verbracht hatten, dennoch ihre Spuren hinterlassen. Und auch wenn Jekaterina ihn jeden Abend mit einem strahlenden Lächeln empfing, so sagte ihm diese Zeichnung, dass sie etwas vermisste. Sie schenkte ihm einen kleinen Einblick in ihre Gefühlswelt. Und während er ihre schlafende Gestalt in seine Arme hob und Richtung Bett trug, nahm er sich vor, den kleinen Einblick, den er durch ihre Zeichnung gewonnen hatte, wertzuschätzen. Indem er ihr genau das schenkte, was sie gezeichnet hatte.

Am nächsten Morgen sagte Alexander alle Audienzen ab, schlüpfte zurück zu seiner Gemahlin unter die Decken und weckte sie mit einem sanften Kuss. Und obwohl es einige Küsse dauerte, erwachte sie irgendwann doch noch aus ihren Träumen und blinzelte verschlafen. Die Szene erinnerte Alexander an ihre Flitterwochen.

»Du bist noch da?« Jekaterinas Stimme war heiser vom Schlaf, und ein kleines Lächeln schob sich in Alexanders Mundwinkel, während er ihr dabei zusah, wie sie sich verschlafen die Augen rieb.

»Das bin ich.« Seine Finger wanderten über ihre warme Haut.

»Wir haben heute große Pläne.« Er sendete ihr ein Zwinkern. Das schien sie wach zu machen. Mit einem Ruck setzte sie sich auf.

»Haben wir?« Da klang beinahe ein wenig Panik in ihrer Stimme mit, und Alexanders Schmunzeln wuchs sich zu einem ausgewachsenen Grinsen aus.

»Ja. Wirklich groß. Und drängend. Besser, du stehst sofort auf.« Und Jekaterina war schon durch den halben Raum gestürzt, den ausgestreckten Arm am Klingelzug, bevor sie kurz innehielt, sich zu ihrem lässig auf dem Bett ausgestreckten Gatten umwandte und die Augen misstrauisch zu Schlitzen verengte.

»Scherzt du wieder mit mir?«

Voll Pathos griff sich Alexander an die Brust und stieß das Ächzen eines schwer getroffenen Mannes aus.

»Würde ich niemals!«, seufzte er, und dann musste er sich fest auf die Wangen beißen, um nicht laut loszulachen. Jekaterina erkannte den Schalk und kam mit gespielter Empörung zurück zum Bett gestapft.

»Du bist ein unverbesserlicher Schuft!«

Und damit hatte sie nicht einmal unrecht, aber er musste die Neckerei abkürzen, immerhin hatten sie wirklich Pläne. Mit einem liebevollen Kuss zog er sie vom Bett Richtung Ankleide und spornte sie und ihre Zofen an, sich zu beeilen. Jekaterinas fragender Blick hüpfte ständig zurück zu ihm, doch er verriet nichts, lotste sie schließlich einfach durchs Schloss, kategorisch ignorierend, dass sie – mit unterschiedlichen Graden von Vehemenz – forderte, zu erfahren, wohin sie beide des Weges waren.

Und als er sie schließlich durch die gläsernen Türen in die subtropische Wärme der Orangerie führte, da blickte sie ihn voller Staunen an, bevor ihre Aufmerksamkeit sich auf ein opulentes Picknick richtete, das auf einer großzügigen Decke unter duftenden Orangenbäumchen auf sie wartete.

»Oh, was ist denn das?«, hauchte sie, und ihre Stimme klang auf die beste Art und Weise verzückt. Alexander grinste von einem Ohr zum anderen und antwortete trocken: »Frühstück.«

Im Nachhinein musste sich Jekaterina eingestehen, dass sie viel zu lange blind gewesen war. Heute, einen Tag vor Heiligabend, kurz nachdem sie alle bei Tante Gusti auf Schloss Weinheim eingetroffen waren, blickte sie auf die letzten Wochen zurück und konnte es nicht begreifen, wie lange sie sich hatte hinters Licht führen lassen.

Es war beinahe peinlich, einzugestehen, aber sie hatte keinerlei Verdacht gehegt, als sie mit dem opulenten Frühstückspicknick verwöhnt worden war. Oder mit dem spontanen

Ausflug ins Theater, just nachdem sie tagelang Szenen aus Shakespeares *Sommernachtstraum* gezeichnet hatte.

Ja, sie hatte – *verflixt noch mal* – nicht einmal die Verbindung zwischen ihren Skizzen mit dem geschmückten Pferdeschlitten, der durch die schneeweiße Winterlandschaft glitt, und Alexanders spontanem Ausflug in den verschneiten Schwarzwald hergestellt.

Ihr Anfangsverdacht kam außerordentlich spät. Genau genommen wurde sie erst misstrauisch, als Alexander ihr abends im Bett vorlas. Ungefragt.

Genau wie ..., hatte sie mit einem freudigen Herzklopfen gedacht,

... genau wie auf ihrer Zeichnung, die sie vor einigen Tagen heimlich und mit hochroten Wangen zwischen zwei große Wälzer über Pflanzenkunde geschoben hatte, damit niemand von der Dienerschaft über ein Bild des zukünftigen Großherzogs stolperte, auf dem der eklatante Mangel jedes Kleidungsstückes das offenkundigste Motiv war.

Und just da – genüsslich an Alexanders warme Haut entlanggestreckt daliegend, seine leisen Worte im Ohr – ging ihr ein Licht auf. Sie zählte eins und eins zusammen, während ihr Gatte Verse zitierte und das Buch genau so hielt wie in ihrer Zeichnung. Eine fleischgewordene Kopie ihrer Kunst. Um ihren Verdacht zu bestätigen, malte sie demonstrativ ein halbes Dutzend üppige Blumensträuße und verteilte die einzelnen Blätter im privaten Salon, versteckte sie tückisch, und dennoch hielt sie am nächsten Tag einen wundervollen Strauß in ihren Händen.

Seither hatte Jekaterina Gewissheit und ließ ihrer Kreativität freien Lauf. Manche ihrer Zeichnungen legte sie bewusst repräsentativ auf einen Stapel voller Kritzeleien und freute sich diebisch beim Gedanken daran, wie ihr geliebter Gatte versuchen würde, das Skizzierte umzusetzen. Alexander, verkleidet als badischer Postbote, der ihr einen versiegelten Liebesbrief überreichte? Alexander, der ihr untertänigst die Seife reichte, wenn sie im Bad war? Alexander, zu ihren Füßen kniend wie eine Kammerzofe, der ihr in die Strümpfe half (und man darf anmerken, dass sich diese Fantasie in ihr exaktes Gegenteil verkehrte: Statt sie anzuziehen, zog er sie aus, und sie hatte nicht das Geringste dagegen einzuwenden gehabt).

Und nun, da Weihnachten immer näher rückte, kannte sie nur noch ein Motiv: sie alle im großen Salon von Schloss Weinheim, umrahmt von Girlanden aus Ilex und Tannenzweigen. Zuckersüßer Glühwein in ihren Händen, dessen köstlicher Dampf aus den Tassen stieg. Szenen, in denen sie Alexander Geschenke überreichte, am Fuß eines festlich geschmückten Weihnachtsbaumes sitzend.

Kurzum: Jekaterina hatte all ihre künstlerische Kraft genutzt, um Alexander das Weihnachten ihrer Träume zu zeichnen: auf Schloss Weinheim, von all ihren Lieben umgeben. Jedes Detail hatte sie sorgsam ausgewählt, jede Szene im Kopf von vorne bis hinten durchdacht. Alles in ihrer Macht Stehende getan, um den geliebten Mann auf eine falsche Fährte zu locken …

Er dachte, er könnte sie überlisten?

Nun, da waren sie schon zwei.

Alexander blickte den Weihnachtstagen außerordentlich optimistisch entgegen. Nicht nur war es ihm in den letzten Wochen doch noch gelungen, seine großherzoglichen Verpflichtungen zu erledigen – oder gleich ganz wegzudelegieren; er hatte es außerdem geschafft, seine geliebte Frau immer wieder aufs Neue zu überraschen, und das war – nun, ehrlich gesagt – nicht immer leicht gewesen. Beispielsweise konnte man sich nicht einfach (nicht einmal, wenn man der zukünftige Großherzog war!) bei der badischen Landespost eine Uniform borgen.

Es hatte Alexander einiges abverlangt, in den letzten Tagen und Wochen auf der Pirsch nach Jekaterinas künstlerischen Werken nicht ertappt zu werden. Und ihm war in letzter Zeit bereits aufgefallen, dass ihre Motive sich geändert hatten und nur noch ein Thema kannten: weihnachtliche Idyllen mit Kränzen aus Tannenzweigen und heimelig leuchtenden Kerzen, prasselndes Kaminfeuer, und überall und auf jedem Bild mindestens ein Dutzend fröhlicher Gesichter. Ja, das Weihnachten ihrer Träume zu erschaffen, hieß auch, haufenweise Einladungen zu versenden, und auch wenn Alexander nicht unbedingt ein Eremit sein wollte – er hätte es durchaus wertgeschätzt, das erste Weihnachten in ihrer jungen Ehe nicht mit lauter Gästen zu teilen.

Doch die Zeichnungen waren eindeutig, und Alexander war vom tiefen Wunsch beseelt, Jekaterinas gemalte Träume wahr werden zu lassen. Jeden einzelnen davon. Und deswegen quälte er sich heute durch die Begrüßung eines ganzen Schwarms an Personen, verteilte Dank für die mitgebrachten Geschenke, und seine ganze Sehnsucht galt dem Moment, wenn sie abends allein in ihrem Zimmer wären.

Mit einem vorfreudigen Grinsen wanderte er langsam durch den gefüllten Salon, nickte freundlich den Trauben aus Menschen zu, ohne sich in ein Gespräch verwickeln zu lassen, und lobte ausgiebig seine Winzerfreunde, die es vollbracht hatten, den besten weißen Glühwein aller Zeiten herzustellen, voller warmer Noten aus würzigen Nelken, frischer Orange und einem Hauch von Sternanis.

Er freute sich auch auf den Austausch der Geschenke, denn er wusste bereits, was er bekommen würde. Sein schlechtes Gewissen darüber, dies bereits durch Jekaterinas Bilder herausgefunden zu haben, hielt sich die Waage. Immerhin hatte er sich geschworen, ihr heute Abend, wenn sie alleine wären, alles zu beichten: Angefangen beim Frühstückspicknick und dem Ausflug in den Schwarzwald bis hin zur lustigen Anekdote über die Postuniform. Ja, er würde beichten, und dann würde er auf köstlichste Art und Weise Buße tun, zwischen ihren Schenkeln um Vergebung bitten, auch wenn eine höhnische Stimme in seinem Hinterkopf ihn daran erinnerte, dass Buße definitiv keinen eigenen Genuss verdient hatte.

Doch vorher — Alexander drehte sich mit einem müden Lächeln auf den Lippen um, strahlte seine Gästeschar an, die so enthusiastisch zurücklächelte, einige hoben sogar ihre Glühweintassen zum allgemeinen Toast.

Aber bevor er eine offizielle Begrüßung an alle Gäste richten konnte, stürmte plötzlich ein kleiner Wirbelwind in einem samtroten Kleid auf ihn zu. Jekaterina war, wie so oft, ein wenig zu schnell, stolperte über eine besonders tückische Troddel des Teppichs und fiel ihm mehr in die Arme als alles andere. Ein Grinsen zupfte an Alexanders Mundwinkeln.

»Komm mit!«, forderte seine Liebste flüsternd, und in ihrem Blick funkelte es schelmisch.

»Aber wohin …?« Doch Alexanders Frage ging in ihrer Geschäftigkeit unter, energisch zog sie ihn aus dem Salon und durchs Foyer, hielt nicht inne, bis sie schließlich die kleine Bibliothek erreicht hatten. Zielstrebig bahnte sie sich ihren Weg und schob einen verdutzten Alexander dann direkt vor die Terrassentüren. Klopfte mit einem ausgestreckten Finger gegen das Glas.

»Schau!«, forderte sie, und Alexanders Blick folgte ihrem Fingerzeig nach draußen, über den mit Raureif überzogenen Rasen des Rosengartens bis zu den angrenzenden Pferdekoppeln. Und dort, auf dem Weg, der von den Stallungen wegführte, standen zwei Pferde, gesattelt und aufbruchsbereit.

Alexanders fragender Blick flog zurück zu Jekaterina, und diese grinste plötzlich von einem Ohr zum anderen.

»Fröhliche Weihnachten!«, platzte sie heraus und warf sich in seine Arme.

»Ich ver…« Doch weiter kam er gar nicht, weil sie ihn direkt unterbrach.

»Oh, ich weiß, was du denkst. Du denkst, du bekommst ein Porträt von mir zu Weihnachten!« Mit dem Kinn auf seiner Brust linste sie zu ihm hoch, die Augenbrauen wackelten übermütig. »Aber das tust du nicht. Ich habe mir etwas *sehr viel Besseres* für dich überlegt. Eine Überraschung!«

»Eine Überraschung?«

»Du denkst vielleicht, du bist der Einzige, der heimlich herumschleichen und Überraschungen planen kann, aber …« Sie streckte sich nach oben und Alexander senkte seinen Kopf, bis ihre Lippen hauchzart sein Ohr streiften.

»… das kann ich auch«, flüsterte sie verheißungsvoll, und sein Kopf ruckte verblüfft nach oben, suchte ihren Blick.

»Soll das heißen, du hast …«

»… dich komplett durchschaut!«, triumphierte sie fröhlich und grinste verwegen. Alexander schluckte, suchte nach Worten, doch wie so oft: Jekaterina war schneller.

»Und ich weiß, wusste die *ganze Zeit,* was du dir für die Weihnachtstage wirklich wünschen würdest.« Ihr vielsagender Blick landete erneut auf den gesattelten Pferden am anderen Ende des Rosengartens.

»Und deswegen reiten wir beide heute in ein sehr entlegenes kleines Palais, das – laut Tante Gusti – der perfekte Ort ist, wenn man mal ungestört sein möchte.« Sie strahlte ihn an, und da konnte Alexander nicht anders, er *musste* sie einfach küssen.

Lange Momente genossen sie nur diesen Kuss, und als Alexander seine Lippen langsam löste, mit seinem Daumen noch einmal liebevoll ihre Unterlippe entlangstrich, wollte sein Herz beinahe platzen vor Liebe.

»Das heißt«, hob er an, und seine Stimme war ein wenig rau, »für die Weihnachtstage sind wir ganz allein? Nur wir zwei?«

Und Jekaterinas Lächeln wurde noch breiter, so strahlend, dass es ihr gesamtes Gesicht einnahm, und ihre Stimme jubilierte geradezu, als sie sprach: »Also, genau genommen sind wir zu dritt.«

WEIHNACHTLICHER WINZERGLÜHWEIN

ZUTATEN FÜR UNGEFÄHR
SECHS PORTIONEN:

- ★ 1 Flasche Weißwein (Chardonnay oder Sauvignon blanc eignet sich besser als Riesling oder Pinot Grigio)
- ★ 1 Stange Zimt (falls man die nicht zur Hand hat, kann man auch nach dem Abschmecken eine Prise Zimtpulver dazugeben)
- ★ Eine saftige Orange (Achtung, unbehandelt – wir brauchen die Schale ebenfalls!)
- ★ 250 ml Apfelsaft
- ★ 1 EL Agavendicksaft oder 1 TL Zucker
- ★ Eine Handvoll Nelken
- ★ Wenn man mag: Einen Sternanis (mit einem Mörser zerkleinern)

ZUBEREITUNG:

Den Wein zusammen mit der Zimtstange in einem Topf langsam erhitzen (nicht kochen lassen!) und die Orange schälen, sodass mindestens zwei breite Streifen Orangenhaut zur Verfügung stehen: In diese werden die Nelken gesteckt und mit in den Weißwein zum köcheln gegeben. Die Orange kann gepresst und der Saft zum Wein dazugegeben werden. Wer nicht pressen möchte, kann das Fruchtfleisch auch in Stückchen zum Wein geben und das Ganze vor dem Servieren abseihen. Wenn der Weißwein zu simmern beginnt, langsam den Apfel-

saft und den Agavendicksaft dazugeben und, wenn gewünscht, den zerriebenen Sternanis. Dann darf das Ganze für circa fünf Minuten köcheln, bitte in diesen fünf Minuten außerordentlich gut und aufmerksam rühren! Danach solltet ihr abschmecken und vor dem Servieren unbedingt die Orangenschalen mit den Nelken aus dem Glühwein nehmen! Prost!

20

CHRISTIAN HANDEL

Der Turm im
Feenreich

CHRISTIAN HANDEL wurde in der Schneewittchen-Stadt Lohr am Main geboren, die im sagenumwobenen Spessart liegt. Inzwischen lebt er allerdings in Berlin und ist selbst davon überrascht, wie sehr er sich als Landpflanze im Großstadtdschungel wohlfühlt. Er begeistert sich für Stoffe über starke Frauen, märchenhafte Motive und queere Themen. Zuletzt erschien sein Fairy-Tale-Fantasyroman »Schattengold – Ach, wie gut, dass niemand weiß ...«.

★ Weiteres zum Autor unter:
   https://www.christianhandel.de
★ Der Autor auf Instagram:
   https://www.instagram.com/christian.handel
★ Der Autor auf Patreon:
   https://www.patreon.com/christianhandel

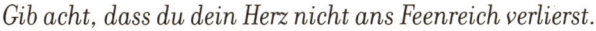

Gib acht, dass du dein Herz nicht ans Feenreich verlierst.

Die Warnung meiner Großmutter klingt mir in den Ohren, als ich den Smaragderlenhain hinter mir lasse. *Die Welt der Rabenmädchen und Wurzelgnome besitzt eine betäubende Schönheit. Und ehe du dich's versiehst, findest du dich darin so rettungslos gefangen wie eine Fliege im Netz einer Spinne.*

Es sind weise Worte. Und sie sind wahr. Während in der Welt, aus der ich komme, der Winter über Felder, Straßen und Dachfirste gleichermaßen dicke Schneedecken ausgebreitet hat, herrscht hier ewiger Frühling. Gestern habe ich mit meiner Familie am offenen Kamin noch gewürzten Wein und Honigplätzchen verkostet. Mein kleiner Bruder hat über die Eisblumen an den gefrorenen Fensterscheiben gestaunt. Nun kitzelt duftender Blütenstaub in meiner Nase, und Sonnenstrahlen küssen mein Gesicht.

Die Anderswelt ist für Menschen gefährlich. Dennoch bin ich hier und starre auf den grauen Turm, der sich wie eine Felsnadel in der Mitte der Lichtung dem purpurfarbenen Himmel entgegenstreckt. Dabei ist es nicht so, als ob ich mein Herz an das Feenreich verloren hätte, nein. Vielmehr habe ich es einem Feenprinzen geschenkt.

Und er mir das seine. Deshalb bin ich hier. Weil ich Casrael geschworen habe, ihn aus dem Turm zu befreien. Ich bin ein Mensch, doch in meinen Adern fließt Magie. Schwach nur, hallen mir meine Zweifel durch den Kopf. Entschlossen unterdrücke ich sie. Schwach oder nicht, es muss genügen.

Weil ich Casraels jadegrüne Augen ebenso wenig vergessen kann wie sein Lächeln, den fruchtigen Geschmack seiner Lippen oder die Wärme seiner Haut. Weil ich mich danach sehne, neben ihm im weichen Moos zu liegen, während über uns die Sterne am Nachthimmel glitzern. An seiner Seite scheint alles so leicht. Und dass zwischen seinen silberblonden Locken die Spitzen kleiner, gedrehter Hörner hervorlugen, was macht das schon?

Fest umklammere ich den sonderbaren Stein, der an einer Schnur um meinen Hals hängt. Er ist Großmutters wertvollstes Geschenk an mich: mein Weg nach Hause. Von hier aus findet man nur in die Welt der Menschen zurück, wenn man durch das kleine Loch in der Mitte des Steins schaut.

Aber ohne Casrael will ich diesen Weg nicht gehen. Mein Blick gleitet am Felsturm auf und ab. Weder Fenster noch Tür oder Tor kann ich erkennen. Dennoch weiß ich, dass sie meinen Geliebten darin gefangen hält.

Überquere den Bachlauf mit dem türkisfarbenen Wasser, hat er mir bei unserem letzten Treffen ins Ohr geraunt. *Geh am Eichenhag vorbei, in dem die Glimmerkatzen ihre Jungen aufziehen, und folge dem gelben Kieselpfad bis zum Smaragderlenhain. Dahinter wirst du den Turm finden, und dort wird sie dich erwarten.*

Sie. Die Birkenkönigin. Casraels Mutter.

Sosehr ich mich anstrenge, im Schatten der Bäume etwas zu erkennen, ich scheine allein zu sein. Nichts regt sich im Geäst, nicht einmal den winzigsten Pilzgnom kann ich zwischen den Farnen entdecken. Weder Rabenkrächzen noch Lerchengesang schallt zu mir. Selbst der Wind hat sich gelegt, als wolle er verhindern, dass mir die Blätter der Bäume Ratschläge zuflüstern. Die Lichtung schweigt.

Ich trete an den Turm heran. Eine hässliche Hecke hält seine gesamte untere Hälfte im Würgegriff. Abertausende Dornen krallen sich ins Gestein und halten Ankömmlinge auf Abstand. Sie sind lang wie Küchenmesser und glänzen dunkel wie geschliffener Onyx. Mit der Kuppe meines Zeigefingers berühre ich eine von ihnen, vorsichtig, als könne die Hecke wie ein wildes Tier nach mir schnappen. Der Dorn fühlt sich warm an. Bin ich es, der zittert, oder pulsiert etwas im Inneren der Hecke? Schnell ziehe ich meine Hand zurück.

Im selben Moment erklingt die Stimme einer Frau. »Kein Mensch hat diese Lichtung jemals betreten«, sagt sie.

Mit klopfendem Herzen drehe ich mich um.

Die Birkenkönigin steht unter den ausladenden Ästen einer mächtigen Buche. Ihr weißblondes Haar fällt bis zu den Hüften, und ihr Gesicht ist kantig, mit schmaler Nase und einem Kinn, das ebenso spitz zuläuft wie ihre Ohrmuscheln.

»Euer Majestät.« Ich deute eine Verbeugung an und stelle erleichtert fest, dass meine Stimme nicht zittert.

»Was willst du hier?«, verlangt sie zu wissen.

»Das wisst Ihr, Majestät. Ich bin gekommen, um die Hand Eures Sohnes zu erbitten.«

Die Augen der Birkenkönigin sind jadegrün wie Casraels, doch ihre sind kälter, härter. »Du bist seiner nicht würdig.«

»Weil ich ein Mann bin?«

»Weil du ein Mensch bist. Hinfort mit dir!«

»Ihr könnt mich nicht fortschicken«, widerspreche ich. »Ich verlange, die Prüfung von Blüte und Dorn abzulegen.«

Wütendes Zischen und aufgeregtes Wispern erklingen. Erst jetzt sehe ich, dass sich in den Farnen, im Gras und hinter den Buchenstämmen der Hofstaat der Königin verborgen hält:

Ziegenmädchen und Schmetterlingselfen, kleine Schlammtrolle und hagere Borkenmännchen.

In den Jadeaugen der Birkenkönigin flackert ein gefährliches Feuer auf. »Er hat dir davon erzählt«, flüstert sie ungläubig.

»Ihr habt Casraels Gefängnis bestimmt«, erwidere ich so kühl, als würde sie mir keine Angst machen, »und damit habt Ihr festgelegt, welcher Natur die Prüfung um seine Hand sein soll.«

Für die Birkenkönigin gibt es viele Möglichkeiten, ihren Sohn vor einem sterblichen Liebhaber zu verbergen. Casrael ist alle mit mir durchgegangen. Als wir uns vor drei Nächten das letzte Mal getroffen haben, ist er sich jedoch sicher gewesen, dass seine Mutter sich für den Turm entscheiden würde. Eine Nelkenfee hat es ihm verraten. Ich bin vorbereitet. Meine Magie wird mir helfen, sie wird uns beide retten.

Während ihr Hofstaat ob meiner Worte aufgeregt um sie herumflattert, schweigt die Königin. Ihr Blick schweift hinauf zur fensterlosen Turmspitze. Ihr muss klar sein, dass Casrael mich in die Geheimnisse seiner Welt eingeweiht hat. Und dass das bedeutet, dass er mich aufrichtig liebt.

Lasst ihn frei, möchte ich am liebsten sagen. Lasst ihn mit mir ziehen.

»Du weißt also bereits, was von dir verlangt wird?«, fragt sie schließlich.

Ich nicke.

»Hüll diesen Turm mit Blüten ein, und mein Sohn ist frei, um mit dir zu gehen«, bestätigt sie, was Casrael mir erklärt hat. »Falls er das will.«

»Er will.« Ich bin mir sicher. Und sie sich auch. Sonst hätte sie ihn nicht eingesperrt. »Es ist ein uraltes Ritual, zu dem sie uns zwingt, und nicht für Menschen gemacht. Ich wage es trotzdem.«

»Du hast einen Versuch«, sagt sie und lässt es wie eine Drohung klingen. »Gelingt es dir nicht, musst du das Feenreich sofort verlassen. Danach darfst du niemals zurückkehren.«

»Auch das weiß ich.«

Sie reckt das Kinn. »Morgen früh bei Sonnenaufgang, wenn die Lieder von Star und Buchfink erklingen, beginnt die Prüfung.«

Ich öffne den Mund, um in den Handel einzuwilligen, doch ehe auch nur ein Laut meine Lippen verlässt, sind die Birkenkönigin und ihr Gefolge verschwunden. Von einem Wimpernschlag auf den nächsten haben sie sich in Luft aufgelöst. Ich bleibe allein auf der Lichtung zurück.

Sofort beginne ich damit, um den Turm herumzugehen und nach Zeichen von Casrael Ausschau zu halten. Vergeblich. Die Dornenhecke, spitz und dicht, macht es mir unmöglich, mich bis zum Mauerwerk vorzuarbeiten und meine Hand auf den Stein zu legen. Falls Feenwesen mich beobachten, bemerke ich keine. Nur ein feuerfarbener Fuchs schleicht in der einsetzenden Dämmerung über die Lichtung. Großmutter hat mir erzählt, dass im Reich der Feen immer Tag herrscht. Doch die Welt der Birkenkönigin folgt offenbar eigenen Gesetzen.

Als die Sonne untergeht, suche ich mir ein lauschiges Fleckchen zwischen den Bäumen, die die Lichtung säumen. Sowohl Großmutter als auch Casrael haben mir eingeschärft, nichts zu essen und nichts zu trinken, was aus dem Feenreich stammt. Deshalb hole ich Lebkuchen, ein paar Nüsse und den Trinkschlauch aus meinem Beutel und stärke mich, ehe ich mich auf weichem Moos zusammenrolle, an Casrael und unsere Zukunft denke und endlich einschlafe.

Es ist kein Geräusch, das mich weckt. Es ist schneidende Kälte. Als ich die Augen aufschlage, blicke ich auf eine weiße Winterlandschaft. Es ist noch Nacht, doch das Mondlicht glitzert auf dem Schnee, der alles bedeckt und sogar zwischen die Bäume gekrochen ist. Der Frühling des Vortags ist verschwunden.

Panik ergreift mich. Nein. Nein, nein, nein, nein!

Meine Finger schmerzen, als ich mich aufrappele und auf die Lichtung stolpere. Entsetzt starre ich auf die schwarz glänzenden Dornen, die den Turm umgeben. Jede einzelne von ihnen ist von einem Panzer aus gefrorenem Wasser umhüllt, als bestünde die Hecke aus Eiszapfen mit schwarzen Juwelenherzen. Es wird unmöglich sein, sie zum Blühen zu bringen. Die Erkenntnis sickert in mich ein, während ein rauer Wind mir Schneeflocken ins Gesicht weht. Die Birkenkönigin hat mich überlistet. Casrael und ich: Wir haben verloren.

»Das ist nicht die Prüfung von Blüte und Dorn!«, werfe ich ihr vor, als sie mit den ersten Sonnenstrahlen des neuen Tages auf der Lichtung auftaucht. Frost knirscht bei jedem ihrer Schritte, doch die Kälte scheint ihr − anders als mir − nichts auszumachen. Ich bin sicher, dass sie für den unnatürlichen Wintereinbruch verantwortlich ist.

»Hüll diesen Turm mit Blüten ein, und mein Sohn ist frei«, antwortet sie schlicht. »Das war unser Pakt.«

»Das war unser Pakt.« Gern trüge ich eine genauso undurchsichtige Miene zur Schau wie sie, doch ich spüre, wie sich mein Mund grimmig verzieht und sich meine Stirn runzelt.

Als ich mich dem Turm zuwende und meine ausgestreckten Finger die Eishecke berühren, spüre ich das dumpfe Pochen der Dornen nur noch wie ein fernes Echo.

»Du willst doch nicht etwa aufgeben?«, spottet die Birkenkönigin.

Ich behalte für mich, was ich ihr entgegenschleudern möchte, und hole stattdessen die Gegenstände aus meinem Leinenbeutel, die ich mitgebracht habe, um meine Magie zu entfesseln: ein letzter Lebkuchen, den ich gestern nicht gegessen habe, ein Beutel mit Zimt, und Misteln aus dem Burggarten. Vor meinem Aufbruch habe ich sie vorsichtig in ein blaues Seidentuch eingeschlagen. Mit ihrer Hilfe hätte es selbst für einen menschlichen Magier leicht sein sollen, im Frühjahr eine Pflanze zum Blühen zu bringen. Das im Winter zu vollbringen, ist jedoch eine ganz andere Herausforderung.

Ein Pilzgnom, auf dem Köpfchen eine leuchtend rote Haube mit weißen Tupfen, wagt sich vorsichtig in meine Nähe und beobachtet, wie ich eine bronzene Schale aus dem Beutel hole, Mistelblätter hineingebe und Wasser aus meinem Trinkschlauch darüberschütte. Dem Himmel sei Dank habe ich meine Vorräte über Nacht in meinen Armen gehalten, sonst wäre das Wasser gefroren.

Der Fliegenpilzgnom hüpft näher. Ich ignoriere ihn ebenso wie die Mutter meines Geliebten. »Casrael«, flüstere ich leise. »Wünsch mir Glück.«

Den Zimt streue ich über den Lebkuchen. Anschließend zerbrösele ich diesen und lasse die Stückchen ins Mistelwasser fallen.

Nun kommt das Schwierigste. Ein Zauber besteht immer aus drei Teilen: Blüten- oder Pflanzenblätter, wie die der Mistel, etwas, das einen Körper nährt, wie Lebkuchen und Zimt – und Liebe, Trauer oder Schmerz: eine starke Emotion, die den Zauber entzündet.

Ich schließe die Augen und stelle mir Casraels Gesicht vor, spüre, wie mein Herz vor Sehnsucht und Angst schneller schlägt, doch noch während ich nach der Magie in meinem Inneren suche, fürchte ich, dass das nicht genügt. Der Bann der Birkenkönigin ist stark.

Entschlossen greife ich wieder nach dem Beutel und taste darin vorsichtig nach meinem Sichelmesser. Wenn Liebe und

Angst nicht genügen, um Casrael zu retten, muss ich auf körperlichen Schmerz zurückgreifen. Ich bin mir der Blicke der Gnome und Wurzelweibchen, der Elfen und Vogelwandler und dem der Birkenkönigin bewusst, als ich das Messer mit der linken Hand hebe und, ohne zu zögern, über meine Rechte ziehe. Es brennt, als sich die Haut teilt und Blut hervorquillt. Ich stoße zischend die Luft aus. Tränen schießen mir in die Augen. An der kalten Luft gefrieren sie sofort. Das Sichelmesser fällt auf den Boden, ich schließe die verletzte Hand zur Faust und halte sie über die Bronzeschüssel. Eine rote Spur erscheint auf dem Schnee. Zwölf Tropfen Blut lasse ich in das Gemisch aus Wasser, Zimt, Lebkuchen und Mistel fallen.

In mir erwacht die Magie. Goldene Funken, winzig wie Staub, tanzen durch meine Adern. Ich male mir aus, wie die Goldpartikel durch meinen Körper schweben, bis meine blutende Faust zu leuchten beginnt.

Jetzt.

Ich öffne die Finger, ignoriere die Wunde und greife in die Dornen, während ich meine andere Hand in das Gemisch in der Bronzeschale lege. Im ersten Augenblick brennt das Eis, das die Hecke umhüllt, wie Feuer. Aber ich beiße die Zähne zusammen, denke an Casrael, denke daran, warum ich das hier tue. Da spüre ich, wie sich meine Wundränder langsam zu schließen beginnen und die Kälte meine Hand taub werden lässt. Nun heißt es schnell sein, ehe die Magie meine Wunde vollständig heilt.

Ich schicke die ganze Macht des Zaubers in die eingefrorenen Dornen, von dort aus in die Zweige der Hecke, die sich um den Turm winden.

Blüht, beschwöre ich sie, bitte sie mit meinem ganzen Herzen. *Schüttelt den Winter ab und beweist der Birkenkönigin, dass ich ihren Sohn aufrichtig liebe.*

Ich zwinge mich, an laue Sommernächte zu denken, an Casraels Duft nach Wildleder und Zitronengras. An die Wärme seiner Lippen. An die Blüten der Feuerblumen, die am Waldteich an der Grenze zum Feenreich wachsen. In ihrem Schatten haben wir uns das erste Mal geliebt. Nun lässt Hoffnung mein Herz schneller schlagen.

Das Eis, das die schreckliche schwarze Pflanze einhüllt, schmilzt jedoch nicht.

Blüht, bitte, beschwöre ich die Dornen. Sie erhören mein Flehen nicht. Hinter meinem Rücken schnaubt die Birkenkönigin zufrieden.

Ich treibe die Magie in mir an, umklammere die Zapfen der Hecke, lasse Goldfunken um Goldfunken aus mir herausströmen. Gleichzeitig spüre ich, dass ich mit jedem Herzschlag schwächer werde. Trotzdem lasse ich nicht los.

Die Kehle wird mir eng.

Nicht aufgeben, befehle ich mir. Nicht weinen.

»Du hast verloren«, teilt mir die Birkenkönigin mit. »Du bist nicht stark genug.«

Du bist nicht stark genug. Das hat gestern am Feuer auch meine Schwester gesagt. Die Sorge sprach aus ihr, aber ich glaubte, einen Hauch Spott herauszuhören.

Es kann mir gelingen, habe ich ihr entgegengeschleudert und mich abgewandt. Mein kleiner Bruder kommt mir in den Sinn. Wie Großmutter hat er an mich geglaubt. *Du schaffst das*, hat er mir ins Ohr geflüstert, ohne jeden Zweifel in der Stimme. Ich habe ihn auf dem Arm gehalten, und gemeinsam bewunderten wir die Eisblumen an den Fensterscheiben.

Das ist es!, fährt es mir durch den Kopf. Neue Hoffnung flammt in mir auf, und ich nähre den Zauber damit. Ich stoße meine Hand regelrecht in die Dornen, ihre gefrorene Ummantelung reißt meine Haut auf. Mehr Blut tropft auf den Schnee und malt im Zusammenspiel mit den Dornen ein Bild aus Rot und Schwarz und Weiß.

Das Eis schmilzt noch immer nicht, im Gegenteil, es wird dicker, breitet sich aus. Es springt von der Hecke auf den Turm über. Die Birkenkönigin lacht höhnisch.

Weil sie nicht ahnt, was ich vorhabe.

Meine Magie geht in die Hecke über, nein, in das Eis, und peitscht es an, sich auszudehnen, zu wachsen. Es soll den ganzen Turm einhüllen, Stein um Stein.

Pochender Schmerz erwacht hinter meinen Schläfen, doch statt ihn zu verfluchen, begrüße ich ihn. Ich nutze die Emotion, um meinen Zauber zu verstärken.

Und endlich, endlich, ist es geschafft. Casrael mag von seiner Mutter in den Turm gesperrt worden sein, doch jetzt habe ich um das Gebäude ein zweites, eisiges Gefängnis gebaut. Es glitzert wie Kristall in der Morgensonne.

»Was …?«, entfährt es der Birkenkönigin, doch da geschieht es bereits: Mein Zauber tritt in die zweite Phase. Das Eis formt sich zu Blüten, wie Frostblumen auf dem Glas eines Fensters. Zunächst sind es wenige, doch schnell werden es mehr: erst Dutzende, dann Hunderte.

»Was soll das?« Die Stimme von Casraels Mutter klingt schrill, und ich beginne, zu lachen. Ich habe es geschafft. Ich lasse los und rappele mich vom Boden auf. Wie aus Raureif gemalt prangen unzählige Blumengebilde auf dem Eis.

Wieder höre ich das Gefolge der Birkenkönigin flüstern, doch diesmal klingt es anerkennend.

»Der Turm ist vollständig mit Blüten eingehüllt.« Triumphierend drehe ich mich um. »Lasst Euren Sohn aus seinem Gefängnis.«

»Das entspricht nicht unserer Abmachung.« Die Birkenkönigin funkelt mich an, doch ich halte ihrem Blick stand. Ich habe gewonnen, und alle wissen es. Auch sie.

Sie reckt das Kinn und hebt die Arme in die Luft. Als sie sie wieder sinken lässt, sind Hecke und Turm verschwunden.

Casrael steht dort, wo sie sich befanden, mit strahlenden Augen, einem glücklichen Lächeln im Gesicht und einer blutroten Rose in der Hand.

Und während um uns herum die Schneeflocken tanzen, schließen wir uns in die Arme, seine Lippen treffen auf meine, und mir wird endlich wieder warm.

ZAUBERHAFTE LEBKUCHEN

ZUTATEN:

* 125 g Butter
* 250 g Honig
* 100 g brauner Zucker
* 500 g Mehl
* 10 g Lebkuchengewürz
* 30 g Kakaopulver

* 1 Ei
* Für den Zuckerguss:
* 1 Eiweiß
* 1 EL Zitronensaft
* 200 g Puderzucker

ZUBEREITUNG:

1. Den Honig und den braunen Zucker in einer Schüssel über einem Wasserbad verrühren, bis der Zucker sich vollständig gelöst hat. Anschließend die Masse kurz abkühlen lassen und dann in eine Rührschüssel geben. Die weiche Butter in die Schüssel dazugeben und untermischen.

2. Zunächst das Mehl mit Lebkuchengewürz und Kakaopulver vermischen. Die Mischung dann sieben und in den Teig rühren. Ein Ei hinzufügen und die Masse zu einem festen Teig verarbeiten.

3. Den Teig luftdicht verpackt mindestens 2 Stunden lang (gerne auch über Nacht) im Kühlschrank ziehen lassen. 30 Min. vor der weiteren Verarbeitung wieder herausnehmen.

4. Den Teig auf einer bemehlten Oberfläche ausrollen, dann mit den gewünschten Weihnachtsformen ausstechen und

im Ofen bei 200 °C Ober-/Unterhitze (Umluft: 180 °C)
ca. 10 Min. backen. Die Plätzchen vollständig auskühlen
lassen.

5. Für den Zuckerguss das Eiweiß mit dem Zitronensaft in
   eine Schüssel geben und den Puderzucker nach und nach
   unterrühren.

6. Dann nach Lust und Laune mit weihnachtlichen Motiven
   und weißen Eisblumen aus Zuckerguss verzieren.

21

MAREIKE ALLNOCH

Kipferl für Cookie

MAREIKE ALLNOCH wurde 1996 in Bad Pyrmont geboren. Seit sie denken kann, ist sie vernarrt in Bücher. Irgendwann reichte ihr das Abtauchen in fremde Lesewelten jedoch nicht mehr, und sie begann, eigene Geschichten zu schreiben. Wahre Magie liegt für sie zwischen zwei Buchdeckeln. Wenn sie nicht gerade schreibt, liest oder einer neuen Romanidee hinterherjagt, plant sie ihre nächsten Reiseziele. Sie liebt gutes Essen, Zeit mit Freunden und Familie und gemütliche Filmabende auf der Couch. Auf Instagram (@mareikeallnoch) steht sie im Austausch mit ihren Leser:innen.

»Ja, das sieht gut aus. Vielleicht noch ein bisschen in Vanille-zucker wälzen und auf die Arbeitsplatte legen«, sagte ich und blickte durch den Sucher meiner Spiegelreflexkamera. »Und noch etwas mehr Schokolade.«

»Wow, also wenn ich nicht wüsste, was ihr da macht, könnte man meinen, ihr dreht einen Softporno.« Luke war in seinem Rollstuhl zur Küchentür hereingekommen und grinste schief. »Und, was machen die Weihnachtsbäckereien?«

Nell schüttelte gespielt empört den Kopf. »Du bist so ver-saut, ehrlich!«

»Was denn?«, erwiderte Luke, als könnte er kein Wässer-chen trüben. »Wenn ich höre, wie sich irgendjemand in Va-nillezucker wälzen und auf die Arbeitsfläche legen soll, ist ja wohl glasklar, dass ich da eine sexy Weihnachtsbäckerin vor Augen habe. Hey, ich bin auch nur ein Mann, das kannst du mir nicht zum Vorwurf machen!«

Nell verdrehte die Augen, musste dann aber ebenfalls grin-sen. »Lily hat von den Kipferln geredet, Luke!«

Amüsiert verfolgte ich das Geplänkel zwischen den Ge-schwistern und ließ die Kamera für einen Moment sinken. Ich liebte die Fotografie.

Schon seit Monaten versuchte sich Nell als begnadete Hobbybäckerin an neuen Rezepten, während ich ihre Backkünste fotografisch in Szene setzte. Doch das Beste war: Cynthia White, die Profifotografin, in deren Atelier in Banff ich eine Ausbildung machte, hatte Interesse bekundet, ein weihnachtliches Backbuch herauszubringen. Dementsprechend mussten Nell und ich uns an den letzten Feinschliff wagen! Und heute waren endlich die Vanillekipferl dran. Nell hatte das Rezept, das ich von meiner Oma aus Deutschland mitgebracht hatte, leicht abgewandelt und Mandeln durch Haselnüsse ersetzt.

»Findest du nicht, da fehlt etwas an den Vanillekipferln?«, fragte Nell mich und kostete von dem Gebäck. Sie zog die Nase kraus, als wäre sie mit dem Ergebnis noch nicht zufrieden. »Wir haben gemahlene Haselnüsse, Mehl, Butter, Zucker, Eigelb und Vanillezucker verwendet und die Kipferl zusätzlich in Schokoladenglasur getunkt.«

Ich schob mir einen der kleinen Halbmonde in den Mund. Der noch lauwarme Keks zerging auf meiner Zunge, und ich schloss genießerisch die Augen. Als ich meine Lider wieder öffnete, lächelte ich zufrieden.

»Nell, die Kekse sind himmlisch. Und wir haben ein paar tolle Fotos im Kasten. Da ist auf jeden Fall etwas für das Backbuch dabei.«

»Ist ja auch schon genug schiefgegangen«, seufzte sie.

»Als To-do-Listen-Junkie und Organisationsfreak muss für meine Schwester alles auf Anhieb klappen«, erklärte mir Luke und schmunzelte.

»Apropos To-dos«, griff Nell das Thema auf und warf ihrem Bruder einen fragenden Blick zu. »Hast du schon den Christbaumschmuck herausgesucht?«

Luke schüttelte den Kopf. »Nein, hab ich nicht. Ergibt ja auch überhaupt keinen Sinn, solange Ben und Caleb nicht vom Tannenbaumholen zurück sind. Wer hatte noch gleich die Idee, dass die beiden einen Baum schlagen könnten? Wahrscheinlich sind die Tannen vor lauter Schreck alle eingegangen, als Caleb sie mit Mozart beschallen wollte.«

»Ey!« Nell hob drohend ein Vanillekipferl, als würde sie Luke damit abwerfen wollen. »Du kannst ruhig zugeben, dass die Pflanzen im Resort viel besser gedeihen, seitdem Caleb ihnen regelmäßig etwas vorsingt. Er gibt einen hervorragenden Gärtner ab!«

»Das musstest du ja jetzt sagen, immerhin ist er dein Freund.« Luke grinste noch ein bisschen breiter. »Aber glücklicherweise hat Caleb ja einen erfahrenen Ranger an seiner Seite, der den Wald wie seine Westentasche kennt. Lily, was meinst du? Gelingt es wenigstens *deinem* Freund heute noch, einen passenden Tannenbaum zu finden, oder muss er erst kontrollieren, dass da auch keine schlafende Eule drin sitzt?«

Luke sah mich erwartungsvoll an.

Ich lachte lediglich, zog mit der freien Hand das Handy aus meiner Hosentasche und warf einen Blick aufs Display. »Allerdings könnten die beiden wirklich mal wieder auftauchen. Ben und Caleb sind schon seit drei Stunden unterwegs. Und bald wird es dunkel.«

Mein Blick schweifte sorgenvoll nach draußen. Inzwischen hatte die Dämmerung eingesetzt. Der Himmel über dem Lake Louise Chalet Resort, das Nells und Lukes Eltern gehörte, war von grauen Wolken durchzogen, und Schneeflocken rieselten vor dem Fenster herab. Die Holz-Chalets wirkten in Anbetracht des dunklen Firmaments noch heimeliger, und in der Ferne zeichneten sich die Umrisse der schneebedeckten Rocky Mountains ab. Es sah wunderschön aus. Wie oft war ich schon mit meiner Kamera nach draußen gelaufen, um die Schönheit des Winters festzuhalten?

»Ach, mach dir keine Sorgen. Vielleicht musste Ben unterwegs wieder irgendein Tier aus einem Maschendrahtzaun befreien. Oder ein Elch hat einen Touristen verschreckt«, flachste Luke, als es plötzlich an Nells Wohnungstür klingelte.

»Ich geh schon. Das sind bestimmt die beiden«, sagte ich und legte meine Kamera auf dem Teil der Arbeitsfläche ab, der von der Mehlschicht und dem Vanillezucker noch verschont worden war.

Entgegen meiner Erwartung, dass mich Ben und Caleb mit einer Tanne in den Händen begrüßten, stand mir Avery gegenüber, als ich die Tür öffnete.

Ich ließ meinen Blick an Lukes Freundin hinabgleiten, die in einem Weihnachtselfenkostüm steckte. Eine rote Mütze zierte ihren ebenfalls roten Haarschopf, eine geringelte Strumpfhose rundete ihr Elfen-Outfit ab. Farblich passend trug sie ein grünes Jäckchen mit goldenen Knöpfen.

Ich konnte nicht anders und prustete los, noch bevor eine Begrüßung über meine Lippen kam.

»Lukes erotische Weihnachtswünsche wurden soeben erhört!«, rief ich in Richtung Küche. Dann ließ ich Avery eintreten und schloss die Tür hinter uns.

Avery zog verwirrt die Augenbrauen in die Höhe, während sie sich die vom Schnee nasse Mütze vom Kopf zog und eine Haarsträhne aus der Stirn pustete. »Erotische Weihnachtswünsche? Habe ich irgendetwas verpasst?«

Ich grinste lediglich und machte eine wegwerfende Handbewegung. »Ach, nicht so wichtig. Komm, Nell und ich sind schon die ganze Zeit mit dem Kipferl-Rezept meiner Oma beschäftigt.«

Nachdem Avery ihre Jacke an der Garderobe aufgehängt hatte, folgte sie mir in Nells rustikale Küche, in der sich zahlreiche Hängepflanzen von den Holzbalken herabwanden.

»Oho«, sagte Luke und grinste frech, als er seine Freundin erblickte. Die beiden gaben einander einen Kuss.

»Hey, Nell«, grüßte Avery, nur um dann ein verzücktes Seufzen von sich zu geben. »Hmmh, das duftet hier ja ganz hervorragend. Nach frischen Plätzchen und … nach Vanille.« Sie hielt einen Moment inne, als wollte sie die weihnachtlichen Gerüche vollständig auskosten. »Wie laufen denn die Vorbereitungen fürs Backbuch?«

»Nachdem ich die erste Ladung Plätzchen im Ofen vergessen habe und sie verbrannt sind, läuft es jetzt eigentlich ganz gut«, überlegte Nell laut. »Das Rezept ist endlich abgefilmt. Allerdings haben wir vielleicht etwas zu viele Vanillekipferl gebacken.«

»Man kann nie zu viele Kekse haben«, widersprach Avery, klaubte sich ein Kipferl von der Arbeitsfläche und biss davon ab. Genießerisch verdrehte sie die Augen.

»Köstlich. Dieses deutsche Gebäck ist echt gut«, schwärmte sie. »Wo sind eigentlich Ben und Caleb? Wollten die nicht einen Tannenbaum besorgen?«

Ich zuckte mit den Schultern. »Eigentlich hätten sie schon längst zurück sein sollen.«

So langsam beschlich mich ein ungutes Gefühl. Draußen wurde es zunehmend dunkler. Ben und Caleb war doch hoffentlich nichts passiert? So friedlich und wunderschön der Banff-Nationalpark im Hellen auch war … wenn die Dunkelheit kam, wirkte der dichte Wald plötzlich finster und undurchdringlich.

»Wir können uns die Zeit ja auch vertreiben, indem wir Weihnachtslieder singen«, schlug Luke nicht ganz ernst gemeint vor.

»Wir können es auch einfach lassen«, hielt Nell dagegen.

»Meint ihr, den beiden ist etwas zugestoßen?«, fragte ich. »Der Schnee wird immer stärker.«

Mittlerweile fielen dicke Flocken vom Himmel und legten sich wie eine weiße Decke über Lake Louise. Die Sicht nahm nahezu minütlich ab. Die Gipfel der Rocky Mountains waren im Schneetreiben nicht mehr zu erkennen.

»Habt ihr schon mal versucht, die zwei auf dem Handy zu erreichen?«, fragte Avery.

Sogleich griff ich nach meinem Smartphone und rief Bens Kontakt auf. Doch es sprang lediglich die Mailbox an. Nell versuchte es bei Caleb, aber auch er hob nicht ab.

Nervös tigerte ich in der Wohnung auf und ab.

Luke hatte derweil tatsächlich die Kiste mit dem Christbaumschmuck gefunden und begonnen, Weihnachtskugeln in der ganzen Wohnung aufzuhängen – nur nicht an besagtem, noch fehlendem Tannenbaum.

Auf Nells Stirn hatten sich tiefe Sorgenfalten gebildet. »Wieso kann eigentlich nie etwas nach Plan verlaufen?«, murmelte sie.

In dem Moment vibrierte mein Handy, und Bens Name wurde mir angezeigt. Mein Puls schoss sogleich in die Höhe.

»Ben, ist alles in Ordnung bei euch?«, fragte ich, kaum dass ich das Gespräch angenommen hatte. Ich stellte das Gespräch auf laut, sodass die anderen auch mithören konnten. Nell, Luke und Avery versammelten sich um mich.

Im Hintergrund hörte ich eine weitere Stimme.

»Au, es hat mich gebissen!«, fluchte Caleb laut. »Dieses Mistvieh!«

»Ja, es ist alles in Ordnung«, beruhigte Ben mich sogleich. »Wir haben den Baum«, sagte er. »Allerdings kommen wir nicht allein. Haben wir noch Nüsse?«

»Hat er gerade gefragt, ob wir noch Nüsse haben?«, wiederholte Luke irritiert, doch wir bekamen keine Antwort mehr, denn plötzlich brach die Verbindung ab. Vermutlich hatten Ben und Caleb in den Weiten des kanadischen Nationalparks kein Netz.

So ein Mist.

Verwirrt starrten wir vier einander an. Was war bei Caleb und Ben wohl los? Und wo steckten die beiden?

Als es eine Stunde später zum wiederholten Mal an diesem Tag an Nells Wohnungstür klingelte, standen mir diesmal tatsächlich Ben und Caleb gegenüber, wobei sie deutlich mehr Ähnlichkeit mit zwei Yetis hatten, so zugeschneit, wie sie waren.

Caleb zog einen etwas mitleiderregenden Tannenbaum hinter sich die Treppenstufen nach oben. Nell, die hinter mir aufgetaucht war, schlug die Hände über dem Kopf zusammen.

»Um Gottes willen, was ist das denn für ein Gewächs? Das hat ja kaum Äste, geschweige denn Tannengrün!«

Caleb überging Nells entgeisterten Unterton schlichtweg, seine Mundwinkel hoben sich zu einem Grinsen. »Ich finde, man muss auch den weniger ansehnlichen Bäumen eine Chance geben, mein Schatz.« Er stutzte, als er den Flur betrat. »Oh, wie ich sehe, habt ihr schon ohne uns mit Schmücken angefangen.«

»Notgedrungen«, antwortete Luke trocken. »Aber ich finde, Nells Kaktus stehen die Kugeln ganz hervorragend.«

Hinter Caleb erschien Ben. Er hielt die Jacke seiner Ranger-Uniform mit dem Biber-Logo in den Händen, die er zu einem Knäuel geformt hatte. Immer wieder warf er einen liebevollen, aber gleichzeitig auch besorgten Blick darauf.

»Ben, was ist los? Wo wart ihr die ganze Zeit?«, fragte ich meinen Freund erleichtert und verwirrt zugleich.

Ben hauchte mir einen Kuss auf die Lippen, bevor er wortlos auf das Bündel in seinen Armen deutete.

Wie auf Knopfdruck beugten Luke, Avery, Nell und ich uns nach vorne, um einen Blick auf den Inhalt des Stoffknäuels zu erhaschen, und der trostlos aussehende Tannenbaum war vergessen.

Erst schauten nur zwei Ohren aus Bens Ranger-Uniform

hervor, bis ein kleiner Kopf mit dunklen Knopfaugen uns neugierig beäugte. Das buschige dunkelbraune Schwänzchen hatte das Tier wie eine Decke um sich geschlungen. Vorsichtig reckte es sein zartes Näschen in die Luft und schnupperte.

»Wie niedlich, ein Eichhörnchen!«, rief ich und besah mir das süße Kerlchen ein wenig genauer.

»Der Kleine ist unterernährt und muss erst einmal wieder zu Kräften kommen«, erklärte Ben. »Er saß völlig ausgelaugt auf einem Stein und hat sich kaum gerührt. Wahrscheinlich hat er vor dem Winter nicht ausreichend Nahrung gefunden.«

»Der Arme«, kommentierte Avery mitfühlend, und auch Nell machte ein trauriges Gesicht.

»Was ist es denn eigentlich? Ein Männchen oder ein Weibchen?« Luke sah interessiert auf.

»Ein Männchen«, ließ Ben uns wissen.

Luke strich dem Eichhörnchen behutsam über das zierliche Köpfchen.

»Ich werde gleich die Wildtierauffangstation in Calgary anrufen«, entschied Ben.

Ich sah enttäuscht drein und wollte bereits protestieren, als Luke sich zu Wort meldete.

»Du willst bei dem Schneesturm nach Calgary? Das ist Wahnsinn. Wir könnten uns doch um den Kerl kümmern, bis er wieder auf den Beinen ist«, schlug er vor.

Ben zögerte. »So ein Tier macht ziemlich viel Arbeit.«

»Vielleicht sollten wir es diese Nacht erst einmal hierbehalten, und dann sehen wir weiter?«, schlug Nell vor, während sie ihren Blick liebevoll auf das Eichhörnchen richtete.

»O ja!« Auch Avery machte große Augen.

»Und außerdem«, fügte ich hinzu, »haben wir doch schon Erfahrung darin, denk nur an die verwaisten Waschbären, die wir im letzten Jahr gefunden haben!«

Caleb klopfte Ben lachend auf die Schulter. »Kumpel, ich fürchte, du hast schon verloren.«

Ich sah zwischen Ben und dem Eichhörnchen hin und her. »Dann kann es also hierbleiben?«, fragte ich hoffnungsvoll.

»Vorerst«, brummelte Ben.

»Habt ihr nicht etwas vergessen?«, fragte Caleb verschmitzt. »Wir brauchen doch noch einen Namen für das neue Familienmitglied!«

Ein Raunen ging durch unsere kleine Runde, kurz darauf flogen mir zahlreiche Namensvorschläge um die Ohren.

»Wie wäre es mit Snuggels?«

»Oder doch lieber Sniggels?«

Eine hitzige Diskussion entbrannte, bis Luke auf einmal eine Idee kam. Sein Blick glitt zu den Vanillekipferln.

»Was haltet ihr denn von …«, er machte eine vielsagende Pause und tat so, als würde er mit zwei imaginären Drumsticks einen Trommelwirbel veranstalten, »… Cookie? Das würde doch perfekt passen!«

Als wäre das Eichhörnchen von seinem neuen Namen ganz angetan, entwand es sich plötzlich Bens Armen und kletterte flink auf die Arbeitsfläche, wo es sich einen Keks schnappte.

Nell grinste. »Ich würde sagen, das war ein eindeutiges Zeichen! Also, wer hat noch Lust auf ein Vanillekipferl?«

(SCHOKO-)VANILLEKIPFERL

ZUTATEN:

- ★ 300 g Mehl
- ★ 250 g Butter
- ★ 125 g Zucker
- ★ 3 Eigelb

- ★ 125 g gemahlene Haselnüsse
- ★ 2 Pck. Vanillezucker (zum Wälzen)

ZUBEREITUNG:
1. Mehl mit gemahlenen Haselnüssen in einer Schüssel mischen und in der Mitte eine Mulde formen. Zucker mit Eigelb in die Mulde geben und die Butter hinzufügen. Alles zu einem Teig vermengen. Den Kipferlteig zu Rollen formen (Durchmesser ca. 4 cm) und im Kühlschrank für etwa 30 Min. kalt stellen.
2. Danach den Teig in 1–2 cm dicke Scheiben schneiden und zu Kipferln formen.
3. Bei 175–195 °C Ober-/Unterhitze für 10–15 Min. hellgelb backen und heiß in Vanillezucker wälzen.

P. S.: Wer mag, kann die Enden der Kipferl noch in Schoko-ladenglasur tunken.

22

NINA SCHILLING

Schneeflockengestöber

NINA SCHILLING war schon früh kaum von Büchern fern-
zuhalten, bis sie neben dem Lesen ebenfalls mit dem Schreiben anfing. Auf Wattpad feierte sie schon als 14-Jährige große
Erfolge. Heute studiert sie Psychologie und schreibt weiterhin. Im Frühjahr erschien ihre berührende, bittersüße Sports
Romance »Play for my Heart«.

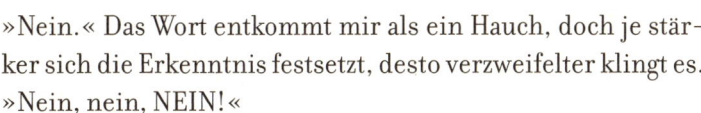

»Nein.« Das Wort entkommt mir als ein Hauch, doch je stärker sich die Erkenntnis festsetzt, desto verzweifelter klingt es. »Nein, nein, NEIN!«

Wie bekloppt hämmere ich auf der Tastatur herum, halte den Powerknopf lange gedrückt und klappe den Laptop auf und zu, alles in der Hoffnung, dass er ein letztes Lebenszeichen von sich gibt. Aber nichts. Kein Piepen, kein Flackern. Er hat sich mit einem ungesunden Rauschen, gefolgt von einem Kaleidoskop an Farben, das über den Bildschirm huschte, und dann absoluter Dunkelheit verabschiedet. Dunkelheit, in der sich mein panisches Gesicht nun spiegelt.

Ein leises, schmerzerfülltes Wimmern entkommt mir.

»Alles in Ordnung, Schatz?«

Mom steckt den Kopf durch die Zimmertür rein, und ich wage es kaum, den Blick von meinem Laptop zu heben. Vielleicht, wenn ich ihn nicht aus den Augen lasse, stellt sich das Ganze gleich als ein großer Irrtum heraus. Ein Streich meines Gehirns, als Rache für den wenigen Schlaf in den letzten Wochen. Aber die Verzweiflung, die meine Brust eng zusammenschnürt, verrät mir, dass das alles nicht nur ein schlimmer Traum ist. Mein Laptop hat sich von uns verabschiedet.

Und mit ihm all meine Unterlagen für die Examensvorbereitung.

Wieder entkommt mir ein Wimmern, das meine Mom besorgt die Stirn runzeln lässt. Da sie allerdings erfasst hat, dass ich gerade nicht dazu in der Lage bin, einen Satz zu formulieren, tritt sie ein und stellt sich zu mir.

»Oh, ich habe gedacht, du wolltest noch ein bisschen lernen. Bist du doch schon so weit und kannst mit uns Plätzchen backen?«

Der frohe Tonfall ihrer Stimme lässt ein irres Kichern in mir aufsteigen, und als ich sie breit grinsend anschaue, stehen mir Tränen in den Augen. »Klar, ich habe jetzt alle Zeit der Welt. Und mein Studium hinschmeißen kann ich auch direkt. Was würdet ihr davon halten, wenn ich wieder zu euch ziehe? Das wäre doch wunderbar!«

Ich bin mir durchaus darüber bewusst, wie hysterisch ich klinge, doch um ehrlich zu sein, weiß ich mir nicht anders zu helfen. Vier Jahre lang habe ich mich durch Gesetzesparagrafen gearbeitet, habe Nächte mit Lernen verbracht und alles meinem Studium gewidmet. Und jetzt …

Mein letztes Back-up ist Monate her und beinhaltet weder die Probeexamen noch meine Zusammenfassungen. Es gab immer Wichtigeres zu tun, als mir die Zeit dafür zu nehmen. Und jetzt ist es einfach alles weg.

Die nächste Stunde verschwimmt in meinem Kopf. Irgendwann scheint Mom aus meinem Gebrabbel schlau zu werden, und ich rechne ihr hoch an, wie entsetzt sie wirkt. Sie holt Dad, der alles gibt, um den Laptop wieder zum Laufen zu bringen, doch nach einiger Zeit gibt auch er mit hängenden Schultern auf. Derweil werde ich runter ins Wohnzimmer auf die Couch manövriert und mit einer heißen Schokolade und einer Decke versorgt. Mein kleiner Bruder setzt sich neben mich und versucht, mich mit den wildesten Geschichten aus seinem ersten Semester zum Lachen zu bringen. Aber ich glaube, selbst Luke Mockridge könnte das gerade nicht schaffen. Ich sitze einfach nur in Schockstarre da, während die Tasse in meinen Händen kalt wird.

»Spätzchen, das wird schon alles. Ich bringe den Laptop in die Stadt. Ich bin mir sicher, dort kann man uns weiterhelfen.«

Moms sanfte Stimme ist das Erste, was mich aus meiner Panik reißen kann. Sie hat recht. Es gibt Experten für so was. Die werden uns helfen können. Entschlossen stehe ich auf und lasse die Decke von meinen Schultern rutschen. »Ich komme mit.«

Zweifelnd schaut mich Mom an. »Sicher, dass du dich nicht lieber etwas ausruhen willst? Nutz doch diese Zwangspause und genieß mal etwas die Weihnachtszeit. Alex geht bestimmt gerne mit dir auf den Weihnachtsmarkt!«

Begeistert von ihrer Idee, schaut Mom meinen Bruder an, aber ich schüttle bereits entschieden den Kopf. »Ich will keine Pause, ich will, dass mein Laptop wieder funktioniert!«

Und damit stapfe ich entschlossen los, schnappe mir Mantel und Stiefel und setze mich ins Auto, bevor meine Eltern mich abhalten können. Dabei bin ich mir nur zu bewusst, dass meine Mom schwer seufzt, bevor sie mir mit dem Laptop folgt. Aber das ist mir egal. Sie weiß nicht, wie das Jura-Studium ist. Wie viel Schweiß und Tränen es einen kostet. Ich bin so kurz davor, den ersten Meilenstein hinter mich zu bringen. Dann hat sich all der Aufwand gelohnt. Noch ein paar Wochen, und dann kann ich von mir aus aufatmen und eine Pause machen. Aber so kurz vor dem Ziel kann ich nicht einfach ein paar Tage ausspannen. Weihnachten hin oder her.

Also drücke ich den Laptop fest an meine Brust, während Mom uns in die Innenstadt fährt. Wir leben in einer Kleinstadt in den Ausläufern der Alpen, und um diese Jahreszeit funkelt und glitzert hier alles in weihnachtlichem Charme. Die Straßen sind mit Lichterketten geschmückt, aus den Vorgärten winken einem Weihnachtsmänner zu, und selbst die Berge mit ihren weißen Gipfeln wirken in der Wintersonne ganz ruhig und besinnlich. Ich habe es immer geliebt, in der Vorweihnachtszeit hier zu sein. Mit meinen alten Freunden Ski zu fahren, sich abends mit Glühwein aufzuwärmen und an schönen Tagen eine morgendliche Wanderung durch die Berge zu machen. Dieses Jahr bin ich erst gestern, zwei Tage vor Weihnachten, angereist und habe seitdem die meiste Zeit auf meinem Zimmer zum Lernen verbracht. Der Gedanke macht mich traurig, doch ich reiße mich zusammen und drücke den Laptop noch etwas enger an mich.

»So, da sind wir.« Meine Mom hält vor einem kleinen Laden, in dessen Schaufenster sich Laptops, Handys und Schneemänner abwechseln. Blinkende Eiszapfen hängen vom oberen Fensterrand herab, und ein Schild neben den Öffnungszeiten verkündet: »Merry Christmas!«

»Spring du doch schon mal raus, dann suche ich noch kurz einen Parkplatz.« Aufmunternd drückt mir Mom die Schulter, und ich nicke abgehackt, während das Engegefühl in meiner Brust wieder zunimmt. Was, wenn die Festplatte nicht zu retten ist? Aber daran darf ich jetzt nicht denken. Es *muss* einfach funktionieren. Seitdem ich fünf bin, steht für mich fest, dass ich Richterin werde. Einen Teil dazu beitrage, dass in diesem Land etwas mehr Gerechtigkeit herrscht. Und der erste Schritt dahin ist es, mein Staatsexamen zu bestehen. Gut zu bestehen. Und das geht nur mit meinen Unterlagen.

Als ich den Laden betrete, läutet eine Glocke über mir, und als Antwort erschallt ein »Komme gleich!« aus dem Hinterzimmer. Also schlendere ich zum Verkaufstresen und lasse den Blick über die vielen Elektrogeräte gleiten. Einige davon sind gebraucht, andere noch originalverpackt, und auf dem

Verkaufstresen selbst liegt ein iPhone, das in seine Kleinstteile zerlegt ist. Fasziniert betrachte ich die Platine und die vielen kleinen Teile, von denen ich nicht mal ansatzweise die Funktion kenne. Ich bin froh, wenn ich weiß, wie ich meine elektronischen Geräte bedienen muss, aber von der Hardware dahinter habe ich keine Ahnung.

»'Tschuldigung, mir ist hinten etwas heruntergefallen, das ich zuerst aufräumen musste. Wie kann ich behilflich sein?«

Die Stimme lässt mich aufschrecken, und ein junger Mann, wahrscheinlich in meinem Alter, obwohl das hinter dem Vollbart schwer zu erkennen ist, kommt auf mich zu. Er lächelt breit, doch bei meinem Anblick stutzt er.

»Das gibt's doch nicht! Wenn das nicht Hailey Kronenberg ist! Was verschlägt dich denn her?« Mir bleibt nicht einmal die Zeit, verdutzt zu sein, da winkt der junge Mann bereits ab. »Ach, was frage ich so blöd? Es ist ja Weihnachten! Ich hoffe, dir und deiner Familie geht es gut.«

Wieder werde ich hinter dem Vollbart breit angegrinst. Verwirrt runzle ich die Stirn und versuche, dahinter ein vertrautes Gesicht zu erkennen. Aber die dunklen Haare und die blauen Augen wollen mir nichts sagen. »Tut mir leid, kennen wir uns?«

Jetzt scheint der Mann verdutzt zu sein. Zumindest erstarrt er kurz, bevor er sich verlegen am Kinn kratzt. »Oh, sorry, ich vergesse immer mal wieder, dass es schwer sein könnte, in mir den schlaksigen Nerd aus der Schule wiederzuerkennen. Ich bin's, Felix. Wir beide waren bis zur Oberstufe in einer Klasse.«

Mir fällt die Kinnlade runter, während ich den breit gebauten Mann vor mir erneut betrachte. Felix war immer ein eher stiller und unauffälliger Junge gewesen. Ein richtiger IT-Geek, den man sich kaum hinterm Computer wegdenken konnte. Und das vor mir … ist ein Bär von einem Mann. Eher so, als wäre er einem der nordischen Romane entsprungen, die ich früher so gerne gelesen habe.

»Jaja, ich weiß, ich habe mich sehr verändert«, meint Felix wieder mit diesem breiten Grinsen, nachdem ich ihn bestimmt eine geschlagene Minute angestarrt habe. Und es ist dieses Grinsen, welches er schon früher immer parat hatte, das mich aus meiner Starre reißt.

»Wow, ja, das kann man sagen.« Peinlich berührt von meiner Reaktion lache ich auf und lege den Laptop auf den Tresen ab. »Sorry, ich konnte es gerade einfach nicht fassen. Aber wie geht es dir? Und was treibst du inzwischen so?«

Lässig stützt sich Felix auf dem Tresen ab, und ich komme nicht umhin, seine muskulösen Arme zu bemerken. Ist Gaming das neue Fitnessstudio, oder was ist hier los? Aber ich gebe mein Bestes, nicht zu auffällig zu starren, sondern mich auf das Gespräch zu konzentrieren.

»Mir geht's bestens! Habe im Sommer meinen Bachelor in Informatik abgeschlossen und das letzte halbe Jahr zum Reisen genutzt. Jetzt helfe ich über den Winter meinem Dad hier im Laden aus, und danach ruft wohl der Ernst des Lebens, und es ist an der Zeit, sich einen Job zu suchen.« Er verzieht das Gesicht, als würde ihm der Gedanke körperliche Schmerzen verursachen, und der Ausdruck bringt mich zum Lachen.

»Hört sich cool an! Auf das Reisen bin ich, um ehrlich zu sein, höllisch neidisch. Dafür hätte ich auch gerne die Zeit und das Geld.«

»So teuer muss es gar nicht sein. Vor allem nicht, wenn du die Kultur vor Ort hautnah miterleben willst.« Fast verlegen zuckt Felix mit den Schultern, und diese lockere und zugleich schüchterne Art bringt mich zum Lächeln. »Aber genug von mir, was machst du so?«

Mit einem Seufzen komme ich wieder in meinem Leben an und merke, wie die Gedanken an das Examen und der Stress über mich hereinbrechen. »Ich studiere Jura und bin kurz vor meinem Ersten Staatsexamen. Genau genommen bin ich auch deswegen hier.« Ein schiefes Grinsen und ich deute auf meinen Laptop. »Mein Laptop ist mir heute abgeschmiert, und darauf befinden sich quasi die letzten vier Jahre meines Lebens. Denkst du, du kannst ihn vielleicht retten?«

Der spielerische Ausdruck verschwindet aus Felix' Augen, als er den Laptop näher inspiziert. Ich sage nichts, damit er Ruhe hat, während ich nervös mit den Händen ringe. Irgendwann klingelt die Glocke über der Tür, und als ich mich umdrehe, tritt Mom mit einem freundlichen Lächeln ein. »Na, wie sieht's aus?«

Da ich es selbst nicht weiß, zucke ich nur hilflos mit den Schultern und wende mich hoffnungsvoll wieder Felix zu.

»Hm, ist schwer zu sagen, ohne ihn aufzuschrauben und sich das Ganze mal näher anzuschauen.« Der kleine Funke in mir erlischt, und ich lasse die Schultern hängen. »Aber ich bin guter Dinge. Was hältst du davon: Komm heute gegen Feierabend noch mal vorbei, und ich schaue mir das Ganze bis dahin an. Dann werde ich dir Genaueres sagen können.«

Mein Blick schnalzt hoch, und mein Herz geht auf, als die Worte zu mir durchdringen. Vielleicht kann ich meine Lernunterlagen dann sogar vor Weihnachten wiederhaben!

»Das wäre klasse, wenn du es so zeitnah hinbekommst. Du bist damit mein Lebensretter, wirklich!« Ich kann es mir nicht verkneifen und mache einen kleinen, glücklichen Hüpfer, der Felix und meine Mom zum Lachen bringt.

»Gott, so viel Verantwortung in meinen Händen. Ob ich damit umgehen kann?« Blaue Augen funkeln mich an, und ich kann nicht anders, als breit zu grinsen.

Wieder zu Hause angekommen, lasse ich mich von Mom überreden, zur Ablenkung mit ihr zu backen. Wahrscheinlich stünde ich sonst die ganze Zeit voll angezogen vor der Haustür und würde die Minuten zählen, bis ich zurück zum Laden kann. Da ist es doch besser, überall mit Mehl bestäubt und nach köstlichen Plätzchen duftend mit meiner Mom Weihnachtslieder zu trällern.

Genau genommen fühlt es sich richtig befreiend an, seitdem ich weiß, dass für meinen Laptop Überlebenschancen bestehen. Die paar Stunden, die ich dadurch heute nicht lernen kann, werde ich schon aufholen, und so vertiefe ich mich darin, das Gitter für meine Lieblingsplätzchen zu rollen. Genau genommen handelt es sich dabei nicht um die typischen Weihnachtsplätzchen. Aber Mom backt sie trotzdem jedes Jahr mir zuliebe und hat sogar ihr eigenes Rezept entworfen, um meine Nussallergien zu umgehen. Linzerplätzchen mit Haferflocken und selbst gemachtem Johannisbeergelee. Göttlich.

Ich bin nicht mal geduldig genug, sie anständig abkühlen zu lassen, sodass ich mir direkt den Mund verbrenne, als ich die ersten vom Backblech klaue. Aber das ist es allemal wert, und als ich mich kurz nach neunzehn Uhr wieder zum Elektroladen aufmache, habe ich eine kleine Tüte voller Plätzchen mit dabei. »Als Bestechung, damit dein Laptop schnell wieder funktioniert«, hat Mom gemeint, und ich habe die Tüte mit einem Grinsen entgegengenommen.

Der Weg zur Innenstadt ist nicht lang, und so kurz vor Ladenschluss ergattere ich tatsächlich einen Parkplatz vor dem Laden von Felix' Vater. Das heißt allerdings auch, dass der Moment der Wahrheit deutlich schneller da ist, als ich gedacht habe, und als die Glocke an der Tür bei meinem Eintreten läutet, merke ich, wie mein Hals sich vor Nervosität zuschnürt.

Dieses Mal steht Felix bereits hinter dem Tresen und hebt den Kopf, sobald er mich hört. Sein Lächeln kann mich etwas beruhigen, aber als ich näher trete und frage »Und, wie sieht es aus?«, hört sich meine Stimme eher an, als ständen wir zusammen im OP und es ginge um das Leben eines Patienten.

»Das gute Ding wird es zwar wahrscheinlich nicht mehr allzu lange machen«, Felix macht eine Kunstpause und schaut mich mit ernstem Gesichtsausdruck an, »aber für dieses Mal kann ich ihn retten.«

Sein Grinsen bekomme ich kaum mit, so sehr bin ich darauf konzentriert, Luft in mich zu pumpen, nachdem mein Atem bei der ersten Satzhälfte gestockt hat. Dabei scheine ich so dramatisch auszusehen, wie sich die Situation für mich anfühlt, denn Felix lacht und kommt um den Tresen rum, um mir aufmunternd die Schulter zu drücken. »Tief durchatmen, das ist alles machbar. Ich werde gleich die nötigen Ersatzteile anfragen, und wenn sie mit etwas Glück auf Lager sind, kannst du deinen treuen Gefährten dann schon morgen wieder mit nach Hause nehmen.«

Mir stehen die Tränen in den Augen, als ich aus einer Intuition heraus die Arme um ihn schlinge. »Danke, danke, danke!«

Wärme umfängt mich, und eine Hand streichelt beruhigend über meinen Rücken. »Gar kein Problem. Du musst mir nur versprechen, dass du ein Back-up von deinen Daten machst, wenn sie anscheinend so wichtig sind.«

Als Felix einen tadelnden Tonfall anschlägt, erinnert er mich fast an unsere alte Klassenlehrerin, und ich löse mich lachend wieder von ihm. »Versprochen, das werde ich als Erstes machen.«

Für einen Moment grinsen wir uns einfach nur an, und bevor die Situation unangenehm werden kann, scheint Felix etwas einzufallen. »Hey! Ich treffe mich gleich mit ein paar alten Klassenkameraden. Hast du Lust, mitzukommen? Wir fahren hoch auf die Hütte von Patricks Familie und machen uns einen entspannten Abend.«

Bei der Erwähnung von Patrick muss ich auflachen, so lange ist es her, dass ich ihn gesehen habe. Unser Klassenclown war früher berühmt-berüchtigt für die Partys, die er auf der Hütte seiner Familie geschmissen hat. Einige meiner besten Teenie-Abende haben dort stattgefunden. Trotzdem merke ich, wie mich etwas zurückhält, als das Wort »gerne« bereits auf meiner Zunge liegt.

»O nein, diesen Gesichtsausdruck kenne ich. Du wirst mitkommen! So wie ich das sehe, kannst du heute Abend sowieso nicht lernen, und solange nicht ein lang geplanter Familienabend ansteht, sehe ich es als persönlichen Angriff, wenn du mir einen Korb gibst. Und wer weiß, was ich dann mit deinem Laptop anstelle.«

Felix' Drohung verliert ihre Wirkung bei dem breiten Lächeln auf seinem Gesicht, trotzdem schafft er es, dass ich mit einem schlecht verborgenen Grinsen nicke. »Na gut.«

Meine Mom ist hochbegeistert, als sie hört, dass ich noch etwas mit alten Freunden unternehme, und lässt mir den Wagen für den gesamten Abend. Also nehme ich Felix mit, und gemeinsam fahren wir die kurvenreiche Straße in die Berge hoch, bis wir vor einer romantischen Blockhütte halten. Schon während der Fahrt kann ich mich kaum vom Anblick der funkelnden Lichter im Tal losreißen. Doch als wir aussteigen und auf das kleine Plateau vorlaufen, auf dem die Hütte errichtet ist, schmerzt mein Herz vor Glück. Ich habe ganz vergessen, wie sehr ich die Berge vermisst habe.

»Immer wieder ein atemberaubender Ausblick.« Felix nimmt einen tiefen Atemzug, und ich tue es ihm gleich und inhaliere die frische Bergluft.

»Ja. Mir wird immer erst bewusst, wie hässlich ich die Großstadt finde, wenn ich wieder hier bin.« Ich lächle ihn an, und für einen Moment, als sich unsere Blicke kreuzen, weiß ich genau, dass er versteht, was ich meine.

»He, da seid ihr zwei ja!« Jemand schlingt seine Arme von hinten um uns, und abrupt zerplatzt der Moment. Patrick, der eindeutig schon angeheitert ist, grinst uns nacheinander an und scheint gar nicht zu merken, wie ungelegen er gekommen ist.

»Mann, Hailey, wie lang haben wir uns schon nicht mehr gesehen? Du musst mir gleich erzählen, was bei dir die letzten Jahre so los war! Aber jetzt kommt erst mal rein und schnappt euch was zu trinken.«

Wir werden in die wohligwarme Blockhütte verfrachtet und die nächsten Stunden verschwimmen in einer Mischung aus Glühwein und alten Bekannten mit neuen Geschichten. Ich unterhalte mich mit jedem und kann nicht fassen, wohin es uns alle verschlagen hat. Elli, die in der Schule kaum ein Wort rausgebracht hat, arbeitet inzwischen als Immobilienmaklerin und ist in ihrem schicken Blazer kaum wiederzuerkennen. Tim, der schon früher den Lehrern jedes Wort im Mund umgedreht und immer sein Ding gemacht hat, hat sich im Bereich Marketing selbstständig gemacht und studiert zum Spaß nebenbei Philosophie. Patrick hat seine Ausbildung zum Elektroniker abgeschlossen und will jetzt ins Geschäft seines Vaters einsteigen. Und, und, und. Es ist so fantastisch, all die Leute wiederzusehen, dass ich gegen Mitternacht nicht weiß, ob es der Alkohol oder die Gesellschaft ist, die mich freudig grinsend Mom schreiben lässt, dass ich erst morgen früh heimkomme.

Egal wie, so einen schönen Abend hatte ich schon lange nicht mehr, und als ich Felix am Fenster entdecke, würde ich am liebsten zu ihm stürmen und ihn fest umarmen dafür, dass er mich mit hierhergenommen hat. Davon kann ich mich dann jedoch gerade so noch abhalten und stelle mich stattdessen zu ihm, während ich die Füße vor freudiger Energie kaum stillhalten kann.

»Was gibt es so Interessantes da draußen?«

Mit einem friedlichen Gesichtsausdruck wendet Felix sich mir zu. »Nichts. Ich betrachte nur das Schneegestöber. Im Tal ist es zu warm für Schnee, aber hier oben ...«

Mit kindlicher Begeisterung schaue ich hinaus. Und tatsächlich, im Schutz der Dunkelheit hat es angefangen zu schneien. Die Bäume tragen bereits weiße Mützen, und große Flocken fallen gemächlich zu Boden vor der Kulisse der leuchtenden Lichter des Tals.

»Einfach bezaubernd«, wispere ich, und mein Herz macht einen kleinen Sprung. Wann habe ich das letzte Mal richtigen Schnee gesehen? So, dass er liegen bleibt und nicht als schlammige Pfütze am Straßenrand endet? Es ist eindeutig zu lange her.

»Komm mit!« Entschlossen packe ich Felix an der Hand und ziehe ihn mit mir zum Ausgang. »He, was hast du vor?«, fragt er lachend, während er mir hinterherstolpert.

»Was wohl?« Verschmitzt schmunzle ich ihn an, während ich in meine Stiefel schlüpfe und meine Winterjacke anziehe. Dann bin ich auch schon draußen, schnappe mir eine Handvoll Schnee und lasse einen Schneeball auf Felix fliegen, der verwirrt in der Diele steht. Der Schneeball zerplatzt auf seiner Brust, und ich muss lachen, als er überrascht japst: »Na warte!«

Kreischend laufe ich hinaus ins Schneegestöber, während sich Felix auf einem Bein hopsend seine Schuhe anzieht und mir folgt. Ich verstecke mich hinter einem Baum, doch als ich aus meiner Deckung komme, um mein neuestes Geschoss zu schmeißen, erwischt mich ein Schneeball an der Schulter. Quietschend und lachend revanchiere ich mich, und keine Minute später befinden wir uns in einer ernst zu nehmenden Schneeballschlacht, bis meine Finger taub vor Kälte sind und ich mich japsend ergebe.

»Okay, okay, Waffenstillstand! Ich kann nicht mehr.«

Felix lässt seinen Schneeball fallen und kommt lachend und genauso außer Atem wie ich auf mich zu. »Einverstanden. Ich glaube, meine Finger fallen gleich ab.«

Schmollend streckt er mir seine nassen und zitternden Hände entgegen, und ich nehme sie grinsend zwischen meine und reibe sie, in der Hoffnung, dass uns beiden dadurch wärmer wird. »Handschuhe sind überbewertet.«

Mein trockener Tonfall bringt Felix zum Lachen, und als langsam Gefühl in meine Finger zurückkehrt, lasse ich mich seufzend auf die Stufen hoch zur Veranda der Blockhütte fallen. Felix folgt mir, und eine Weile sitzen wir einfach still nebeneinander, während sanft der Schnee auf uns fällt.

»Als Kind war mir nie bewusst, wie viel Glück wir hatten, hier aufzuwachsen.« Felix' Worte lassen mich zu ihm blicken, doch er schaut gedankenverloren ins Schneetreiben hinaus. Also tue ich es ihm nach und merke, wie eine wunderbare Ruhe in mich einkehrt.

»Als Kind war mir vieles nicht bewusst. Wie dankbar man dafür sein sollte, was die Eltern alles für einen tun. Wie schön das Leben ist, wenn man nur zur Schule muss. Und wie grausam Steuern, Behörden und das Erwachsenenleben allgemein sind.« Ich schnaube lachend, aber die Worte haben einen bitteren Nachgeschmack. »Manchmal wünsche ich mir wieder, zehn zu sein und nur daran zu denken, was ich als Nächstes Tolles machen kann. Ohne Abgaben, Prüfungen oder Alltagssorgen.«

Mir ist gar nicht bewusst, dass ich die Worte laut ausgesprochen habe, bis Felix mich mit der Schulter leicht anrempelt. »He, da vergiss mal nicht Benni, der uns in der vierten Klasse immer die Unterhosen hochgezogen hat.«

Prustend lache ich los und bin dankbar, dass Felix die Stimmung gerettet hat, bevor ich sie mit meinen Grübeleien zerstören konnte. Doch während er mich lächelnd beobachtet, legt sich ein Schleier über seine Augen. »Aber ich verstehe, was du meinst. Früher war alles ein Abenteuer. Das erste Mal verknallt sein, Fangen spielen in der Mittagspause oder auch nur der Nachhauseweg. Alles hat sich ... besonders angefühlt. Manchmal glaube ich, dass unsere Vernunft uns unser Glück nimmt. Wieso darf man nicht durchgeknallt sein, wenn es doch Spaß macht? Wieso muss man immer alles rational betrachten und darf nicht einfach mal fühlen?«

Felix holt Luft, als würde er gerne noch etwas sagen, doch dann kneift er die Lippen aufeinander und verstummt. Sein Blick wirkt bedrückt und verhangen, als er dieses Mal in die Dunkelheit hinausschaut.

»Felix?« Meine Stimme klingt laut in der Stille der Nacht, obwohl ich kaum mehr als flüstere. Felix dreht sich zu mir um, und als sein dunkler Blick meinen trifft, läuft mir ein kleiner Schauer über den Rücken. »Hm?«

»Danke, dass du mich mit hierhergenommen hast. Ich habe vor lauter Lernen gar nicht mehr gesehen, dass so Weihnachten nicht aussehen sollte. Und du hast recht.«

Ohne es zu merken, sind wir bei meinen Worten immer näher aufeinander zugekommen, sodass ich Felix' warmen Atem über mein Gesicht streichen spüre. Mein Herz schlägt schnell, während ich in seinen Augen nach der Trauer suche, die er gerade noch ausgestrahlt hat. Doch jetzt ist da nur noch unendliches Blau im dämmrigen Licht der Verandabeleuchtung, und für einen Moment drohe ich, mich darin zu verlieren.

»Mit was habe ich recht?« Ich sehe aus dem Augenwinkel, wie seine Hand zuckt. Als hätte er sich im letzten Moment davon abgehalten, sie zu heben und um mein Gesicht zu legen. Also übernehme ich das und streiche ein paar verirrte Schneeflocken aus seinem Bart.

»Wir sollten wirklich viel mehr fühlen.«

Wir kommen uns noch ein Stück näher, und ich meine schon fast seine Lippen zu spüren, da schaffe ich es unbemerkt, Schnee hinten in seinen Kragen zu werfen. Erschrocken fährt Felix zurück, und ich bringe mich lachend in Sicherheit, als er mir mit funkelnden Augen und breit grinsend droht: »Na warte, das bekommst du zurück!«

Die Verfolgungsjagd dauert nicht lange, da bekommt mich Felix zu fassen und wirbelt mich durch die Luft. Ich lache und kreische, doch der Schnee in meinem Kragen bleibt aus. Stattdessen sind da nur warme Lippen auf meinen und starke Arme, die mich halten, während der Schnee um uns tanzt.

Am nächsten Tag ist Heiligabend, und ich fühle mich, als wäre ich aus einem Winterschlaf – oder besser gesagt Lernschlaf – erwacht. Felix und ich fahren am Morgen gemeinsam von der Hütte zurück ins Tal, und obwohl ich verkatert bin, strahle ich über das ganze Gesicht. Am Laden seines Dads angekommen, wissen wir beide nicht, wie wir uns verabschieden sollen. Die vergangene Nacht haben wir dicht aneinander gekuschelt auf der Couch verbracht und uns in der Dunkelheit leise Dinge zugeflüstert. Jetzt bei Tag kommt mir das Ganze surreal vor, trotzdem will ich nicht, dass es schon zu Ende ist. Und glücklicherweise sieht das Felix auch so, weshalb wir spontan gemeinsam Frühstücken gehen.

Trotzdem heißt es irgendwann Abschied nehmen, und ich war selten so glücklich, wie als Felix meine Hand nimmt und mich zum Abschied so zärtlich küsst, dass mir die Knie weich werden. Es macht sogar wett, dass er mich gegen Mittag anruft und zerknirscht mitteilt, dass die Teile für meinen Laptop erst nach Weihnachten ankommen werden. Kurz flammt das schlechte Gewissen auf, als ich an meinen genau strukturierten Lernplan denke. Aber es ändert ja doch nichts, also helfe ich stattdessen meiner Mom, alles für den Abend vorzubereiten. Wir machen Semmelknödel, bereiten den Braten zu und dünsten Gemüse, sodass, als meine Großeltern eintreffen, alles fertig ist.

Der Abend ist herrlich, verfressen und voller Freude, und mitten in unserer jährlichen Runde Phase 10 halte ich inne und betrachte voller Glück all die Menschen, die ich so sehr liebe. Mein Bruder, der sich jedes Mal schrecklich aufregt, wenn er keine Phase weiterkommt. Meine Mom, die viel zu nett spielt. Mein Dad, der mit seinem Vater ständig Witze reißt, und Oma, der der Tumult so langsam zu viel wird und die doch immer gutwollend auf uns alle schaut.

Im ganzen Unistress habe ich sie alle im vergangenen Jahr viel zu selten gesehen oder nur auf kurzen Stippvisiten, bei denen ich in Gedanken schon bei der nächsten Abgabe war. Zeit war immer eine knappe Ressource, und es hat für mich erst einen kaputten Computer gebraucht, um zu verstehen, dass Studieren nicht alles von ihr einnehmen darf.

Immerhin ist der eigentliche Zauber von Weihnachten doch, sich für die Liebsten Zeit zu nehmen, zusammenzukommen und ein paar Tage lang den Rest der Welt einfach mal warten zu lassen.

Die Erkenntnis wärmt mir das Herz und begleitet mich durch die Feiertage, die ich mit meiner Familie verbringe. Wir gehen wandern, essen viel zu viel und lachen noch mehr. Es ist herrlich, so herrlich, dass ich Felix nicht einmal sauer sein kann, als er mir am siebenundzwanzigsten Dezember zerknirscht sagt, dass er mir etwas gestehen muss.

»Weißt du …« Verlegen kratzt er sich am Kopf. »Ich hatte deinen Laptop schon am ersten Tag, als du ihn hier abgeliefert hast, repariert. Deswegen hatte ich deine Mom angerufen, um ihr zu sagen, dass ihr ihn bereits abholen könnt. Da hat sie mich gebeten, dir … dir weiszumachen, dass wir ihn noch nicht reparieren können. Damit du an Weihnachten ausspannen und die Zeit genießen kannst, anstatt dich mit dem Lernen verrückt zu machen. Es tut mir leid, ich weiß, das hätte ich nicht machen sollen. Aber als ich gesehen habe, wie losgelöst du auf der Hütte warst, da …«

Ich unterbreche ihn, indem ich mich auf die Zehenspitzen stelle und seinen Mund mit einem Kuss versiegle.

»Du musst dich nicht entschuldigen. Das war das beste Weihnachtsgeschenk, dass du mir machen konntest. Um mich zu stressen, gibt es noch genug andere Tage im Jahr, aber die wenige Zeit, die ich hier bei meiner Familie bin, möchte ich genießen.«

Felix seufzt erleichtert, und als er mich an sich zieht und mich fest umarmt, fühlt es sich wie das Schönste auf der Welt an. »Gut, dann hoffe ich, dass noch etwas Zeit für mich übrig bleibt.«

Ich lache und schlinge meine Arme ebenfalls um ihn. »Das lässt sich einrichten.«

LINZERPLÄTZCHEN
(GEEIGNET FÜR NUSSALLERGIKER)

ZUTATEN:

* 400 g Mehl
* 250 g Zucker
* 125 g Puderzucker
* 100 g Haferflocken
* 1 Pck. Vanillezucker
* 4 EL Milch
* ½ TL Backpulver

* 1 TL Zimt
* 3 EL Kakao
* ¼ TL Nelkenpulver
* 1 Prise Salz
* Als Topping: eine Marmelade nach Wahl

Da in meiner Familie jemand gegen Nüsse allergisch ist, sind Weihnachtsplätzchen oft eine Herausforderung. Doch mit diesem köstlichen Rezept können eure Liebsten ganz ohne Nüsse Plätzchen genießen!

ZUBEREITUNG:

1. Haferflocken in einem Mixer fein mahlen, dann alle Zutaten für den Teig in eine Schüssel geben und gut miteinander verkneten. Den Teig in Frischhaltefolie wickeln und 30 Min. kühl stellen.
2. Den Teig dünn ausrollen und mit einer runden Ausstechform (4–5 cm Durchmesser) ca. 30 Plätzchen ausstechen. Den restlichen Teig ausrollen und mit einem Messer in schmale Streifen schneiden (diese werden für das typische Linzertortengitter genutzt).

3. Die Plätzchen auf ein mit Backpapier ausgelegtes Blech legen und mit Marmelade bestreichen. Pro Plätzchen 4 schmale Streifen in Gitteranordnung über die Marmelade legen und an den Seiten leicht andrücken.

4. Im vorgeheizten Ofen bei 180 °C ca. 15 Minuten backen und dann abkühlen lassen.

23

JUSTINE PUST

Puderzuckerträume von dir

JUSTINE PUST ist ein typisches Küstenmädchen, tanzt zu Songs aus den 8oern und verliert sich in mitreißenden Geschichten. Sie hat das Schreiben früh entdeckt und teilt ihre Lesesucht auf ihrem Blog und auf Instagram unter @justinepust.

Die winzigen Flocken werden abgelöst von Regen, der leise gegen das Fenster des Krankenhauses trommelt. Nicht einmal das Wetter scheint in weihnachtliche Stimmung zu kommen. Statt schneebedeckten Straßen findet sich in Berlin das gewohnte Grau in Grau, das nur durch Lichterketten unterbrochen wird, mit denen alle Anwohnenden versuchen, etwas mehr Glanz auf die Festungen aus Beton zu streuen.

Zumindest haben wir unser Bestes gegeben, in dem ansonsten tristen Zimmer einen kleinen Funken der Feierlichkeit zu entzünden. Auf dem Nachttisch steht statt den üblichen Blumen ein kleiner Tannenbaum, dessen blau-silberne Kugeln meinen müden Blick spiegeln.

In dem kleinen Fernseher läuft die Neuverfilmung von *Aschenbrödel*. Ich blicke gar nicht richtig hin, obwohl ich es war, die sich auf diesen Film gefreut hat. Früher. Nun reichen mir ein paar Sequenzen, und ich muss dem Drang widerstehen, einfach zu weinen. Keine Lichterketten und kein Lametta der Welt können mein gebrochenes Herz heilen, wenn ich den Mann, den ich liebe, im Krankenhausbett vor mir sehe.

Die Geräte, an die er angeschlossen ist, geben ein monotones Summen von sich. Zu gerne würde ich wissen, was er hinter seinen geschlossenen Lidern wahrnimmt. Weiß er, dass ich hier bin? Weiß er, dass morgen Weihnachten ist?

Ich halte seine Hand, drücke sie etwas fester und hoffe, dass er meine ebenfalls drückt. Aber nichts passiert. »Wo bist du nur, Lars?«, wispere ich, aber er bleibt mir eine Antwort schuldig. Alles, was ich höre, sind das Murmeln im Fernseher und das Klopfen meines eigenen Herzens.

Ich schließe die Augen, nur für einen Moment, und versuche, mich daran zu erinnern, wie es letztes Jahr um diese Zeit war. Wie glücklich wir waren.

Lars, der mir am Weihnachtsmorgen die Augen zuhält.

Ich, wie ich ihm sein Geschenk gebe.

Wir, die zu spät zum Essen kommen, weil wir in tausend Küssen unter dem Weihnachtsbaum versunken sind.

»Emma?«

Ich zucke zusammen.

Hinter mir steht Aysel, die mich mit besorgtem Blick mustert. In ihrem dichten schwarzen Haar, das zu einem langen Zopf geflochten ist, steckt ein Haarreif, in dessen Mitte eine kleine rote Weihnachtsmütze sitzt, wie sie alle Menschen des Pflegepersonals auf dieser Station tragen.

Die Krankenschwester schließt die Tür hinter sich und tritt etwas näher. Inzwischen sehe ich sie öfter als meine eigene Familie, und irgendwie ist sie in den letzten Wochen zu einer Freundin geworden. »Du bist noch hier«, spricht Aysel das Offensichtliche aus.

»Es kommt mir falsch vor, ihn allein zu lassen.«

»Verstehe«, sagt sie und legt mir eine Hand auf die Schulter. Ich bin dankbar, dass sie mir keinen Vortrag darüber hält, dass es keinen Unterschied macht, ob ich da bin oder nicht. Mir nicht sagt, dass es albern ist, hier zu hocken und auf ein Weihnachtswunder zu hoffen, welches nicht eintreten wird.

Ich kann nicht anders. Es ist die Hoffnung, die mich weiterhin am Leben hält. Die dafür sorgt, dass ich es irgendwie schaffe, jeden Tag aufzustehen und weiterzumachen.

Ohne diese Hoffnung weiß ich nicht, wie ich all das hier durchstehen soll. Und umso schwerer wiegt das Gewicht auf meinen Schultern, dass eben diese Hoffnung mit jedem Tag ein bisschen weniger wird.

»Es ist gut, dass wir uns noch sehen«, sage ich schnell und greife zu meiner Handtasche, um ein kleines Geschenk hervorzuholen. Aysel nimmt es mit einem Lächeln in die Hand und streicht über das schimmernde grüne Papier mit der goldenen Schleife. »Das musst du doch nicht«, meint sie, aber ihr Lächeln verrät mir, dass sie sich dennoch freut.

»Ich weiß, aber ich wollte es gern.«

Neugierig mustert Aysel das Päckchen. »Und was ist da drin?«

»Das findest du erst morgen raus«, erwidere ich mit gespielt strengem Tonfall, bei dem mein Blick wieder zu Lars gleitet. Seine Neugier hat immer dafür gesorgt, dass ich sämtliche Geschenke verstecken musste, damit er sie nicht findet und sich damit selbst der Überraschung beraubt.

»Es ist nicht fair, ein Geschenk zu bekommen und es nicht gleich öffnen zu dürfen«, beschwert sich Aysel leise. Dann umarmt sie mich fest. Ihre Wärme sorgt fast dafür, dass der Damm der Selbstbeherrschung in mir bricht und all die Gefühle herauslässt, die ich so sorgfältig verpackt habe wie die Weihnachtsgeschenke.

Sanft löst Aysel sich wieder von mir und sieht mich an. »Du weißt, dass ich dich nicht rauswerfen will, aber …«

»Ist schon okay«, wehre ich ab und blicke Aysel entschuldigend an. »Ich sollte ohnehin gehen.«

Auf der Fensterscheibe bilden sich verschlungene Blumen aus Eis, während die letzte Nacht vor Weihnachten hereinbricht. Ich starre sie einen Moment an.

»Kommst du klar?«

»Das muss ich«, sage ich mit einem verkrampften Lächeln. Den Film lasse ich weiterlaufen, auch wenn ich mir sicher bin, dass Lars ihn ebenso schlecht finden würde wie ich. Oder *findet?* In seinem Gesicht erkenne ich keine Regung, nichts, was mir einen Hinweis darauf geben würde, ob ich den Fernseher nicht doch lieber ausstellen sollte.

Ich beuge mich über Lars und drücke einen Kuss auf seine Stirn, während die Stimme in meinem Kopf zu einem Flehen wird.

Bitte, wach auf! Wenn ich nur einen Weihnachtswunsch habe, dann diesen.

Lars liegt immer noch in seinem Bett, ohne Regung, ohne Antwort.

Ich drehe mich zu Aysel und wickle den Schal um meinen Hals. »Wir sehen uns morgen.« Ihre Abschiedsworte dringen nicht bis in mein Bewusstsein vor, sondern prallen an mir ab, als hätte der Eisregen mich mit einer frostigen Schicht überzogen, die mich abschirmt von dieser Welt. Mechanisch mache ich mich auf den Weg nach Hause, in die kleine Wohnung, die mir so schrecklich groß vorkommt, seit Lars nicht mehr in ihr lebt.

Eigentlich liebe ich Weihnachten.

Den andauernden Geruch von Zimt und Clementinen in der Luft, die verzierten Lebkuchenhäuser, die Geschenke unter dem geschmückten Weihnachtsbaum. Diese Zeit des Jahres war für mich immer mit Abstand die schönste, besonders nachdem Lars und ich uns kennengelernt haben. Die Erinnerung schlägt zu, als ich die schweren Stiefel von meinen Füßen löse. Obwohl Tränen in meinen Augen schimmern, muss ich lächeln.

Lars hat mich das erste Mal unter einem Mistelzweig geküsst. Vor fünf Jahren. Auf den Tag genau. Und ich weiß, dass er dieses Jahr vorhatte, mir einen Antrag unter dem Weihnachtsbaum zu machen. Aber dann kam das Leben.

Er ging über eine Straße, jemand fuhr über Rot – und nun liegt er in einem Krankenhausbett, ohne dass jemand weiß, ob er jemals wieder aufwacht. Ohne dass ich weiß, ob er sich wieder zu mir ins Leben zurückkämpfen kann.

Ich wische mir über die Augen, betrachte das Chaos in der Wohnung. Die Weihnachtsdekoration liegt noch in ihren Kisten, nur der Baum steht und wirkt beleidigt darüber, dass ich es nicht geschafft habe, ihn dem Anlass entsprechend anzukleiden. Aber ich kann nicht. Es fühlt sich schrecklich falsch an, all die kleinen Rituale ohne Lars zu machen. Hungrig gehe ich auf Socken in die Küche und mache den Kühlschrank auf, nur um zu erkennen, dass sich darin nichts befindet, was ich kochen kann. Nur Mandelmilch und Preiselbeeren blicken mir entgegen, die ganz sicher nicht zu der einsamen Flasche Ketchup passen.

Resigniert schließe ich die Tür wieder und lehne mich dagegen.

Der Gedanke daran, einfach ins Bett zu gehen, macht mich nur noch trauriger. Ich muss mich beschäftigen, denn meine Träume sind Verräter und zeigen mir Bilder, die die Realität beim Aufwachen nur noch schmerzhafter machen.

Wenn ich schon nicht zur Ruhe komme, kann ich zumindest versuchen, etwas Nützliches zu tun. Auch wenn mein Talent in der Küche sich in Grenzen hält, könnte ich Gebäck mit ins Krankenhaus nehmen.

Gegen die einsame Stille schalte ich unsere YouTube-Playlist an und suche Backutensilien aus den Regalen. Lars war es, der sonst für uns gebacken hat. Ich bin schon froh, wenn ich Zucker nicht mit Salz verwechsle. Aber morgen ist Weihnachten, und wer weiß? Vielleicht hilft es, wenn ich eines seiner Rezepte benutze. Vielleicht hilft ihm der Geruch dabei, wieder die Augen zu öffnen. Und im schlimmsten Fall haben die Pflegekräfte auf der Station etwas zu essen für ihre Pause.

Auf Zehenspitzen strecke ich mich nach dem abgegriffenen Notizbuch, das Lars immer für seine Rezepte benutzt hat. Andächtig streiche über die geschwungenen Buchstaben. Jedes Wort gibt mir das Gefühl, ihm ein bisschen näher zu sein.

Ich rühre den Teig für die Muffins und beginne, leise die Melodie von *Merry Christmas Everyone* zu summen. Der Geruch von Zimt und Zucker hilft gegen die Einsamkeit in mir, gibt mir das Gefühl, etwas näher an der Wärme zu sein, die Lars für mich bedeutet. Nachdem die Muffins im Ofen sind, mache ich mir einen Tee und beginne damit, die Kisten voller Lichterketten und Weihnachtskugeln auszupacken. Die große Uhr über der Kommode zeigt an, dass in einer Stunde der 24. Dezember anbricht.

Der Regen hat sich wieder in Schnee verwandelt und baut kleine weiße Türmchen auf dem Fensterbrett. Mit dem dampfenden Tee in der Hand betrachte ich mein Werk. Die Lichterkette funkelt zwischen den grünen Zweigen des Tannenbaums wie Sterne am Nachthimmel. Wie die Hoffnung in mir.

Müde und doch zu erschöpft zum Schlafen sinke ich auf das Sofa. Der Geruch der Muffins liegt in der Luft, vermischt sich mit dem des Baums und sorgt so dafür, dass eine einsame Träne über mein Gesicht läuft.

Ein plötzliches Klopfen lässt mich so abrupt hochschrecken, dass etwas von meinem Tee auf der Kuscheldecke des Sofas landet. Verwirrt starre ich die Wohnungstür an.

Es ist mitten in der Nacht, wer zum Teufel sollte um diese Zeit an meine Tür hämmern?

Wieder ein dumpfer Schlag.

Dieses Mal eindringlicher. Fester, als wollte mich jemand nur mit dem Klang des Klopfens dazu bringen, meine Tür auch wirklich zu öffnen.

Mit vorsichtigen Schritten nähere ich mich und spähe durch den Spion, aber es ist nichts zu erkennen. Das Wummern meines Herzens ist so schnell wie das Trappeln von Rentieren. Habe ich mich getäuscht? Vielleicht ist niemand vor meiner Tür, sondern vor einer der anderen Wohnungen in diesem Komplex.

Doch dann passiert es wieder.

Vor Schreck reiße ich die Augen auf. »Wer ist da?«

»Emma …« Diese Stimme würde ich überall erkennen, zu jeder Zeit und an jedem Ort dieser Welt. Mein Herz pocht. Wie paralysiert starre ich die Tür an, ohne dass mein Verstand begreifen könnte, was hier gerade passiert.

»Emma, mach auf.«

Zitternd greife ich zur Türklinke.

Lars steht vor mir. Das blonde Haar ist in den letzten Wochen etwas zu lang geworden und hängt ihm in die braunen Augen, aber auf seinen Lippen liegt ein Lächeln. Er wischt sich den frischen Schnee von den Schultern und macht einen Schritt auf mich zu.

Ich bin bewegungsunfähig, stehe nur da und starre ihn an, weil ich nicht glauben kann, was ich da sehe. Nur mein Herz, das zweifelt keine Sekunde, sondern zerspringt in tausend Eiskristalle.

Er fährt sich durch die Haare. »Emma …«

Ich weiche zurück, nicht vor ihm, sondern vor dem Schmerz, der mich durchfahren wird, wenn ich realisiere, dass es nicht echt ist. Dass er nicht echt sein kann, nicht sein Lächeln und nicht die kleinen Pfützen, die sich um seine Schuhe herum gebildet haben. »Ist das ein Traum?«

Lars scheint einen Moment zu überlegen, ob er mir darauf antworten soll. »Würde das einen Unterschied machen?«, fragt er zurück und kommt näher. Nah genug, damit ich seine Wärme spüren kann und sein Duft mir in die Nase steigt. Dieser vertraute Geruch nach all dem, was ein Zuhause für mich ausmacht.

Mit beiden Händen umfasst er mein Gesicht, wischt die Tränen fort, von denen ich nicht wusste, dass sie fließen, und presst seine warmen Lippen sanft auf meine. Hitze wallt durch meinen Körper. Lars ist hier, er ist bei mir.

Lächelnd sieht er mich an. »Du schmeckst nach Puderzucker.«

»Ich hab gebacken«, murmle ich verwirrt, nur um gleich darauf die Augen aufzureißen. »Die Muffins!«

Ich stürme in die Küche. Die Muffins sind etwas dunkel geworden, doch zumindest nicht verbrannt. Ich stelle das heiße Blech auf dem Küchentisch ab, während Lars die Wohnungstür schließt und seine Jacke auf das Sofa wirft. Abwartend steht er da und schiebt die Hände in die Hosentaschen.

Er sieht aus wie immer, von den längeren Haaren einmal abgesehen. Keine Anzeichen von Verletzungen, von Erschöpfung – das ist einfach Lars, mit dem Lächeln, das kleine Grübchen in seine Wange zeichnet und das meine Knie schwach macht.

»Du hast den Baum ja schon geschmückt«, stellt er plötzlich fest und macht ein paar Schritte, um die Tanne genauer in Augenschein zu nehmen. Federleicht gleiten seine Fingerspitzen über die Kugeln.

»Ich hätte es lieber mit dir getan«, antworte ich, ohne so richtig zu wissen, was ich mir von diesen Worten erhoffe.

Lars lässt sich davon allerdings nicht verunsichern. Er hebt eines der Geschenke vom Boden auf. »Ist das für mich?«

Mehr als ein Nicken bringe ich nicht zustande, aber das mindert sein Lächeln nicht. Er kommt wieder zurück in die kleine Küchennische und sieht mich an. »Darf ich es öffnen?«

»Erst morgen«, antworte ich, fast schon aus Reflex.

Lars deutet auf die Uhr hinter mir. »Aber es ist doch schon

Weihnachten!«, beschwert er sich mit einem kindlichen Unterton in der Stimme.

Ich greife nach seinem Gesicht, zeichne mit dem Finger die Kontur seines Kinns nach. »Okay«, hauche ich erstickt.

Das lässt Lars sich nicht zweimal sagen. Mit geschickten Fingern öffnet er die große Schleife und entfernt das goldene Papier, um ein gerahmtes Bild emporzuziehen. Seine Augen wandern von dem Bild zu mir. »Es ist wunderschön«, sagt er und zieht mich in seine Arme. »Wann hast du das gemacht?«

Mein Blick gleitet zu dem gerahmten Foto, das schimmernde Eiskristalle zeigt, die ihr Muster vor den Fenstern unserer Wohnung gezeichnet haben. »Letztes Jahr um diese Zeit«, murmle ich gegen Lars' Brust.

Er legt das Foto zur Seite und schließt mich fester in seine Arme, so fest, dass ich hoffe, dass er mich nie wieder loslässt. Mich nie wieder allein lässt. »Wurde mein Weihnachtswunsch erhört?«, frage ich mich selbst.

»Vielleicht, aber wir sollten die Zeit nicht verschwenden.« Seine raue Stimme löst tausend Dinge gleichzeitig in mir aus. Tausend Erinnerungen, die wie in einer Schneekugel durcheinandergewirbelt werden. Tausend Worte, die ich ihm sagen wollte, doch die jetzt wie in einem dichten Schneesturm nicht mehr zu finden sind. Tausendmal »Ich liebe dich«, das ungesagt im Eis erstarrt ist.

Ich halte es nicht mehr aus.

»Lars … « Mehr bekomme ich nicht heraus, weil es keine Worte gibt, die beschreiben könnten, was ich gerade fühle. Alles wirbelt durcheinander. Sehnsucht, Schuld, Angst. Und Liebe. So viel Liebe.

Mein Körper schreit nach seiner Berührung, nach seinen Küssen. Ich schlinge die Arme um seinen Hals und presse meinen Körper gegen seinen. Unsere bebenden Lippen treffen aufeinander. Das Zittern in mir verwandelt sich in einen

Schwarm aus eisblauen Nachtfaltern in meinem Bauch. Lars zieht mich noch fester an sich. Seinen Körper so nah an meinem zu spüren, fühlt sich an, als seien alle Wünsche, die ich je hatte, in diesem Moment real geworden. Wie ein Hauch von Magie.

»Emma.«

Ich halte inne, sehe ihm in die Augen und will nicht, dass er noch etwas sagt. In seinem Blick liegt alles, vor dem ich Angst hatte, seit er durch die Tür kam. Liebevoll streicht er mir eine verirrte Strähne aus dem Gesicht. Er öffnet den Mund, aber ich komme ihm zuvor: »Bitte geh nicht.«

Sein Lächeln verändert sich, wird trauriger. Aber er sagt nichts. Stattdessen geht er um mich herum, nimmt sich den Puderzucker und streut ihn über die Muffins. Mit einem süffisanten Lächeln steckt er sich den Daumen in den Mund, um den Zucker abzulecken. »Du hast gebacken? Nach meinem Rezept?«

»Ich vermisse deine Qualitäten in der Küche«, gebe ich zu.

»Ich hoffe, nicht nur die«, gibt Lars neckisch zurück, als sei all das hier nicht sonderbar, als wäre da nicht der Hauch von Angst, der uns umgibt. Der Hauch von Hilflosigkeit, weil wir nicht wissen, wie viel Zeit uns bleibt.

Er beißt in eines der Gebäckstücke. Auf seinem Gesicht zeigt sich für einen Moment Unglauben. »Die sind gut«, stößt er aus.

»Ich hab mir das einfachste Rezept rausgesucht, das ich finden konnte«, erkläre ich und deute auf sein Notizbuch, das noch immer aufgeschlagen auf der Theke neben dem Zucker steht.

»Gute Wahl.« Er kommt wieder näher und hält mir den Muffin hin. »Probier mal.«

Auch wenn es mir absurd erscheint, beiße ich in den fluffigen Teig. Der Zimt und die Preiselbeeren lassen meine Zunge prickeln. »Lars …«, sage ich noch einmal flehend, aber er erstickt meine restlichen Worte mit einem Kuss, der nach etwas schmeckt, das ich nicht erwartet habe.

Hoffnung.

Nur ein kurzer Moment Hoffnung, der mir doch das Gefühl gibt, nur durch diesen Funken den schlimmsten Schneesturm überleben zu können. Atemlos löse ich mich wieder von ihm. Lars rückt etwas von mir ab.

Seine Haltung hat sich verändert, die Schultern sind gestraffter, als müsste er sich darauf vorbereiten, was nun kommt. Er blickt über seine Schulter.

»Wir haben nicht mehr viel Zeit.« Seine Stimme ist nicht mehr als ein Flüstern, und doch dringt sie mir durch Mark und Bein. Er hat den Blick auf die Eingangstür gerichtet.

Ein eisiger Schauder lässt mich frösteln. Ich kann es sehen. Dort, wo eben noch meine Tür war, ist eine gleißende Wand aus Licht, deren goldener Schimmer auch die Kugeln am Weihnachtsbaum zum Leuchten bringt.

»Nein«, flehe ich und schüttle den Kopf. »Lars, bitte. Du darfst nicht gehen.«

Seine Augen wandern auf den Boden, weichen mir aus. »Hab keine Angst, Emma …«

»Ich kann dich nicht verlieren«, entkommt es meinen Lippen. »Nicht noch mal.«

Sanft streicht Lars mir eine Strähne aus dem Gesicht und hebt mein Kinn, schaut mir wieder in die Augen. »Es schneit«, sagt er, als würden die dicken, dichten Flocken vor dem Fenster irgendetwas ändern. »Erinnerst du dich noch daran, was wir beim ersten Schnee immer getan haben?«

Ich schlucke schwer, halte mich an ihm fest. »Wir haben den Schlitten aus dem Keller geholt, und du hast mich gezogen«, erinnere ich mich.

»Ja, nur war es meist zu wenig Schnee«, sagt er lachend.

»Am Ende habe ich dich mehr über Matsch gezogen als über Schnee. Aber das hat nichts geändert. Es war trotzdem magisch.«

»Es war …«, wiederhole ich seine Worte, denn die Art, wie er es sagt, bringt mein klopfendes Herz zum Erstarren.

Lars nickt. Langsam und gequält. »Wir wissen beide, dass ich nicht bleiben kann.«

»Bitte …«

Er legt mir einen Finger auf die Lippen. »Danke für das beste Weihnachtsgeschenk, das ich je bekommen habe«, haucht er an meine Stirn und zieht mich wieder an sich. Ich will ihn nicht loslassen, ertrage den Gedanken nicht, dass er allein in den Schnee da draußen geht. Aber er lässt mir keine Wahl.

In seinem Gesicht steht keine Angst, kein Zweifel, nicht der Hauch von all dem, was in meiner inneren Schneekugel wirbelt. Ein letztes Mal beugt er sich zu mir und drückt seine Lippen auf meine. Ein letztes Mal schlinge ich die Arme um seinen Hals.

»Wir sehen uns auf der anderen Seite, Emma.« Dann geht er an mir vorbei.

»Nein!«, rufe ich aus. Aber Lars dreht sich nicht um, geht immer weiter auf das Licht zu. »Nein, warte!« Ich kann mich nicht bewegen, kann nur zusehen, wie der Mann, den ich liebe, hinter dem gleißenden Licht verschwindet und davon verschluckt wird. »Nein!«

Schreiend schrecke ich hoch. Noch halb im Traum gefangen, wische ich mir über das tränennasse Gesicht und brauche einen Moment, um zu begreifen, dass mein Handy klingelt und mich geweckt hat. Ich taste das unordentliche Sofa panisch ab, finde das Telefon schließlich in der Ritze und starre das Display an. Die Klinik.

Mein gesamter Körper scheint zu gefrieren, und es ist mir

unbegreiflich, wie ich es schaffe, das Handy an mein Ohr zu halten und zu sagen: »Ja?«

»Emma?« Aysels Stimme klingt aufgeregt, fast schon panisch.

In meinem Kopf herrscht gähnende Leere. Ich habe Angst vor dem, was sie gleich sagen wird. »Ja?«

»Du musst sofort kommen.«

Ich will es nicht fragen, aber die Worte verlassen trotzdem meinen Mund: »Was ist passiert?«

Aysel schweigt für einen Herzschlag, doch für mich fühlt es sich an wie eine Ewigkeit. Die Lichterkette meines Weihnachtsbaums beginnt zu flackern. Das wechselnde Licht zaubert Schatten an die Wände, in denen ich für den Bruchteil einer Sekunde glaube, Lars zu sehen. Der Schnee fällt noch immer.

Dann kann ich hören, wie Aysel lächelt. »Er ist wach, Emma. Lars ist endlich aufgewacht.«

WEIHNACHTLICHE VEGANE MUFFINS

ZUTATEN:
- ★ 150 g Mehl
- ★ 100 g Zucker
- ★ 125 ml Mandelmilch
- ★ 60 ml Öl oder geschmolzene Margarine
- ★ ½ Pck. Backpulver

- ★ 1 Pck. Vanillezucker
- ★ 1 TL Zimt
- ★ Puderzucker
- ★ Kleines Glas Preiselbeeren
- ★ Ggf. Vanillesoße

ZUBEREITUNG:
1. Backofen auf 180 °C Ober- und Unterhitze vorheizen und Weihnachtsmusik anmachen.
2. Alle Zutaten, außer die Preiselbeeren und den Puderzucker, in eine große Schüssel geben und zu einem glatten Teig vermengen.
3. Muffinförmchen auf dem Backblech verteilen und im Anschluss je einen Esslöffel des Teigs hinzugeben. Während des Mitsingens von *Merry Christmas Everyone* mit einem Teelöffel eine kleine Portion der Preiselbeeren in die Mitte der Förmchen geben. Zum Schluss die Preiselbeeren mit Teig bedecken.
4. Dann ab in den Ofen und nicht vergessen, den Timer auf 15 Min. zu stellen.
5. Den großen Löffel als Mikrofon benutzen und weitere Weihnachtslieder mitsingen, bis der Timer piept oder jemand in die Küche kommt.

6. Nach 15 Minuten einmal nachschauen, ob die Muffins durch sind. Ggf. 5 Min. länger im Ofen lassen und hoffen, dass sie dann nicht zu durch sind.

7. Die Muffins aus dem Ofen holen und abkühlen lassen. (Oder heimlich den ersten essen.)

8. Zum Anrichten der Muffins die restlichen Preiselbeeren nutzen und alles großzügig mit Puderzucker bestreuen. Alternativ passt auch etwas heiße Vanillesoße super dazu.

Guten Appetit & viele Puderzuckerküsse
Justine

24

KATHINKA ENGEL

Swiping right for Christmas

KATHINKA ENGEL kennt die Buchwelt aus verschiedensten Perspektiven: Als leidenschaftliche Leserin studierte sie Allgemeine und Vergleichende Literaturwissenschaft, arbeitete für eine Literaturagentur, ein Literaturmagazin und als Redakteurin, Übersetzerin und Lektorin für verschiedene Verlage. Wenn sie nicht gerade schreibt oder liest, trifft man sie in Craft-Beer-Kneipen, im Fußballstadion oder als Backpackerin auf der Suche nach dem nächsten Abenteuer. Mit ihrem Debüt »Finde mich. Jetzt« schaffte Kathinka Engel es aus dem Stand auf die SPIEGEL-Bestsellerliste.

Bei Instagram und TikTok teilt sie unter @kathinka.engel ihre Begeisterung für Bücher.

Ich habe mit unmenschlichen Schichtdiensten aufgrund der extremen Unterfinanzierung des NHS gerechnet. Denn jeder weiß, wie es um das englische Gesundheitssystem bestellt ist. Ich habe mit unappetitlichen Wunden gerechnet, die ich behandeln muss. Mit Schlafmangel, mit emotionalen Extremsituationen. Ich habe damit gerechnet, mit meinem Langzeitfreund zusammenzuziehen, ihn nie zu Gesicht zu bekommen, weil auch er – ebenso wie ich – Arzt ist. Und ich habe mit Weihnachten in London gerechnet.

Womit ich nicht gerechnet habe, was ich nie für möglich gehalten hätte, ist, am vierundzwanzigsten Dezember in einer winzigen Praxis am anderen Ende des Landes zu hocken (wenn man denn diese entlegenen schottischen Inseln noch zum United Kingdom zählen wollte), einer gewissen Miss Lundy jeden Tag ein anderes Placebo-Medikament gegen vermeintliche Zipperlein zu verschreiben, während das einzige, worunter sie wirklich leidet, Einsamkeit ist, und jeden Abend dieselben vier Kerle auf Tinder angezeigt zu bekommen.

Aber hier bin ich. Am Weihnachtsabend am anderen Ende des Landes, in Lerwick, der Hauptstadt der Shetland-Inseln, in Vertretung von Dr. Beattie, der mit seiner Frau nach Lanzarote gezogen ist. Was man ihm kaum verdenken kann, wenn man sich den eiskalten Nieselregen und die vier Stunden Tageslicht so ansieht. Und als frischgebackener Single habe ich mit Miss Lundy vermutlich mehr gemeinsam, als mir lieb ist.

Eine Trennung ist nie schön. Besonders dann nicht, wenn man über Jahre Seite an Seite für ein Ziel gekämpft hat. Wenn man zusammengewohnt hat. Wenn die Familien sich kennen- und ein Stück weit lieben gelernt haben. Und das beinahe Unschönste ist das Mitleid, mit dem man überschüttet wird, wenn der Schuldige an der ganzen Misere so eindeutig ein untreuer zukünftiger Herzchirurg ist. Mitleidsbesuche, Mitleidsanrufe, Mitleidsgeschenke, Mitleidsalles. Da kann es schon mal passieren, dass man seinen Kopf für einen Moment ausschaltet und eine Entscheidung trifft, die einen an diesen Ort führt.

Auf den Mitleidsrat meiner kleinen Schwester Sita hin habe ich mir zum ersten Mal in meinem Leben Tinder installiert. Und nachdem mein letzter Patient mir frohe Weihnachten gewünscht hat und für heute gegangen ist, swipe ich mich, wie jeden Abend, durch dieselben vier Junggesellen im Umkreis von fünfzig Meilen.

Da ist Tavish, 26, dessen Kopf man vor lauter Muskelmasse kaum noch sieht. Er ist sicher ein netter Kerl, aber ich habe das starke Gefühl, dass ich lieber jemanden hätte – und sei es nur für eine Nacht –, dessen Kopfumfang größer ist als sein Bizeps.

Dann gibt es Brodie, 31, einen bärtigen Naturburschen, bei dessen salbungsvollen Selbstliebe-Weisheiten mein zynisches, schwarzes Herz leider ein bisschen kotzen will.

Der Dritte im Bunde ist Stewart, 28. Und obwohl es mir imponiert, dass er den Mut hat, seine Jungfräulichkeit auf seinem Tinder-Profil zu verkünden, werde ich sicher nicht diejenige sein, die sie ihm nimmt.

Was mich zu Nummer vier bringt. Erwin, 23, oder wie ich

ihn nenne: die wandelnde Geschlechtskrankheit. Denn in seiner Beschreibung sagt er, dass er die Welt umschifft und den Plan hat, in jedem Hafen ein Mädchen zu küssen, um über jemanden hinwegzukommen. Er sieht zwar richtig nett aus – niedlich beinahe mit seinen blonden Haaren und den roten Backen –, aber da probiere ich es dann doch lieber mit einem Schluck destilliertem Wasser, wie ich es Miss Lundy empfohlen habe.

»Hey, Janya?« Meine Sprechstundenhilfe Effie Linklater klopft an die halb offene Tür. »Ich bin dann fertig.«

»Danke dir«, sage ich und blicke von meinem Handy auf.

»Mach nicht mehr so lang, okay?« Ich glaube, Effie sorgt sich um mich. Eine junge Frau, die Abend für Abend allein in ihrem Zimmer über der Praxis hockt und Trübsal bläst. Und dann auch noch an diesem Abend. Dem Abend aller Abende. Das muss einem Energiebündel wie ihr merkwürdig vorkommen.

»Ich gehe gleich.«

»Oder … vielleicht magst du mit in den Pub kommen?« Das fragt sie mich regelmäßig. Aber ich habe die Befürchtung, dass ich mich noch einsamer fühle, wenn ich sehe, dass andere Menschen ein funktionales Sozialleben oder glückliche Beziehungen haben. Und dass ich mich noch mehr fehl am Platz fühle, wenn ich als offensichtliche Fremde unter all diesen rothaarigen, sommergesprossten, käseweißen Einheimischen sitze. »Ich bin mit meinen Schwestern und ein paar Freunden verabredet. Ist sozusagen eine Weihnachtstradition.«

»Danke, aber ich kann nicht. Ich …« Schnell eine Ausrede einfallen lassen. »… telefoniere mit meiner Familie.«

»Okay. Dann ein andermal«, sagt sie. »Frohe Weihnachten.«

»Frohe Weihnachten, Effie.«

Und dann verlässt sie die Praxis.

Oben in meiner kleinen Wohnung öffne ich eine Dose viel zu süßen Cider, den ich einzig aufgrund des weihnachtlichen Layouts gekauft habe, wärme mir ein wenig feierliches Mikrowellengericht auf und überlege, ob ich meine Familie tatsächlich anrufen sollte. Dann hätte ich nicht einmal gelogen. Aber dann muss ich wieder erklären, warum ich als einzige Ärztin im Ort an Weihnachten nicht einfach so nach London kommen kann.

Die Mikrowelle pingt, und ich nehme die Plastikform heraus. Unter der Folie hat sich Kondenswasser gebildet, das beim Abreißen in die ohnehin schon wässrige Soße tropft. Mich graust es ein bisschen, aber wenigstens kann man sich bei diesen Gerichten darauf verlassen, dass sie besser schmecken, als sie aussehen. Also nehme ich das dampfende Essen und meinen Cider mit auf die Couch, wickle mich in eine Wolldecke und scrolle mich auf meinem Laptop durch das Angebot an Weihnachtsfilmen.

Obwohl meine Eltern beide Hindus sind (und Sita und ich genau genommen auch), haben wir immer Weihnachten gefeiert. Die indische Version von Weihnachten. *Bada din,* was so viel heißt wie *Großer Tag.* Vielleicht sind Sita und ich gerade deswegen so versessen auf die überkitschten amerikanischen Winterwonderland-Schnulzen.

Aber heute deprimiert es mich. Alles. Die Filme, die Wolldecke, der Cider, die Pampe, die ich Abendessen nenne. Und ich frage mich, ob ein anständiger Cider und Fish & Chips nicht doch die bessere Alternative gewesen wären. Oder immer noch wären. Und auf einmal gebe ich mir einen Ruck.

Aus dem *Hideout* dringen gedämpftes Gelächter und der Refrain von *Fairytale of New York,* dem Weihnachtsklassiker schlechthin. Die alten, schiefen Fenster sind in warmes Licht getaucht, das ein paar Raucher mit ihren Pintgläsern erhellt.

Als ich die Tür aufschiebe, schlägt mir sofort warme, bierige Luft entgegen. Die Stimmen werden lauter.

Ich sehe mich um. Alle Tische sind besetzt. An einigen sitzen Paare beim Abendessen. An anderen Gruppen aus jungen Leuten oder Fischern. Der Geruch von Frittiertem dringt an meine Nase, und mein Magen knurrt. Ein paar Barhocker sind noch frei, und so setze ich mich neben einen alten Mann, der aussieht, als würde er hier wohnen.

»'n Abend«, nuschelt er, und ich nicke ihm freundlich zu.

»Was darf's sein?«, fragt ein Mann mit schütterem rotem Haar hinter der Theke.

»Einen Cider, bitte«, sage ich. »Und eine Portion Fish & Chips.«

»Bist du zu Besuch?«, fragt er jetzt. »Oder auf Durchreise?« Er lacht laut über seinen eigenen Witz.

»Nein. Ja. Nein.« Ich weiß nicht einmal, was ich bin. »Ich bin die Vertretung von Dr. Beattie.«

»Eine Ärztin, oho!«, sagt er. »Dann stell ich mich mal gut mit dir, sonst erzählst du den Leuten noch, dass Alkohol schlecht für die Leber ist oder so.« Er zwinkert mir zu. »Ich bin Joseph. Joseph Garrioch. Der Besitzer des Pubs hier.«

»Janya«, sage ich und schlucke den Drang hinunter, zu sagen, dass Alkohol natürlich schlecht für die Leber ist. Aber niemand mag Klugscheißer. Schon gar nicht, wenn er von außen kommt. Und erst recht nicht an der Bar. Am Weihnachtsabend.

Joseph stellt einen Pint Cider vor mich, und ich nehme einen Schluck. Viel besser als der, den ich mir aus dem Supermarkt geholt habe. Wenig später stelle ich fest, dass auch die Fish & Chips ein anderes Kaliber sind als Mikrowellenpampe. Und auch ein anderes Kaliber als Fish & Chips in London, wenn wir schon dabei sind.

»Hey, Joseph. Machst du mir noch drei?«, fragt eine angenehme Stimme neben mir, als ich gerade den Rest Tartarsauce mit dem letzten Pommes auslöffle.

Ich wende den Kopf – und traue meinen Augen nicht. Denn neben mir steht die wandelnde Geschlechtskrankheit! Ich starre. Seine Wangen sind genauso rosig wie auf dem Foto. Seine Haare sind ein bisschen länger und hängen ihm in die Stirn.

»Hi«, sagt er und grinst mich an.

»Hi«, erwidere ich.

»Kennen wir uns?«, fragt er.

Was für ein lahmer Spruch ist das denn? Aber was erwarte ich auch von einem Kerl, der in jedem Hafen was mit einer anderen Frau haben will. Als wüsste er in einem Pub voller weißer Menschen nicht, dass er mich noch nie gesehen hat.

»Na, weil du mich so angestarrt hast«, präzisiert er, und sofort wird mein Gesicht heiß, weil ich mich ertappt fühle.

»Äh, nein«, sage ich. Und dann, weil ich sicher nicht will, dass er sich in seiner Eitelkeit bestätigt sieht: »Aber ich weiß, dass du in jedem Hafen eine andere hast.«

»Oh«, sagt er, und seine Gesichtszüge entgleisen ihm für einen Augenblick. Das verbuche ich als Erfolg. »Das ist jetzt ein bisschen peinlich.«

»Was? Findest du?«, frage ich und mache keinen Hehl aus meinem Sarkasmus.

»Ich hatte ganz vergessen, dass ich das noch in meinem Profil stehen habe. Ich hatte die ganze App, ehrlich gesagt, vergessen ...«

»Du musst dich nicht rechtfertigen«, sage ich. »Zu meinem Glück weiß ich ja, dass ich mich von dir fernhalten sollte.«

»Und das ist jetzt ein bisschen ärgerlich«, sagt er, und ich schnaube. »Kann ich's dir erklären?«

Gerade will ich fragen, wozu das gut sein soll, da höre ich aus einer der hinteren Ecken lautes Gelächter. Der Wunsch, wenigstens für einen Moment nicht allein zu sein, ist groß. Beinahe übermächtig. Und so zucke ich mit den Schultern und sage: »Wenn's dich glücklich macht?«

»Macht es«, sagt er. »Bin gleich wieder da.« Er nimmt zwei der Pints und bringt sie an den Tisch, von dem das Gelächter kam. Der Tisch, an dem auch Effie Linklater sitzt, wie mir jetzt auffällt. Aber da sie mir den Rücken zugewendet hat, sieht sie mich nicht. Gott sei Dank. Denn das Letzte, was ich will, noch hinter der wandelnden Geschlechtskrankheit, der mir seine Geschichte erzählt, ist eine weitere Mitleidseinladung von meiner Sprechstundenhilfe.

»So«, sagt Erwin, als er zurück ist. »Cheers.« Er hebt sein Glas und stößt mit mir an. »Das ist wirklich interessant. Ich habe noch nie einen so fundamental schlechten Eindruck bei jemandem hinterlassen, ohne, dass wir uns auch nur kennengelernt hätten.« Er grinst.

»Es gibt für alles ein erstes Mal«, antworte ich.

»Na, dann wollen wir mal dafür sorgen, dass es nicht dieses Mal ist«, sagt Erwin und räuspert sich. »Ich sehe ein, dass es absolut scheiße wirkt. Und es war auch sicher nicht meine glorreichste Idee, das muss ich zugeben. Aber sie hat einem Zweck gedient. Und ich habe immer mit offenen Karten gespielt, das kann man mir vielleicht zugutehalten.«

»Das entscheide ich dann«, sage ich, muss aber ein bisschen lachen, weil es ihm offenbar wirklich wichtig ist, seinen Ruf zu retten. Und wenn es vor einer völlig Fremden ist.

»Der Grund, warum ich überhaupt auf diesem Frachtschiff angeheuert habe, war, dass ich jahrelang unglücklich verliebt war«, beginnt er. »In meine beste Freundin. Irgendwann hab ich mir ein Herz gefasst und es ihr erzählt, und sie … na ja … hat die Gefühle nicht erwidert. Ich brauchte Abstand. Und ich brauchte irgendwas, womit ich mich von ihr ablenken konnte. Eine Weltreise kam mir da wie eine gute Idee vor. Ein paar

Leute aus der Crew hatten dann die Idee mit dem Tinder-Profil. Natürlich habe ich mich nicht um die halbe Welt geschlafen, keine Sorge. Und auch wenn das jetzt trotzdem nicht nach einer charmanten Aktion klingt, hast du immerhin hier die Motivation. Ein gebrochenes Herz, Liebeskummer und das Gefühl, etwas nachholen zu müssen.«

Ich schlucke. Die Aktion ist natürlich immer noch vollkommen bescheuert. Aber die Tatsache, dass ich überhaupt weiß, wer Erwin ist, entspringt schließlich ungefähr der gleichen Motivation. Liebeskummer, Frustration und … ja … dem Gefühl, nach meinem anstrengenden Studium und einer gescheiterten Langzeitbeziehung etwas nachholen zu wollen. Um noch einen Moment zum Nachdenken zu haben, nehme ich einen Schluck Cider. Dann frage ich: »Und? Hat es funktioniert?«

»Ich bin wieder hier, und ich kann mit ihr und ihrem Freund am Tisch sitzen, ohne, dass ich mich wimmernd in Embryonalstellung zusammenkauern will, wenn du das meinst.«

»Ja, das meine ich.«

»Ich weiß allerdings nicht, ob es die ganze Knutscherei war oder einfach die Zeit, die vergangen ist.«

»Vielleicht eine Mischung.«

»Vielleicht, ja.« Er blickt zu seinen Freunden, dann wieder zu mir. »Und? Wie fällt dein abschließendes Urteil aus?«

»Ich glaube, du solltest deine Tinder-Bio aktualisieren.«

»Guter Punkt.« Er zückt sein Handy, öffnet die App und tippt etwas. »Erledigt.«

»Dann kannst jetzt wieder beruhigt zu deinen Freunden zurückgehen«, sage ich. »Ich halte dich nicht mehr für eine wandelnde Geschlechtskrankheit.«

»Und mit Geschlechtskrankheiten kennt sie sich aus«, mischt sich Joseph kurz ein. »Sie ist Ärztin.«

»Du bist Ärztin?« Erwin nickt anerkennend. »Aber ehrlich gesagt … ich will gar nicht zurück. Es sei denn, du möchtest mich loswerden?«

Ich schüttle den Kopf. Im Gegenteil, es ist das erste Mal seit Wochen, dass ich mich hier fast schon wohlfühle. Und vor allem − und das ist vielleicht das Wichtigste − nicht einsam. »Bleib, wenn du magst.«

Und er bleibt. Und wir unterhalten uns. Über seine Weltreise. Das Zurückkommen an einen Ort, der sich nie verändert. Über meine Entscheidung, hierherzuziehen. Mein Studium. Über Mitleidsbesuche und -anrufe. Über Mitleids-Tinder.

»Aber wenn wir ehrlich sind, ist die Auswahl hier nicht gerade groß«, sage ich, während er zwei neue Pints bestellt.

»Im Vergleich zu London muss das ja schon krass sein. Jetzt stell dir mal vor, du hast dich durch die ganze Welt getindert«, sagt er und lacht. Es gefällt mir, dass er sich über sich selbst lustig macht.

»Bist du jetzt eigentlich so was wie ein internationaler Profi?«, frage ich. »Auf dem Gebiet des Küssens?«

Er grinst. Und seine Wangen färben sich noch etwas röter, als sie ohnehin schon sind. »Ich kann auf jeden Fall berichten, dass sich niemand je beschwert hat.«

Die Art, wie er das sagt, macht, dass mein Herz kurz flattert. Was bescheuert ist. Aber in seiner Stimme liegt Verheißung, und Verheißung ist das Gegenteil von allem, was mir in letzter Zeit begegnet ist. Da waren nur Tristesse und Mitleid.

»Wen hast du bei deiner Rückkehr geküsst?« Meine Stimme klingt ein bisschen belegt, weil ich schlucken muss.

Er lacht leise. »Witzig, dass du das fragst. Lerwick ist der einzige schwarze Fleck auf der Kusskarte.«

»Ihretwegen?«, frage ich.

Er schüttelt den Kopf. »Du hast ja schon festgestellt, dass

die Auswahl in so einer Kleinstadt eher bescheiden ist. Und sie wird nicht größer, wenn man alle kennt.«

»Mich kennst du nicht«, sage ich, und er blickt mich überrascht an. Überrascht, aber ein bisschen neugierig.

»Nein, dich kenne ich nicht, Janya.«

Ich habe keine Zeit, mich zu fragen, woher er meinen Namen weiß, denn mein Gesicht nähert sich seinem. Und seins nähert sich meinem. Und als unsere Lippen aufeinandertreffen, denke ich nur zwei Worte. *Bada din.* Ein großer Tag. Für mich.

Nachdem ich am Weihnachtsmorgen mit meiner Familie gefacetimt habe, öffne ich wie automatisch die Tinder-App. Heute ist der Erste, der mir angezeigt wird, Erwin. Und in seiner Bio steht »Frohe Weihnachten, Janya«.

Ein breites Lächeln stiehlt sich auf mein Gesicht, und entschlossen swipe ich diesmal nach rechts. Noch in derselben Sekunde matchen wir. Daher kannte er gestern also auf einmal meinen Namen. Ich lächle, während ich eine Nachricht an ihn schreibe.

Dir auch frohe Weihnachten.

Als hätte er auf meine Nachricht gewartet, antwortet er sofort. *Dir gefällt meine neue Bio also?*

Wesentlich besser als die alte.

Weißt du, schreibt er dann, *es ist schon verrückt. Da schippert man durch die ganze Welt, und den besten Kuss hat man einfach hier. Zu Hause.*

Mein Herz flattert wieder. Wie gestern.

Wenn es mir von all dem Weihnachtsessen nachher so richtig schlecht geht, schreibt er, noch ehe ich auf seine letzte Nachricht geantwortet habe, *bräuchte ich vielleicht ärztlichen Rat.*

Ich grinse. *Für Notfälle ist die Praxis auch über die Feiertage geöffnet.*

Es ist ein absoluter Notfall, schreibt er zurück, und dann eine Weile nichts mehr.

Und wenig später klopft es an der Tür. *Sabse bada din,* denke ich. *Der größte aller Tage.*

JANYAS CHRISTMAS-STUFFING-SAMOSAS

ZUTATEN:

- ★ 12 Teigblätter (Won-Tan-Hüllen-Teig, ca. 21 x 21 cm)
- ★ 2 Zwiebeln
- ★ 2 Knoblauchzehen
- ★ 4 Scheiben Toastbrot
- ★ 1 Bund Salbei
- ★ 100 g getrocknete Cranberrys

- ★ 1 TL frisch geriebene Orangenschale
- ★ 100 g Butter
- ★ Olivenöl
- ★ Mehl
- ★ Wasser
- ★ Pfeffer
- ★ Salz
- ★ Fett zum Frittieren

ZUBEREITUNG:

Für die Füllung Zwiebeln würfeln, Knoblauch hacken (oder pressen) und in einer großen Pfanne mit Öl anbraten. Vom Herd nehmen. Das getoastete Toastbrot in kleine Würfel schneiden. Die getrockneten Cranberries und die Salbeiblätter hacken. Orangenschale reiben. Nun die Zutaten zusammenfügen, mit der geschmolzenen Butter vermengen und gut umrühren. Nach Geschmack mit Pfeffer und Salz abschmecken.

Teigblätter auftauen und aus Mehl und Wasser Mehlkleber herstellen (bei der Mischung darauf achten, dass der breiige Kleber mit den Fingern leicht zu verteilen ist).

Nun vorsichtig ein Teigblatt lösen. Nach Online-Anleitung Samosataschen falten, dann ca. zu zwei Dritteln füllen. Dabei darauf achten, dass sich die Füllung bis in die Ecken verteilt. Dann die offene Kante mit Mehlkleber verschließen.

Das gefüllte Dreieck auf Löcher und abstehende Stellen kontrollieren und gegebenenfalls mit Mehlkleber ausbessern.

Die gefalteten Samosas werden in der Fritteuse (oder in einem Topf mit heißem Fett) 2–3 Minuten frittiert, bis die gewünschte Farbe erreicht ist. Auf Küchenpapier abtropfen lassen und servieren.